文学的自然审美

川端康成

吴舜立 ◎ 著

中国社会科学出版社

图书在版编目（CIP）数据

川端康成文学的自然审美 / 吴舜立著. —北京：
中国社会科学出版社,2011.10
ISBN 978 - 7 - 5161 - 0084 - 4

Ⅰ.①川…　Ⅱ.①吴…　Ⅲ.①川端康成(1899~
1972) - 文学研究　Ⅳ.①I313.065

中国版本图书馆 CIP 数据核字(2011)第 177749 号

责任编辑　门小薇(xv_men@126.com)
责任校对　王雪梅
封面设计　李尘工作室
技术编辑　戴　宽

出版发行　中国社会科学出版社
社　　址　北京鼓楼西大街甲 158 号　　邮　编　100720
电　　话　010 - 84029453　　　　　　传　真　010 - 84017153
网　　址　http://www.csspw.cn
经　　销　新华书店
印刷装订　三河君旺印装厂
版　　次　2011 年 10 月第 1 版　　　印　次　2011 年 10 月第 1 次印刷
开　　本　880 × 1230　1/32
印　　张　11.75
字　　数　254 千字
定　　价　36.00 元

引　论

在人类的生存与发展史上，大自然具有极为重要的地位，大自然供给人类衣食；大自然给人类带来灾难，也给人类提供庇护；大自然给人类以心灵的寄托，也给人类以美的享受；大自然还给人类留下了至今仍待继续探寻的神秘。

对人类来说，自然是美的化身，是自由的元素，是永恒的象征，它以其无限丰富性和深邃性使人类倾倒。卷帙浩繁的自然赞歌，成了文学中最美的旋律之一。

自然，是生命之摇篮；自然又是生命之宿归。"你本是尘土，仍要归于尘土"①，只要人类无法摆脱这一重宿命，那么，人对自然的依恋将是永恒的，文学中，人与自然的主题也将亘古常新。

可以说，"人与自然"是一个体现人性与传达人类生存前途及精神景况的世界性主题。这个主题一直追随着人类的艺术实践活动，而且不断诱发着作家、艺术家在其作品中对人与自然及人类自身进行深层的艺术思维，正是因为有了这一层思维，才使得一些作家作品中的自然抒描显得格外不同凡响。

其实，人如何认识自然的问题，实质上就是人如何认识

---

① 《圣经·创世纪》，中国基督教协会1998年版，第3页。

自身的问题。文学是人学，所以文学的审美价值必然会在人与自然的关系中显示出来。那么，反过来说，在人与自然关系的艺术思维中，也必能深触人类的某些精神实质。

"川端文学"研究在国内外经久不衰，原因不只在于他获奖，更在于"川端文学"自身深刻和独特的精神内涵。而"川端文学"的深刻性和独特性又无不与其自然审美密切相关。所谓自然审美，简言之就是人类对大自然的审美观照。"川端文学"的自然审美指的就是川端康成在其文学创作中对大自然的审美观照。它关涉着川端本人及大和民族的自然观，透射着其独特的自然美意识，也蕴涵着关于人类与大自然关系的深度思考。

公元 1968 年，瑞典文学院授予川端康成诺贝尔文学奖，授奖原因是：他以"敏锐的感受，出色的艺术形式，表现了日本人心灵的精髓"[①]。如果说"川端文学"尽现了日本人心灵的精髓，那么，他的这种艺术功力的获得，在很大程度上可以说是由于"川端文学"对大自然的深刻理解与独特抒描。对大自然敏锐而精深的感受以及对这种感受的独特的艺术表现，可以说是构成"川端文学"独特审美氛围的一个极其重要的因素。

日本民族自古就有以自然风物来感悟人生、体察人情的思维传统，后来又把这一传统用之于文学和美学，归结成为

---

① 叶渭渠：《东方现代美的探索者——川端康成评传》，中国社会科学出版社 1989 年版，第 227 页。

其民族的美学理想："物之哀"。"物之哀"简单说，就是
"自然风物之情思"。在"对自然的感触中，既能体现出作为
日本人特有的性格，也会具有人类共同的普遍性"①。川端康
成深受这一民族传统的影响，以其细腻而敏锐的笔触，在自
然与人生、自然与人情的抒描中，不仅给我们展现了作家自
身对人生复杂而深邃的精神感受，而且也把日本文学对"日
本民族心灵精髓"的展现提高到了一个前所未有的艺术高
度，使"川端文学"成为"日本文学世界的象征"②。

川端康成自小就倾心大自然，经常把自己投入自然中去，
与自然事物为伍，和自然朝夕相处。他在自传体小说《故
园》中写道，"从上小学的时候起，我几乎每天都要爬上院
子里那棵厚皮香椿树上看书。……坐在树上就觉得这里是我
的巢一样"，并认为这件事蕴涵着自己天生的性格和平生的
幸福③。在小学毕业和刚上中学的时候，他经常趁天还未亮，
就独自登上先祖们长眠的寂寞的小山，只是为了观赏日出。
步入青年时代，川端康成有时在风景无限的伊豆的山村温泉
一待就是一年半载，走遍了那里的原野丘陵、山山水水。只
要有美丽的风景相伴，只要身处大自然的怀抱，即使长时间
茫然而坐，他也不觉得无聊。"青少年时代……我总爱独自

---

① 〔日〕东山魁夷等：《日本人与日本文化》，周世荣译，中国社会科学出
版社 1991 年版，第 19 页。

② 〔日〕濑沼茂夫：《川端康成文学奖的前后》，周世荣译，译林出版社
1983 年版，第 3 页。

③ 〔日〕川端康成：《天授之子》，李正伦等译，漓江出版社 1998 年版，
第 112—113 页。

长时间或蹲或躺在田埂上、河岸上、海滩上，或是山冈上，似看非看地观赏景色"①。他还在日记中写道："我要以孤独之心去巡礼深奥的自然与大千世界，摇响银铃去漂泊。"② 日本人有一种普遍的看法：所谓旅行，就是将孤独的自我置身于大自然。日本著名作家三岛由纪夫就把川端康成评价为"永远的旅人"③，川端康成本人不仅有相似的表述④，而且还曾公开宣称：许多时候，自己是从景色中得到创作激情的⑤。他在《我的七条·风景》一文中说："很多时候我从风景中获得撰写短篇小说的启迪。惬意的风景，给我以创作的刺激。"⑥ 在《抒情歌》中则直言："植物的命运和人的命运相似，这是一切抒情诗的永恒主题。"⑦ 据资料显示，他看到三河蒲郡明朗的大海和美丽的山丘以及马场里的驴，就产生了想看美丽女子骑驴的冲动，由此开始编造事件，写出了《骑

---

① ［日］川端康成：《川端康成文集·美的存在与发现》，中国社会科学出版社1996年版，第282页。

② ［日］川端康成：《天授之子》，李正伦等译，漓江出版社1998年版，第554页。

③ 叶渭渠：《东方现代美的探索者——川端康成评传》，中国社会科学出版社1989年版，第170页。

④ 川端康成在《南伊豆纪行》一文中写道："无家的哀愁和游子的缱绻之情早已渗入我的心田，我以四海为家。"见《川端康成文集·美的存在与发现》，中国社会科学出版社1996年版，第27页。

⑤ ［日］川端康成：《川端康成文集·美的存在与发现》，中国社会科学出版社1996年版，第104页。

⑥ ［日］川端康成：《川端康成散文选（下）》，叶渭渠译，中国广播电视出版社1999年版，第293页。

⑦ ［日］川端康成：《川端康成文集·伊豆的舞女》，中国社会科学出版社1996年版，第162页。

驴的妻子》；他看到纪伊白滨温泉洁白的沙子，就开始想象适合于它的主题和事件，于是创作了《蓝的海黑的海》①；而长篇小说《古都》的创作灵感某种程度上可以说是来自于京都美丽的自然景色，正如有人所言：川端康成"把京都王朝文学作为'摇篮'的同时，也把京都自然的绿韵当做哺育自己的'摇篮'"②。正因如此，对于自然风景遭到破坏，川端康成极为痛心："今秋我在京都听说，山崎、身日町一带的竹林，被乱砍乱伐，辟作住宅用地，京都味的竹笋的产地也渐渐消失了。……岚山大约有几千棵松树无人管理，听之任之，都快枯死了。……我总不免'泪眼模糊望京都'。"③ 看到如今的作家诗人疏远怠慢大自然，川端康成也大不以为然："今天的小说家如同今天的歌人一样，一般都不怎么认真观察自然。"④ 而说他自己则经常"叫景物熏染得如痴如醉"⑤。

川端康成曾这样描述自己身处大自然中的感受：

> 一走上通往下边温泉池去的坡道，便能听到谷涧的水声。立时心胸被那水声洗涤，我一边几乎流泪，一边在坡道上急行，迫不及待。（《独影自命》）

---

① 周阅：《川端康成文学的文化学研究——以东方文化为中心》，北京大学出版社2008年版，第38页。

② ［日］川端康成：《天授之子》，漓江出版社1998年版，第1页。

③ ［日］川端康成：《川端康成文集·美的存在与发现》，中国社会科学出版社1996年版，第273页。

④ 同上书，第153页。

⑤ 同上书，第23页。

芦苇叶充斥于我的双目，我的眼睛变成了一片苇叶，不久，我也成了一片叶子。

我久久地站着倾听海的浪涛声、河的流水声、瀑布的倾泻声，达到无我的境界，虽是海的声音、河的声音、瀑布的声音，却忘却它是海的声音、河的声音、瀑布的声音，还以为是大自然的声音、辽阔世界的声音。也就是说，自己仿佛也完全融汇在声音之中。(《东山魁夷》)

我恍如这时候的杉林一样，面对着重山、天空和溪流，我的直观时不时地猛然打开了我的心扉。我吃惊，伫立在那里，只觉得自己已经溶化在大自然之中。(《温泉通信》)

在他的著名散文《美的存在与发现》中还有这样一段话：

风雅，就是发现存在的美，感受已经发现的美，创造有所感受的美。诚然，至关重要的是"存在于自然环境之中"的"环境"，自然环境的真实面貌，也许就是美神的赏赐吧。(《美的存在与发现》)

在一次题为"文学"的讲演中，川端康成告诉大家：诸位在这种地方听我谈文学，不如去观赏月色、观赏花朵，无疑更富于文学色彩。接着他又进一步解释道，"所谓文学，就是这么一种东西。即使在一片叶子或一只蝴蝶上面，如果能从中找到自己心灵上的寄托，那就是文学"①。在另一篇文章中，他自己曾坦率地也是满意地承认："在小说家当中，我这号人大概是属于喜欢写景色和季节的。"② 事实的确如此：川端康成的许多作品，都是以季节或风物为题；所有小说都有十分突出的风景抒描；在他的散文中，写自然风物、写时令季节的游记占据极大比重；就连几篇非常重要的阐述其美学思想的论文，川端康成也多是从前人或自己对大自然风物的感兴入手，娓娓道来。川端康成几乎没怎么满怀情感地描绘过他生活其中的都市，他深深依恋并且孕育出无数优美作品的是伊豆、浅草、雪国、高原等这些更富有大自然特征的地方，他自己也坦言：我的文学多半成就于我的旅途③，其作品也因此被称为"行游文学"④、"纪行文学"和"旅情文学"⑤。川端康成的义子川端香里男对此给予了深刻说明："文学上的旅行主题，成为人们摆脱日常的世界而走向更美好的世界的契机。这种旅行的世界，可以让人与自然更加协调和融合，于是，人在那里可以获得一种感觉，仿佛寻找到

① ［日］川端康成：《川端康成文集·美的存在与发现》，中国社会科学出版社1996年版，第124页。
② ［日］川端康成：《川端康成散文选（下）》，中国广播电视出版社1999年版，第23页。
③ ［口］川端康成：《川端康成文集·独影自命》，中国社会科学出版社1996年版，第210页。
④ 陈召荣：《流浪母题与西方文学经典阐释》，中国社会科学出版社2006年版，第360页。
⑤ 周阅：《人与自然的交融——〈雪国〉》，云南人民出版社2002年版，第156页。

了令人怀念的故乡，随时都可以融在自然中，这就是日本人的审美意识，这就是川端康成在接受诺贝尔文学奖时所发表的题为《我在美丽的日本》中要表达的思想。"[1]

川端本人和"川端文学"为何对大自然如此挚爱？对大自然的审美观照在"川端文学"中占有何种地位？川端氏及"川端文学"的自然观又怎样？对人类与大自然的关系有着怎样的思考？其中又透射出怎样的审美意识？而它们对"川端文学"的品貌特征又有何影响？"川端文学"自然审美境像富有怎样的情感内涵？"川端文学"自然美的具体营构有哪些特点？以及"川端文学"关于大自然的艺术思维所具有的价值意义等诸如此类问题的考察，我们以前显然是重视不够的。这无疑会影响学界对"川端文学"的内在本质尤其是"独特的东方美"的内质的全面而明确的把握。

正如许多学者指出的那样，日本独特的自然环境使得日本人和大自然结下了不解之缘。川端康成在谈及日本自然环境的独特性时说："世界上再没有像日本的绿色那样丰富多彩、千差万别、纤细微妙的了。春天的嫩叶那样青翠欲滴，秋天的红叶那样鲜红似血。别的国家恐怕也没有像日本那样种类繁多的花草树木吧。不仅是花草树木，山川海滨的景色，四季的气象也是如此。""全日本就是置在这优美而幽雅的大

---

① 苏炜：《人之旅，心之旅》，载《名作欣赏》2000 年第 2 期。

自然之中"①。川端康成不仅细腻地感受到了日本大自然的鲜明特色，而且还认识到了日本独特的自然地理环境与日本文化之间的影响关系："在这种风土，这种大自然中，也孕育着日本人的精神和生活，艺术和宗教。"② 虽然川端康成无论哪篇文章，都从未具体而明确地阐述过这种影响关系，但是，这并不妨碍我们从其文学创作中来察寻和考量这种影响关系，进而通过这种影响关系来考察"川端文学"的内在精神乃至日本民族的内在精神，以及这种精神所具有的现代价值和普泛意义。这可以说是拙著的主要目的。

我国译介、研究川端康成始于 20 世纪 70 年代末的改革开放。"一九七九年九月十二日至二十日，在长春召开了日本文学研究会。在这次会议提交的三十余篇论文中有关于川端康成的文章。"③ 这是有文字记载的最初的实况报道。

1983 年 9 月，在济南召开的第 2 届日本文学研讨会上围绕川端康成的代表作《雪国》展开了讨论，这是全国日本文学学者首次就川端康成的作品展开高规格的讨论，此后，便拉开了川端康成研究的序幕。但基本上是从社会历史的角度否定其思想倾向，肯定其艺术手法。

20 世纪 80 年代初，我国日本文学研究界开始将日本和

---

① ［日］川端康成：《川端康成文集·美的存在与发现》，中国社会科学出版社 1996 年版，第 263—264 页。

② 同上书，第 263 页。

③ 中国社会科学院外国文学研究所：《外国文学研究集刊》（第 2 辑），中国社会科学出版社 1980 年版，第 423 页。

西方研究川端康成的种种观点介绍给中国广大读者。1983 年第 2 期的《日本文学》杂志刊登了《日本各家论川端康成》，《外国文学动态》1984 年第 9 期发表了《日本研究川端康成的论著概述》。

1989 年，我国第一部系统研究川端康成的学术著作《东方美的现代探索者——川端康成评传》① 问世，预示了川端康成研究已开始向新的阶段迈进。

20 世纪 80 年代中后期，随着翻译作品的激增和上述研究氛围的变化，我国的川端康成研究界出现了新局面。1993 年，日本著名学者川端康成研究权威人士长谷川泉的《川端康成论》翻译出版，这本"百科全书式的著作"② 对于我国的川端康成研究起到了极大的推动作用——突破了以社会学批评模式来阐释川端康成作品的局限。

力争全面，争取言之有据，使读者信服，吸收各种研究方法切近川端，是近年川端康成研究的一大特色。如对川端康成代表作《雪国》的研究，有的研究既吸收社会学批评的成果，同时将人类文化学、神话原型批评、宗教学等研究方法也引进川端批评。

在我国比较文学研究重新崛起的影响下，从 1989 年开始，川端康成研究也开拓了新的领域，出现了不少从中日比较对照的视野对川端康成进行评价解读的论文和著作。

---

① 叶渭渠：《东方美的现代探索者——川端康成评传》，中国社会科学出版社 1989 年版。
② 这是川端康成的义子川端香里男之语。

　　进入 21 世纪后，随着人文科学各种前沿理论和方法的流行，川端康成研究在中国学界也逐渐呈现出以文化批评为主比较方法为辅的多元研究态势。新近出版的《川端康成文学的文化学研究——以东方文化为中心》①　就堪称这方面的一个实绩。严绍璗先生关于这一研究成果有如下评语："本著作对于川端康成文学在哲学层面和思想史层面上这一综合性的又是极为深刻的具有理论逻辑的阐释，是国内研究界和包括日本在内的国际研究界所未曾有过的。它以相当深刻的艺术洞察力、相当丰厚的中华文化修养，和对于'川端文学'极为细腻和到位的感知能力，第一次深刻地阐明了作为日本诺贝尔文学奖得主的文学中包含着如此丰厚的中华文化因素。""作为对一个特定国家的特定作家的文学现象的发生研究，本书则是以一个重大的文学创作作为'个案解析'，显示了比较文学的发生学观念包括'多元文化语境'、'变异体文学概念'等等透入国别文学领域进行'文学文本'研究的可能性，本书已经得到相关领域内我国和日本的一些学者的积极肯定和褒扬。"②　其实，比较只是该论著一个架构，文化阐释才是其核心价值。不可否认，该论著在比较文学的视野下所进行的文化阐释达到了相当的深厚度，但不尽如人意之处也相当明显：虽说"以东方文化为中心"，但"东方文化"

---

　　①　周阅：《川端康成文学的文化学研究——以东方文化为中心》，北京大学出版社 2008 年版。
　　②　严绍璗：《周阅博士〈川端康成文学的文化学研究〉序文》，见周阅《川端康成文学的文化学研究》，北京大学出版社 2008 年版。

概念之大、内涵之丰，造成了该研究成果缺少了一个统摄川端康成全部创作的论析焦点。

总结以上，笔者以为，关于"川端文学"的学术研究，在我国目前还是社会历史方法主导学坛，方法上显得过于单一和拘限，这与我国越来越开放的多元文化态势很不相称，与近年来新颖有力的各种批评方法的流行情势相比，也显得比较滞后。

近一两年，新方法、新成果虽然大量涌现，但在学术实践上明显存在着两个弊端：一是由于解读视角和理论支点的含混不明，大都显得局部、散点和微观。二是由于解读视角和理论支撑的过于多元，反而表现出浅易、驳杂甚至含混。目前的发展趋势，虽呈现出跨学科、文化化的趋向，但对"川端文学"进行专题性、系统性文化批评的学术论著，至今还相对较少。

川端康成研究在日本，虽然经久不衰，但大多局限于史实考证和现象诠释的模式方法；在欧美，虽偶有论著出现，但也多属单个文本分析，且学术手段多采用散点透视式的随笔漫谈，较少焦点统领式的理论著述。

可以说，川端康成的国外研究，在恢弘的体系架构和相当的理论深厚度方面，截至目前还均有所不足甚至欠缺。

那么，未来的川端康成研究在我国将会呈现出怎样的发展态势？笔者由于学识浅陋、视野褊狭，不敢妄言，但以下几点则颇有感悟：

首先，川端康成研究在我国将会继续深化。这不仅体现在方式方法上将会进一步多元多样，而且随着细读式批评的兴盛，对川端康成的研究，将会进入更加深入的艺术文本的解析和在此基础上的宏观学术归结的时代。具体表现就是：有成果已把着眼点置放于川端康成一些文本中的关键语词的溯源与分析，挖掘其深层意蕴，并在此基础上有所宏观归结。

其次，我国的川端康成研究将会进一步跨学科化。由于"川端文学"蕴涵的深广，更由于东方文化的博大精深，川端康成研究的跨学科化在我国势在必行。且不说"川端康成与宗教"这样跨学科的研究在我国学界已成气候，连"川端康成与美术"、"川端康成与围棋"和"川端文学与精神疗救"这样大跨度的前沿论题也业已脱颖而出。

最后，在具体的方式方法上比较文学将会凸显其独特的学术魅力。由于东方文学源远流长、文化源脉纵横交错，同时又积淀深厚、博大精深，所以纵横比较的方式方法在东方作家作品的研究中历来不可或缺；加之川端康成文学的文化背景及底蕴本身就繁复丰厚，比较文学的方式方法虽已催生了不少学术成果，但未来仍将在川端康成研究上独领风骚。

目
录

第一章

日本民族自然观念的整体察考

自然观历来是世界观的重要组成部分，一个民族独特的自然观势必向这个民族的其他意识领域渗透，而这些意识交互作用所聚结的影响力，甚至可以规定一个民族的审美情趣。所以，我们有必要首先对日本民族的自然观作一整体察考。

日本民族的自然思索具有很强的文化色彩，而很少物质意义。也就是说，日本民族的自然观是一种作为文化观念的自然观，而不是作为科学观念的自然观。这主要根源于其"稻作文化"的国情：漫长的稻作农耕历史，工业化的间接性——资源贫乏，工业基础的构成并非直接取源于自然，而是依赖于"加工"。因而缺乏征服自然的民族体验和客观必然。加之民族生活习俗、哲学思想、宗教观念的影响，日本民族的自然观也就形成了恒久的、独特的表现形态。

第一节 "万物有灵观"

产生于古代东方的"万物有灵论"及"泛神论"的自然观，给了日本民族的自然思索以深刻的影响。

日本学者诹访春雄在《日本的幽灵》一书中指出：日本先民"阿伊努族人认为宇宙中的万物都是有'灵'的，并给宇宙的森罗万象安上'神'的名字。人间与这种'灵'世界的关系是相互授受的关系"①。另一学者柳田圣山则说："日

---

① ［日］诹访春雄：《日本的幽灵》，黄强译，中国大百科全书出版社1990年版，第53页。

本的大自然，与其说是人改造的对象，不如说首先是敬畏信仰的神灵。"① 日本的这两位学者都肯定了自然之于日本民族的神灵性质，并指出了日本民族的自然崇拜。

那么，"神灵"的观念，究其实质是指什么呢？"万物有灵论"，英语写作"animism"，它来源于拉丁语的"anima"，具有"生命"、"灵魂"、"气息"等意味。这一理论最早由英国人类学家泰勒提出。泰勒指出：原始初民从对影子、水中映像、回声、呼吸、睡眠，尤其是梦境等现象的感受得出结论，认为在人的物质身体之内具有一种非物质的东西，使人具有生命；后来由此推论一切具有生长或活动现象的东西，诸如动物、植物、河流、日、月，等等，以至可能出现于梦境中的任何物体，皆具有 anima②。

很明显，灵的观念的产生，是出于人类对生死之谜的探求和对生命本体的崇拜。"相信生命的延续，相信不死，结果相信了灵的存在。构成灵的实质的，乃是生的欲求所具有的丰富热情，而不是渺渺茫茫在梦中或错觉中所见到的东西。……有灵观的核心实在是根据人性所有的根深蒂固的情感这个事实的，实在是根据生之欲求的。"③

在"万物有灵论"的基础上发展而来的东方泛神论的宗教思想，则提出并解决了自然万物的本源和统一问题，也就

---

① ［日］柳田圣山：《禅与日本文化》，向平等译，译林出版社 1991 年版，第63 页。

② 任继愈：《宗教词典》，上海辞书出版社 1981 年版，第 46 页。

③ ［英］马林诺夫斯基：《巫术、科学、宗教与神话》，李安宅译，中国民间文艺出版社 1984 年版，第 33 页。

是人如何在精神上把握无穷无尽、无限存在的自然万物的问题。"泛神论是伴随着统一的宇宙大神的出现而产生的，它也认为多种事物都有灵魂存在，而且这种灵魂还具有普遍性。形形色色的千流百品，都包含在神性的绝对统一中。具有普遍性品格的神是宇宙本体。"① 泛神论否定"世界皆幻，唯神是真"：没有神的世界是毫无价值的；没有世界，神是不存在的。信奉泛神论的印度著名诗人泰戈尔一语中的："没有世界，神是一具幽灵；没有神，世界将是一片混乱。"② 也就是说，泛神论的神灵观念本质上已成了人类对宇宙本体及"终极存在"的象征性表述和把握："泛神论宗教哲学最高范畴的神，是物化和人化了的最高实在，是最崇高、最美好的境界的象征；是整个的自然界和人。"③

我们来自何处，又向何处去——这常常是人生最本质之谜。人终究要死的生命之谜和宇宙、人生在终极意义上的本体之谜，始终悬而未决。人类所处的是一个以有限人生直面无限宇宙的矛盾境地。然而人之为人的类的属性——自由自觉的本质必然驱策着人去探求时空的无限、去把握宇宙的终极。随着知识领域的拓宽，随着人类认知能力的提高，人类的这一本能渴求只会是日趋强烈，而并非相反。但是，人又

---

① 李炳海：《道家与道家文学》，东北师范大学出版社 1992 年版，第86 页。

② 任厚奎、罗中枢：《东方哲学概论》，四川大学出版社 1991 年版，第447 页。

③ 同上。

始终处在意识到人的局限并想超越这种局限而在现实中又无法真正超越的两难境地之中，这则铸就了人类生命永远无法摆脱的悲剧意识，也启迪了生命主体进行自救的超越意识和超越途径：既然在物质形态上无法把握无限，那就在精神上予以把握；既然在现实中无法实现永恒，那就在观念上体验永恒。"宗教的神学观念，实际上是对时空中的人类主体和自然客体之无限整体的探讨。宗教中的所谓抽象神灵观念……是企图以微观的形式来对宇宙万物加以宏观把握。"①

英国学者 L. 比尼恩在谈到日本人的民族性格时指出："日本人对于一项事业或是一种观念的忠诚，含有那么一种绝对的性质。""这种精神不仅在行动世界里表现得极其强烈，而且在观念的世界，在艺术中也得到表现"②。而日本民族的思维方式又具有从整体上观察世界的特征："根据多神教导致的思维方式，日本文化认识世界首先是观察整个体系，而不甚注意体系中的局部。"③ 正是由于以上这两方面的原因，加之"万物有灵"的原始信仰，就很容易使日本民族接受泛神论的神灵自然观。

大自然是神灵的世界；神灵既是具体的、有形的，又是超绝的、无限的。具体的是指它寓身于大自然的森罗万象之中，赋予自然万物以生命，生死不息、衍化无穷；超绝的是

①　卓新平：《宗教与文化》，人民出版社1988年版，第195页。
②　[英] L. 比尼恩：《亚洲艺术中人的精神》，孙乃修译，辽宁人民出版社1988年版，第95页。
③　高亚彪、吴丹毛：《在民族灵魂的深处》，中国文联出版公司1988年版，第159页。

指它不为具体事物所限，超存于自然万物之上，统一万物、归属万物。既然"神灵"是万物生命的象征，又是对生命万物的把握，那么，在对神灵和自然这二位一体的对象崇拜与敬畏的心理体验中，日本民族启迪自己的生命意识，砥砺自己的精神活力，并寄托那种于无常之中"愈发需要精神上的永久性实在"[①] 的思想倾向和企图把握纷繁万变、永无涯际的宇宙的内心渴念。也就是说，"万物有灵"和"自然崇拜"在根底上是以日本民族对生命的崇拜和对宇宙的精神把握为其出发点的。神灵的观念，就是对生命的敬仰和礼赞；神灵的实质，就是对宇宙的探讨；对神灵的信仰，就是对无限的把握；对宇宙终极的探求与把握，就是人之主体精神的高扬。

第二节　　"天人合一观"

与西方文化的"人为万物尺度、自然只是工具"的致用自然观不同，东方文化普遍信奉的是"天地与我同根、万物与我一体"的本体自然观。这种自然观主张天人相合，合而为一，把人向自然本体的复归和超越，视为精神之极境。

佛教禅宗提出"同根同体"说："草木之开花结实，同人之荣兴——佛教的把自然和人生合为一体的思想，相当普

---

① ［英］L. 比尼恩：《亚洲艺术中人的精神》，李乃修译，辽宁人民出版社 1988 年版，第 106 页。

遍地扎根于日本人的心里。"①

道家的"天地与我并立（生）、万物与我合（为）一"②的命题，则提出了主体自然与客体自然相互结合的原则："主体和客体、人和自然是平等的关系，任何一方都感觉不到来自对方的压力，但二者又默契冥合，显示出相同的品格"③。

受佛教禅宗和老庄道家思想的影响，日本文化也主张人和自然融汇一体、主客浑然相交。"按照古代日本人的自然观，人和自然融汇一体，构成一个总的体系，它不像基督教的认识那样将人视作万物的管理者，因此不把人与自然两者对立起来，而是把人融于自然。……这样，依据日本文化，人和自然两者没有明显分化，主客浑然相交。日本人主张'天人相与'实质即源于此。"④ 主客和谐相处，天人灵性相通，这一思想已在"万物有灵论"中有所萌芽。"天人合一"论就是对这种自然观念的发展和升华——它提出了处于两难境地的人类之精神最后解脱和最后归宿的问题。在这一观念的最后定型过程中，佛教的人与自然"同根同体说"、儒家的"自然道德一体论"和道教的"万物与我合一"的命题，都起了很大作用。

---

① ［日］南博：《日本人的心理》，刘延州译，文汇出版社1991年版，第47页。

② 孙通海译注：《庄子》，中华书局2007年版，第14页。

③ 李炳海：《道家与道家文学》，东北师范大学出版社1992年版，第170页。

④ 高亚彪、吴丹毛：《在民族灵魂的深处》，中国文联出版公司1988年版，第159页。

　　东方文化的"天人合一"的自然观念，强调天人相通、天人相融。"天"有这么几层含义：其一是指自然万物。"天"作为自然万物的代表，与人同根，与人同体。这是人类初年那种与自然同根同源的自然观的回响。其二是指天道，是人类思想和行为合理性和正当性的最终依据。在这里，自然与人类的关系被涂染上了浓重的伦理学色彩，其集中反映就是儒家的"自然山水比德说"。赋予自然山川以社会道德属性并与人的道德属性联系起来这一点，在中国的先秦时代就已经出现，那就是孔子、孟子和韩非子等人的"山水比德"说。孔子说："智者乐水，仁者乐山；智者动，仁者静；智者乐，仁者寿。"① 汉代刘向的《说苑校正》还载有孔子和他的弟子子贡的一段对话。子贡问孔子：君子为什么见到大江大河就一定要观看呢？孔子答道：君子用水来比附德行。你看，水遍流到各处，没有私心，像德；它使万物生长，像仁；它按规律向低处流去，像义；它的深处难以测量，像智；它一心奔向深谷，像勇；它虽然柔弱，却无处不到，像明察；它对任何不好的东西都不加以拒绝，像宽容；它把一切不干净的东西都洗清了，像用善良去教化人；它始终保持平面，像公正；它盛满了以后就不再进入了，像有度量的人；河流再怎么曲折，总是向东流，像坚强的意志②。而道家提出的"以天合天"的命题，则使"天"具有了第三个层面的含义。

---

　　①　勾承益、李亚东译注：《论语白话今译》，中图书店出版社1992年版，第58页。

　　②　[汉] 刘向撰，向宗鲁校正：《说苑》，中华书局2000年版，第434页。

天，不仅是天地万物的代表，而且是指一种自然之性、自然
之精神："实用功利的自然观所反映的主客体关系是社会的、
实践的；道家的'以天合天'则是自然的、理想的，是人对
世界的审美关系。"①

日本文化继承了上述思想，强调天人的同一性和相互关
联，但却淡化了其中的伦理学色彩，将"天"作为宇宙本源
和终极的象征，自然与人类的关系被提升到本体论的高度。
如日本中世纪哲学家安藤昌益（约 1701—1762）就认为：
"自然"不是单指自然界，而是指天地与人类"自然而然"
的浑然整体，天人同一的本质是天与人的"自运营"，也就
是说是一种双向生成——自然向人生成，人向自然生成；天
人相与，互相授受②。

在天人双向生成的过程中，通过物我相亲，实现人与自
然的相通相融，达到物我同一：物即我，我即物，不仅超越
主体自然，而且超越客体自然，从具体实然的天人合一状态
进入本体超然的物我两忘境界。

这种"天人合一"的自然观，其内涵与"回归自然"的
命题不同。因为"返归自然"不是它的终点，而是它的起
点，通过与自然相融，直入超自然的精神境界。它又与"人

①　李炳海：《道家与道家文学》，东北师范大学出版社 1992 年版，第
170 页。

②　王守华：《安藤昌益·现代·中国》，山东人民出版社 1993 年版，第
78 页。

是自然的一部分，自然是人无机的机体和精神"① 这一理性思辨相异。因为"必须在将自己感情移入对象中去的同时，连存在也移入进去"②。日本当代著名哲学家、美学家今道友信对日本民族的这种自然观有一番精确地表述：作为自然物的人，回归自然理所当然，但"这不是从自然回返自然之乡，而是回归超自然。这在作为自然物的人自身来说，是可望而不可即的事情"③，但却是一个通过人的内在努力而能达到的境地。"因而，所谓救赎，不是请求脱离自然进入超自然，而必定是在自然中磨砺从而达到自然光辉灿烂的极点。所以，自然不是与人对立的，更准确地说，是人自身的投影"④。

总而言之，"天人合一"的自然观所追求的境界，已超越自然本身在经验中所能提供给人类感官或知解力的范畴，"就本质而言，自然已成为一种超感性境界趋向永恒精神境界的暗示"⑤。无疑，在这种人与自然关系的构建与渴求之中，渗透着主体的某种不屈的超越精神和自我救助意志。

---

① 恩格斯：《自然辩证法》，中央马恩列斯著作编译局译，人民出版社1971年版。
② ［日］今道友信：《东方的美学》，蒋寅等译，生活·读书·新知三联书店1991年版，第240页。
③ ［日］今道友信：《东西方哲学美学比较》，李心峰等译，中国人民大学出版社1991年版，第142页。
④ 同上书，第146页。
⑤ 陈静漪：《中西文学自然观略探》，载《外国文学研究》1986年第12期。

第三节　　"植物美学观"

如果说"万物有灵观"、"天人合一观"的自然观念在整个东方文化中还具有一定普泛性的话，那么，关于自然风物的美学感悟，尤能体现出日本民族自然思索的独特性，日本著名美学家、文艺理论家今道友信称之为"基于植物的世界观的美学观"，笔者将此简称为"植物美学观"①。

大自然既是生命的象征和崇拜，又是生命的超越和救助，但尤为重要的则在于大自然是日本民族美意识的仓库和源泉。

荷兰学者伊恩·布鲁玛在其著名论著《日本文化中的性角色》一书中指出："热爱自然通常被视为日本美学的基础。"② 日本著名作家夏目漱石所言也反证了这一观点："以西方的想法，面对一座山，首先想到的不是品尝望山之趣，而是要凿通隧道，以利通商。"③ 日本民族却正好相反，日本学者清水几太郎指出："日本的所谓文化，是建立在对文化和人为的根本不信任的基础上的，是建立在担心失去与自然

---

① ［日］今道友信：《东方的美学》，蒋寅等译，生活·读书·新知三联书店1991年版，第92页。

② ［荷］伊恩·布鲁玛：《日本文化中的性角色》，张晓凌等译，光明日报出版社1989年版，第67页。

③ ［日］今道友信：《东西方哲学美学比较》，李心峰等译，中国人民大学出版社1991年版，第144页。

同质性的恐惧的基础上的。"①

　　的确，日本民族的文化形态和美学意识多源生于大自然，也由大自然的风物所规定、所影响。在他们看来，大自然就是美的本源，美的蓝本，美的极致，一句话——自然即美。从自然风物来感悟美，植物的生长状态当然就积淀为审美意识："审美意识的基本词语中的最重要的概念都是来自植物的"，"诸如静寂、余情、冷寂等，也尤多与植物由秋到冬的状态有关"②。正是在这个意义上，日本文化才被称之为"象征的文化"。"日本归根到底是一个符号的王国，在这块充满……种种象征的领土上，细节就代表着整体。……所崇拜的自然风物如此重要，以致真正的人反而变得轻浮了。"③ 也就是说，有时连人也变成了美意识的象征：是一种理想、一个幻想、一件触发美学遐想的介质和导体。

　　自然风物都成了其文化、审美的象征，而作为日本人生命象征的樱花则在日本民族的"植物美学观"的思索中，有着代表性的意义：樱花是美的，但易开易落，这样美也就与无常相通、与悲哀相连了。"与其因为飘落而称无常，不如说突然盛开是无常，因无常而称作美，故而美的确是永远

---

　　① ［日］梅棹忠夫、多田道太郎编：《日本文化和世界（日文版）》，讲谈社1978年版，第34、35页。
　　② ［日］今道友信：《东方的美学》，蒋寅等译，生活·读书·新知三联书店1991年版，第191—192页。
　　③ ［荷］伊恩·布鲁玛：《日本文化中的性角色》，张晓凌等译，光明日报出版社1989年版，第115页。

的。"① 但是，"无常性"是以"常住性"为前提的，个体生命的短暂是以群体生命的无限为映照的，故而，哀和美是相辅相成的，是矛盾的又是统一的：

> 植物的生命是躯体变化的生命，这种躯体变化是以自己为舞台的变化，是以根干的不动性为前提的枝叶的变化。而枝叶的剧烈变化却左右着植物的命运。那是以寂静的根的不变的常住性为前提的、在时间的流逝中的拼搏。……在日本人长久地模仿植物的审美意识中，即使某个人的一天、一周、一个月，不，一年乃至几十年的几乎所有的东西都被剧烈的日常劳动所夺走，但我们很明白，那并不是人生的全部。在自己枝叶上的瞬息万变的变化只能是作为自己根干的人类的恒定的确实能量的表现。自己隐没于生活的遥远的地平线下；自己的生活不过是受到他的种的制约的无个性的活动。自己常常处于面纱的影子中。
>
> ……
>
> 在忧患人世的丑恶的斗争和竞争中追求无法实现的超俗理想这种清明之心，把白色光辉作为它的象征——日本人的这种审美意识憧憬着隐居之后又回归到儿童的那种天真的纯洁。那正是对于这种轨迹的模仿，即对从根部生长、枝叶繁茂、鲜花盛开并结出果实这种几十年

① ［日］柳田圣山：《禅与日本文化》，何平等译，译林出版社1991年版，第51页。

的经营的反复静静地回归到根部、已经不以枝叶显示自己的所属关系而是静静地、默然地生长着的树木的生命返归于根部这一轨迹的模仿。①

今道友信的这段阐述虽然有点啰唆，但意思却是明白的——对宇宙精神和个体生命的理解与探索，在日本民族的自然观里，就成了植物的根干和枝叶的辩证思维：枝叶的繁茂，花团锦簇，是美的；但终究要叶谢花落，这则是哀的。不过二者必定统一于"以寂静的根的不变的常住性为前提的、在时间的流逝中拼搏，然后返归于根部"的思想之中。

这就是日本民族特有的关于自然风物的审美思维，有人称之为"樱花情结"或"物哀情怀"，今道友信则说这是一种基于植物的世界观的美学。

很明显，自然美构成了日本民族美意识的基底和主体。日本民族不仅特别看重自然风物的审美属性，而且还把这种自然主义的美学观贯彻到人生其他领域，以能在人与自然之间构建一种纯粹的审美关系作为自己民族的性格追求和文化理想："他们似乎认为，如果美是世界上最可宝贵的东西，那我们就信奉它，就把它作为我们的指路明灯，一直到底。""当做标准的并不是正确的信仰或行为，而是正确的趣味。

---

① ［日］今道友信：《东方的美学》，蒋寅等译，生活·读书·新知三联书店1991年版，第193—194页。

艺术支配着人生。"①

以生命崇拜为底蕴的"万物有灵观",使日本民族崇拜自然、敬爱自然、遵循自然、师法自然;以本体探求为内驱的"天人合一观"使日本民族在精神上超越自然、把握无限,遨游于宇宙的本源;以"物哀"为特征的"植物美学观",则培养了日本民族敏锐精纯的审美悟性。自然美、美自然的民族心理定势,不仅左右着其艺术审美尺度的确定,而且也影响着这个民族其他的一些价值判断。正如诗圣泰戈尔所言:"日本创造了一种具有完美形态的文化,发展了一种视觉,从美中发现真理,从真理中发现美。"②

如果说"万物有灵"的生命崇拜给日本民族注入了现实的生命活力,而"天人合一"的精神追求又使其具有了某种程度的冥想情怀;那么,"自然即美"的自然主义美学观,则铸成了其民族性格中的唯美、风雅倾向。

---

① 〔英〕L. 比尼恩:《亚洲艺术中人的精神》,孙乃修译,辽宁人民出版社1988年版,第101页。

② 〔日〕川端康成:《川端康成文集·美的存在与发现》,中国社会科学出版社1996年版,第234页。

第二章

"川端文学"自然美意识的深层文化动因

日本民族关于大自然的独特思索，当然规制着川端康成本人的自然观；而川端康成本人的自然观也当然会影响他的文学创作，尤其是"川端文学"中的自然抒描和自然审美。我国青年学者周阅在谈到川端康成的自然观时说："在川端康成眼中，自然与人是平等的、同一的，它与具有心理和言行活动的人存在着共性"，是一种"平等融通的关系"。因此，"在川端文学中，主人公与自然环境并不表现为主体与客体的对立或支配关系。一方面，川端在行文时从不将人的思想感情生硬牵强地灌注于自然，避免使自然仅仅沦为表达自我的手段和工具。他笔下的人物与风景总是不着痕迹地、自然而然地并列甚至重合在一起，怀抱着相同的情感，面对着共同的命运。另一方面，川端在创作中几乎没有描写过人物与恶劣自然环境的抗争。无论客观的环境多么恶劣，人物的主观感情却都是充满眷恋的，传达给读者的感觉也都是优美的。"[1] 另外一位学者张石则言："在川端康成的许多作品中，自然往往不像绝大多数西方文学那样，是人的力量对象化的产物，是人的观念的外化，是被人塑造、任人支配、以表达人的特质的道具。它以它孕含的丰富的生命信息、宇宙奥秘而自在，并在与人交感中给予人启示，与人合一。它与人是一对互相渗透、互相参与的共存体。"[2] 以上两位学者的

---

① 周阅：《川端康成文学的文化学研究——以东方文化为中心》，北京大学出版社 2008 年版，第 39—40 页。
② 张石：《川端康成与东方古典》，上海古籍出版社 2003 年版，第 54—55 页。

观点无疑是正确的，但仍不够全面和深刻，因为在笔者看来，"川端文学"中的自然关涉和自然抒描，不仅是大和民族和川端康成本人自然观念的溶渗和体现，更是作家本人对大自然所进行的一种审美观照，是一种对人与大自然关系的深度艺术思维。所以，既不同于其民族的作为文化观念的自然观，也不同于川端康成本人作为世界观组成部分的自然观，可以说是一种文学和美学的自然观。这种自然观溶渗到文学创作中，就成为一种自然美意识。因而，本章所要完成的任务就是对"川端文学"自然美意识进行深层文化透视，揭示出蕴涵在"川端文学"自然美意识之中的民族文化的深层积淀和作家本人的独特感悟，并梳理出川端氏的自然观与其文学创作之间，尤其是"川端文学"自然观和"川端文学"独特的自然审美之间的一些内在联系。

自从大自然进入了文学作品，就有了人与自然关系的艺术思维。这里所谓"文学的自然观"，就是指人们在自然审美活动中形成的、并溶渗在文学创作中的关于人与自然及二者关系的艺术思维的诸观念的统一体系。所谓"川端文学"的自然观念，不能仅仅看成是"川端文学"中自然观念的整理，这是一个与"川端文学"的美学形态密切相关的艺术观念问题。

纵观川端康成的文学创作，其自然观念大致可归纳为三大类型：自然神灵论、自然价值论和自然本体论。在"川端文学"的自然抒描和自然思索中，这三种类型既交融混合，又逐层递升。

第一节　自然神灵论

所谓自然神灵论，就是把大自然看做是神灵的显现和象征。在日本，也和其他东方国家一样（如中国、印度等），主张自然万物是有灵性的，他们认为每个具体的自然物都栖息着一个神灵。川端康成在《日本美之展现》一文中指出："广袤的大自然是神圣的领域……凡是高岳、深山、瀑布、泉水、岩石，连老树都是神的化身。这种民俗信仰，现在依然作为传统保存了下来。"[①] 很明显，这种自然观属于东方"万物有灵论"和"泛神论"的自然观念范畴。前文说过，泛神论不仅认为各种事物都有灵魂存在，而且这种灵魂还具有普遍性。自然风物正由于内在神灵的各不相同，所以才千差万别，但它们都包含在神灵性的绝对统一中。这种把自然界每一具体物都奉若神明的自然神灵论，不仅形成了日本民族敬爱自然的深层文化心理，而且，也造就了日本人把一切自然物都作为有灵性的活物来亲近、来理解、来接受的情感、思维特点。感悟自然，不仅成为他们进行精神内省的重要方式，而且成为他们审美活动的重要内容。日本的茶道、花道、盆景和园林艺术之所以经久不衰，正是受驱于这一深层文化心理。对自然美的出色描写和深刻理解也因此成为日本文学

① ［日］川端康成：《川端康成文集·美的存在与发现》，中国社会科学出版社1996年版，第264页。

源远流长的一大特色。无疑，"川端文学"中相当突出的自然关涉和自然抒描，正是日本传统的文化精神要求使然。少了这一点，"川端文学"也不可能成为"日本文学世界的象征"。

"川端文学"自然抒描的突出特点，就是对大自然内在灵性的极力展示。川端康成在许多文章中提到"要尽力揭示大自然的生命力"，"展示大自然的灵魂"，就是受自然神灵论的影响而对文学提出的一种美学要求。所谓自然的生命力、自然的灵魂，就是大自然的内在气韵和律动，是永恒的宇宙精神。具体说来有两个层面的含义：其一是指自然物生死不息之无限过程所透射出的强大生命意志和生命律动；其二是指具体自然物在"灵"的基础上和具有普遍性品格的神——宇宙本体的"相通性"。简单说，每一具体自然物尽管不是宇宙精神本身但都是无限宇宙精神的载体，因为在川端康成看来，每一具体自然物既是一个独立的生灵，又应是人类感悟宇宙终极的象征性符号。这是川端康成自然美意识中的重要内容。他是这样理解自然的，也是这样要求自然的。因而，川端康成极力主张文学要展示大自然的灵性，并以此为文学之佳境。川端康成写他有一次观涛："虽是海的声音、河的声音、瀑布的声音，却忘却了它的海的声音、河的声音、瀑布的声音，而以为是大自然的声音，辽阔世界的声音。"① 也就是说，他感到了大自然内在的灵性之声。在他笔下"远方

---

① ［日］川端康成：《川端康成文集·美的存在与发现》，中国社会科学出版社1996年版，第278页。

天际的富士山的姿容，与其说是山，莫如说是一种天体"①，也就是说，是某种宇宙精神之象征。

在川端康成看来，自然景色的千变万化，纤细差别，这更是大自然灵性的体现，是大自然和人的对话、交谈。因而，川端康成极力主张文学要抒描自然景色的变化，甚至不放过自然景色因时、因地、因人而异的纤微差别。"川端文学"中，自然景物抒描上鲜明的"四季感"以及对具体自然物瞬间变化美的捕捉，均说明了这一点。川端康成甚至把对自然景物纤细差别的把握上升到文学、美学本质的高度。他在一篇文章中，以给树起不同的名字为例进行说明：把一棵银杏树叫乳垂银杏，以区别其他银杏，这也是文学的精神②。他认为景色因时、因地、因人而异，也就具有了文学的差异性，"百合花这种植物曾为成千上万的大诗人所吟颂过，它都没有折服，还是绽开得那样的美。这是不朽的花。不然，今天我辈就搞不了什么文学了"③。"我们文学家就是要为大家、为生活在这世上的所有人，献上一个新的真正的名称。"④ 从这段文字里我们不难感到：这新的名称，其含义就是——富有灵性和生命力的大自然所不断呈现出来的新的差异和人对这差异的捕捉。

"神灵自然观"还是造成"川端文学"自然审美中神秘

---

① ［日］川端康成：《川端康成文集·美的存在与发现》，中国社会科学出版社1996年版，第10页。
② 同上书，第129页。
③ 同上书，第141页。
④ 同上书，第129页。

朦胧感的主要原因。众所周知，当审美主体对大自然进行审美观照时，是伴随着强烈的感情活动的，是充满着无限的遐思和冥想的，所谓"思接千载、视通万里"是也。而"神"是什么？有人说的好："'心'的无限扩大便是神。"① 加之，泛神论主张，神灵的本质只能按每个人的感受来理解。所以，当审美主体进入"神与物游、妙悟天开"的境界而与读者形成审美差距这种情况也在所难免。比如，川端康成下面这段关于自然风物的感触就叫人颇觉神秘："母亲让一个无知的婴儿赏花，并教给他这是百合花，同对百合花所有情况都了如指掌的神，这两种精神结合起来去观赏百合花，这就是文学。"② 川端康成此时对大自然的审美观照，必定是进入了纯个人感受的"妙悟天开"之中。其实，我们也并非不谙其理："川端文学"一方面力描自然景物之纤细差别，另一方面又要把自己关于宇宙人生的遐思冥想灌注其中，这必然带来"川端文学"自然抒描的朦胧感和神秘色彩。甚至让人觉得，他的景物描写越细越深，则越发朦胧。可以说，纤细感、律动感和朦胧感，同时存在于"川端文学"的自然审美之中。

---

① 张甲坤：《中国哲学——人类精神的起源与归宿》，中国社会科学出版社1991年版，第153页。

② ［日］川端康成：《川端康成文集·美的存在与发现》，中国社会科学出版社1996年版，第141页。

第二节 自然价值论

所谓自然价值论，就是主体把客体自然作为自身精神活动的物质外壳而赋予大自然各种理念价值，以达精神上把握自然的目的。"川端文学"的自然价值论主要表现为哲学价值观和美学价值观两种形态，而且呈示出以哲学思辨为基点、以美学把握为中介，最后又归返于哲学思辨的独特表述系统。自然价值论，这是"川端文学"自然观念的核心部分，是造成"川端文学"悲和美品貌风格的深层动因。可以说，"川端文学"的悲哀性、虚幻感，除了作家本人因自幼就成了孤儿而形成的人格心理上的"孤儿根性"的影响外，很大程度上，则是来自于川端康成对大自然的理性思考和建立在这种思考上的美学把握。

川端康成在谈及自然对人的价值时说："从中可以看见自然的生命，领悟人生的哲理，吸取宗教的精神。"① 他还明确表示：自然"它是我的感受的借助之物"②，"风景充满幻想和象征"③。也就是说，客体自然，是作为触发其思考、蕴涵其感兴的象征体和借助物而有价值的。这可以看做是川端

---

① ［日］川端康成：《川端康成文集·美的存在与发现》，中国社会科学出版社1996年版，第264页。
② 同上书，第238页。
③ 同上书，第284页。

康成关于大自然哲学价值观的一种简洁表述。那么，大自然给了川端康成哪些哲学启示呢？

大自然是永恒、无限的象征。面对一棵千年老树新发了"显得特别娇嫩"的绿叶，川端康成感到"充满了青春的活力"，老树那种"扎根大地、支撑天空"的姿态，在川端康成看来就是一种"大自然与人的生命的永恒的象征"①。在《花未眠》中他说："自然的美是无限的。"② 他还借东山魁夷的话说：大海的波涛富有象征永恒生命感的韵味③；大自然在其变化中，显示出生之证明④。生命的活力借助自然的无限得以显现，主体的存在借助客体的永恒得以肯定和高扬。无疑，这种关于大自然的哲学思考是和笼罩整个"川端文学"的悲哀性不相称的。看起来这似乎是"川端文学"中最微弱的声音，但是仔细分析我们就会发现，川端康成这一关于大自然的积极思考，虽然没有明确地辐射川端康成的文学创作，但它却是川端康成自然价值观的基点和归点。川端康成就是沿着这条以肯定为基点，以否定为参照，最后又落脚于"空、虚、否定之肯定"⑤ 的思维轨程，完成了其关于自然价值观的哲学思辨，从而使其关于自然的思考显示出独到的深刻性，某种程度上具有了现代生命哲学的意味。

---

① ［日］川端康成：《川端康成文集·美的存在与发现》，中国社会科学出版社 1996 年版，第 270—271 页。

② 同上书，第 152 页。

③ 同上书，第 278 页。

④ 同上书，第 282 页。

⑤ 川端康成语，正确表述应是"否定之否定"，见川端康成《川端康成文集·美的存在与发现》，中国社会科学出版社 1996 年版，第 253 页。

"坐在具有几百年、上一二千年树龄的大树树根上，抬头仰望，自然会联想到人的生命短暂。这不是虚幻的哀伤，而是一种伟大的精神不灭，同大地母亲的亲密交融，从大树流到了我的心中。"① 也就是说，大自然不仅是人类生命力永恒无限的象征，也是人生短暂、无常和虚幻的映照。这类感触在"川端文学"的自然抒描中随处可见，而且也正如作者所说，它是经常地、深深地弥漫于作者的胸间、渗入作者的内心的。以大自然为参照物来思悟人生，大自然的永恒、无限，映衬出人生的短暂、无常、虚幻；那么，反过来从有限人生的角度来审视自然，自然便也成了一个短暂的过程——也就是说，每个人实际所接触、所把握到的自然，只是宇宙无限发展过程中的一个短暂瞬间，是极其有限的。这种不得不接受的有限性，对任何一个具有着自由自觉本质的生命主体，都是一个悲痛的打击，也是笼罩在整个人类头顶上的一层阴影。这就是人类理性所反复体味到的那种永恒的悲哀——人类生命意识中永远无法摆脱的悲剧性。任何一个心智高远的人对此问题都会感到惘然，作为一代文学大家的川端康成自不例外。笼罩于"川端文学"的浓厚的虚幻感和悲哀性，不能说和川端康成这种对大自然的理性思考无关。如果说"川端文学"的悲哀性从作家本人人生经历上的"孤儿根性"发端，那么，在其关于大自然的哲学思考中，则得到了进一步的加强。

---

① ［日］川端康成：《川端康成文集·美的存在与发现》，中国社会科学出版社 1996 年版，第 272 页。

人类自从把自己从自然界提升出来之后，就有了人和自然的对抗。人生的有限性同大自然的无限性之间的冲突对立，使得许多诗人作家由衷叹惋并痛切思索。毋庸置疑，这种思索本身就是一种主体意识的自觉，表明他们那种敢于直面短暂人生的勇气和对人类未来的关切之心。而且，我们深知，只有对生命永恒爱之烈，才会对生命无常感之切。当然，"川端文学"对大自然的思索与抒描，始终盘桓在某种"悲哀"的氛围中，但是殊不知，这种"悲哀"究其实质，并非一般人理解的、充满了否定性指归的"悲观"，而是一种包含了作者乃至日本民族对自然与人生的肯定精神以及主动的把握态度的日本式的"悲苦"：

> 大家听我讲树的故事，多半也觉察到了，人们给树木起了诸如乳垂银杏、连理松、化装柳种种名字，都含有人的情意，这就是文学。……平静地回过头来看，给树木起名字一类事，从大自然的角度来看，就如同防空演习的夜晚，从飞机上看到萤火虫的亮光一样。文学的背后不着边际地展开着这样的悲哀。就是说，不是植物本身具有名称，而是人们给植物起了名字。文学就是从这里出发的。这里又有了文学的永恒的悲哀。①

---

① ［日］川端康成：《川端康成文集·美的存在与发现》，中国社会科学出版社1996年版，第129页。

　　川端康成这段话起码包含了这样几个意思：比起自然的永恒和无限，人生则显得无常和虚幻。可是，人类不能沉浸于无限的宿命之中，人类应该积极地用独特的方式去抚触自然的永恒、把握自然的无限。给植物起名，把自己的情感意志倾注其中，使这种情感意志得以表现和证明，这就是肯定人生、把握客体的一种积极的努力。尽管这种向着"永恒"切近的努力有时就像夜晚从飞机上看萤火虫的亮光一样空幻无比，但人类还是应该背负着这种巨大的空幻感去进行不懈的努力。川端康成在这里已不只是在表白：悲哀感是一种与生俱来的本体存在，而是在要求人们自觉持有这种悲哀意识以警醒人生。他借用东山魁夷的话把这一点阐述得更加明确："究竟什么叫生呢？偶然来到这世上的我，不久将要离开到什么地方去。理应没有常住之世，常住之地和常住之家。……我被动地生活着，如同野草，也如同路旁的小石，要在不得不生的宿命中拼命地生活下去。有了这样的认识，我仿佛多少得到解救了。""就是说，人生原来就是如此，也许我自有办法掌握生命的闪光。"① 不难看出：关于生命"偶然性"、"非常住性"与"要在不得不生的宿命中拼命"的困惑和思辨，就是人类生命的悲剧意识在大和民族心理上的投射，亦即川端康成乃至日本民族"悲哀感"的深层根源："人生悲剧感的根本来源，在于人类生存的两重性和人的悖论本性：人即是生理性肉体，又是符号性的自我。人超于自然，同时

---

① ［日］川端康成：《川端康成文集·美的存在与发现》，中国社会科学出版社1996年版，第282—283页。

又无可奈何地属于自然……他亲眼目睹自己的完结：死亡。他无法摆脱自己生存的两重性：人不可能摆脱精神的纠缠，尽管他想超脱出来；他不可能摆脱躯体的束缚，只要他活着——他的躯体使他渴望生活。"①"可以认为，人类生命的悲剧意识就是明知必死而求其生，明知生命有限而求其永！人类就是这样首先在生命领域中，同必然法则抗争，企图并敢于超越必然而跨入无限的自由。"② 在这里"东洋人的悲哀"已成为一种本体意义上的生命体验，并因此和现代西方的生命哲学相通。但是，东洋人自有东洋人的思维方式：既然悲哀是无法回避的，那么悲哀也就是正常的，人就应该主动去承受它③。这就是川端康成乃至日本民族"掌握生命闪光"的办法。正如死亡之觉悟并不等于死亡本身一样，悲哀之觉悟并不等于"悲哀"本身。有了这个浓重的悲哀意识时刻警醒，即使生活在被自然之永恒映衬得多么无常、空幻的人世，也会不觉人生之悲，反而会砥砺生命本体产生出强大的迎战痛苦的决心和力量，凝聚成民族强大的生命意志，向着永恒的未来迫近："悲剧意识并不停止于对死亡的沉思默想，反而以它为起点，超越为对人的无限性与有限性、感性与理性、生命与死亡等的生命体验，上升为对一个根本实在

---

① 韦小坚、胡开祥、孙启军：《悲剧心理学》，三环出版社1989年版，第37页。

② 邱紫华：《悲剧精神与民族意识》，华中师范大学出版社1990年版，第17页。

③ ［日］南博：《日本人的心理》，刘延州译，文汇出版社1991年版，第44页。

的寻求。"① 日本哲学家、心理学家南博对此有一段较为浅显的阐释：日本人的无常感的特征，是在以无常审视现世的背后，有一种绝对的东西。这种哲学意念上的"绝对的东西"具体到现实社会人生层面，就是要求人们有这样的心理准备：首先领悟人生是无常的，不论遭遇什么不幸，也不悲伤哀叹。另外，还产生了一种积极地反而从人生的无常预期获得意外幸福的态度。这时，无常感不是导向幸福的否定，而是导向不幸的否定②。很明显，日本人的"这种悲哀和哀伤本身融化了日本式的安慰和解救"③。在哲学层面上，它和人类生命的悲剧意识暗合，在人生层面，其实质是一种对人生主动采取的悲苦态度。换句话说，这种"悲哀"体现了日本人那种要在不得不生的短暂无常中拼命生活下去的精神，是日本民族对人生的一种独特理解和主动把握。川端康成一再强调，这种悲哀和哀伤的本质与西方式的虚无和颓废不同，并多次反对人们从消极意义上来理解这种悲哀，原因就在这里。

从肯定到否定，再到否定之否定，这是一个严肃认真的理性思辨过程，这一思辨过程同样蕴蓄在川端康成关于大自然的美学思考之中。

川端康成关于大自然的美学思考，构成其自然美学价值

---

① 韦小坚、胡开祥、孙启军：《悲剧心理学》，三环出版社1989年版，第39页。

② ［日］南博：《日本人的心理》，刘延州译，文汇出版社1991年版，第37—38页。

③ ［日］川端康成：《川端康成文集·美的存在与发现》，中国社会科学出版社1996年版，第148页。

观内容。这些内容是以他对大自然的哲学思辨为基质的。在川端康成看来，大自然本身就是美的存在。从他把文学看做是一种主体对永恒客体的瞬间把握和主体的自我救助这一哲学思考出发，他必定要在文学中极力描绘大自然的美。"在小说家中，我这号人大概是属于喜欢写景色和季节的。"① 的确，川端康成很少把其文学审美的触角伸向其他领域，"他更多是崇尚自然事物的美，即自然美。"② 对大自然深刻的审美观照及精彩抒描，这是"川端文学"的重要追求。

川端康成从主体对客体的纯粹审美关系出发，认为大自然的一切存在本身就是美的。这时，"川端文学"对大自然的审美观照，主要着眼于自然景物的感性情状。在川端康成看来，大自然首先美在其自身的多彩多姿、千变万化。"以'雪、月、花'几个字来表现四季时令变化的美，在日本这是包含着山川草木、宇宙万物、大自然的一切"③。"川端文学"不仅以细腻的笔触力现自然景致本身之丰富多彩，以形写形、以色貌色，而且还尽力捕捉日本季节时令的变化之美。如《雪国》中对雪国初夏、晚秋、初冬的季节转换、景物变化的描绘，大自然被写成了一个伴随着情感流动的完整旋律。而《古都》则在以自然景物衬托和加深千重子和苗子这对孪

---

① ［日］川端康成·《川端康成散文选（下）》，叶渭渠译，中国广播电视出版社1999年版，第23页。
② 叶渭渠·《东方美的现代探索者——川端康成评传》，中国社会科学出版社1989年版，第220页。
③ ［日］川端康成·《川端康成文集·美的存在与发现》，中国社会科学出版社1996年版，第203页。

生姐妹悲欢离合之情愫的同时，又以她们对外界事物的主观
感受来展示京都季节时令的推移。以至于有人认为"这对姐
妹也是为了突出京都的风物而塑造的"①。其次，大自然美在
其纤巧风雅、妙趣无穷。在日本人看来，能将自己置身于大
自然，审视其妙趣，感受其雅致，这本身就是一种风雅之美。
川端康成不仅借日本古代俳人向井去来的话加以表达："风
雅存在于自然环境之中"，"应该了解自然环境之中的风雅"；
而且他自己也明确表述："风雅，就是发现存在的美，感受
已经发现的美。"② 不过他又指出这是一种"由兴趣和爱好所
体会到的美"，"是有限度的"③。也就是说，这是一种不动情
感的审美心态所体会到的自然美，具有感觉性和赏玩性。有
人指出，风雅是介于优美和崇高之间的一种审美形态，这种
形态既未抛弃物体的感性形式，但又是对物体感性形式的超
越④。这和川端康成的观点是暗合的。

　　"川端文学"对风雅之美的追求，一方面体现在将作品
中的人物多置身于大自然之中，作为自然的一部分，与自然
共生、一体化；另一方面，则体现为对大自然在色彩、声音、
形状等方面所表现出来的妙趣和韵致的敏锐感受性——他极
善于捕捉和把握自然风物给他的那一瞬间的感觉。"川端文

---

　　①　叶渭渠：《东方美的现代探索者——川端康成评传》，中国社会科学出
版社 1989 年版，第 153 页。

　　②　［日］川端康成：《川端康成文集·美的存在与发现》，中国社会科学出
版社 1996 年版，第 239 页。

　　③　同上书，第 145 页。

　　④　张首映：《审美形态的立体观照》，人民文学出版社 1989 年版，第
63 页。

学"经常以色彩的鲜明对比和形状的巧妙组合，来给我们展示这一自然美。《雪国》中的名句：夜空里的"月儿皎洁得如同一把放在晶莹的冰块上的刀"当属此例。第三方面，大自然美在其静寂清澄、温润和谐。作为神灵象征的自然，诸神各有所安、万物皆有所在，大自然统一在幽静和谐之中。在川端康成看来，大自然在外在形式上所呈现出来的静澄和谐之貌，这是大自然最美的感性形态，是其他美学形态所无法比拟的。秩序、和谐、统一是大自然的美，也是人生美的基础、艺术美的源泉。其实，以静寂和谐为美（而不是相反）这是由东方文化精神中"天人合一"的根性所规定的。明白了这一点，我们就不难理解"雪、月、花"为何被日本人视作大自然的象征，而川端康成又为何把其作为自己自然审美的焦点：《伊豆的舞女》中自然审美的核心物象是雨、《雪国》是雪、《古都》是紫花地丁和北山杉——均侧重秀美的自然风物。"川端文学"自然审美中，极少壮美形态，也和这一美学追求有关。

以上三种形态，可以说是"川端文学"自然审美形态中的形式美。可是"川端文学"重在追求大自然的内在美，也就是说，比起自然景物的感性情状，"川端文学"更看重自然景物的情感和意理内蕴。对大自然内在美的追求又和"川端文学"的自然神灵论、自然哲学价值论相贯通。具体说来，可分为这样几种类型：

第一，自然的灵性美。也就是大自然内在活的灵性和律动，或者说是大自然内在的生命力。"他写自然事物，不重外在形式的美，而重内在气韵，努力对自然事物进行把握，在内在气韵上发现自然事物的美的存在。"① 川端康成笔下的自然景物，不仅灵动活现，而且气韵犹生。用"神似"来把握自然美，这是"川端文学"的一贯追求。

第二，自然的理念美。大自然美在其能给人以哲理的启迪：大自然是永恒，是无限；是纯洁的存在，是自由的象征；是无尽的生命，是丰富的动力。大自然同时也是严整的秩序、圆满的和谐和对立的统一。大自然作为这些哲理沉思的物化体现，也是美的。大自然总是给人昭示着丰富深邃的哲理，这些抽象理念与大自然的同构存在，不仅使理念自身成为一种审美，而且也使大自然变得更美。作为理念象征的自然美，经常流入川端康成的心中，他说：日本人均由插花而悟道，由此也唤醒了日本人的美的心灵，"大概也是这种心灵使人们在长期内战的荒芜中得以继续生活下来的吧！"② 这里所谓"道"就是"自然之理"。自然因理而美，"理"凭借"美"而被感悟。其实，"川端文学"的自然抒描含有丰富的哲理意味，但这种哲理很少指向人生层面，而多是指向人类的精神和宇宙的精神。

第三，自然的社会美。自然之所以美，就在于它是社会丑的反衬。这是"川端文学"自然美学价值观的社会学层

---

① 叶渭渠：《东方美的现代探索者——川端康成评传》，中国社会科学出版社1989年版，第221页。

② ［日］川端康成：《川端康成文集·美的存在与发现》，中国社会科学出版社1996年版，第211页。

次。"川端文学"或把下层人物的不幸和自然美结合起来，或给人物的悲伤情绪衬以自然美的背景。这虽不能说川端康成的目的在于突出社会人生的丑恶，以引起疗救的注意，但在两相映照之下，却也能使人生的不幸在情绪上更打动人。在自然与人生这一共同体中，人生中的不幸把自然美映成了一种忧伤的美，以这种美的残缺作用于读者的侧隐之心，这才是"川端文学"追求的侧重点，也是日本民族传统的美学风格——"幽情"、"物哀"的体现。

第四，自然的情感美。"川端文学"自然审美中，最美的形态当属于情感化的自然，也就是作为情感寄托和精神归依的自然。这和西方文学中单向式地把自然作为情感宣泄的媒介不同，是情感对自然的移注和透射。人化于景、景化于人，由心及物、由物及心，双向互动。在"川端文学"中，集中体现为东方式的情景交融的意象和境界。自然景色，美在它能触发人的情思，能溶解人的精神。川端康成在《我在美丽的日本》一文中说，"看到雪的美、看到月的美，也就是四季时令的美，而有所醒悟时，当自己由那种美而获得幸福时，就会热烈地想起自己的知心朋友，但愿他们共同分享这份快乐。也就是说，由于自然美的感动，强烈地诱发出对人的怀念的感情"[1]。自然美与人情美的交融是日本文学自古以来的传统。因而，川端康成抒描自然很少局限于客观地再

---

① ［日］川端康成：《川端康成文集·美的存在与发现》，中国社会科学出版社1996年版，第203页。

现，而是把人的情感溶解于自然，使大自然蕴聚着一种人的情韵。如《雪国》、《古都》，皆以自然美为背景，将人、将事、将情、将理均溶化于时令风物之中，同自然美的韵致达到一种内在的契合。也就是说，川端康成描写自然，不单是为了构成环境，也不仅是限于烘托气氛或渲染情调，而是将人物的感情投射于自然、溶解于自然，使自然的韵致和人的情绪同时增加深度，从而造成一种情景交融、幽深妙远的美的境界。不过川端康成在这里所营构的美的境界，还只是中国美学家王国维所说的"以我观物，故物皆着我之色彩"的"有我之境"①。

以上可以看做是"川端文学"中大自然内在美的四种表现形态。需要说明的是：之所以称之为大自然的内在美，这主要是因为审美切入点重在审美主体，而不像前三种重在审美客体。自然美，严格来说是无内外之分的，其只能是一种主客体的同构。

除了上述对大自然美学价值的认识之外，川端康成从其关于大自然的哲学思考出发，又有了下面一段关于大自然美学价值的感叹：

自然的美是无限的，人感受到的美却是有限的……至少人的一生中感受到的美是有限的。……这是我的实

---

① 王国维：《人间词话》，人民文学出版社 1961 年版，第 191 页。

际感受，也是我的感叹。……美是邂逅所得。①

接触到一种美，也是命中的因缘，我渐渐痛切地感到：我短暂的一生，懂得的美是极其肤浅的。偶尔也寻思：一个艺术家一生创造的美，究竟能达到什么限度呢？②

川端康成一方面觉得自然的美是永恒的，但叹于人对自然美的感知受制于"一生"的局限，因而认为自然美的存在是短暂的，其目的在于强调自然美的弥足珍贵；另一方面，由于人生是短暂无常的，因而人对自然美的感受和发现只能是"邂逅所得"。"无论何时，偶遇美景只会有一次。因为大自然的活力在于变化，就连观赏自然的我，也在每天变化。"③正是在难得与珍贵这个意义上，川端康成强调自然美的存在和人对其的感知是因人、因地、因时而异的。因而川端康成极其珍视大自然偶然呈现的短暂的美，对人生中刹那间的欢乐与美也表现出一种独有的欣赏与追求。他不仅视此为文学的至境，甚至推及到人生观。早晨起来看到阳台上阳光透射玻璃杯时瞬间产生的光折射，在他看来就是难得的美之发现，并说："像这样的邂逅，难道不正是美学吗？不正

是人生吗?"① 对像川端康成这样典型的日本式的既积极又无常的美学思辨,日本学者柳田圣山有这样一段精彩的解说:樱花一天早晨突然盛开,而且,刹那间就纷纷飘落。"与其因为飘落而称无常,不如说突然盛开是无常,因无常而称作美,故而美的确是永远的"②。美丽的东西,因为短暂,故而叫美丽,正是这种积极的无常感支撑着日本人的生活方式。

至此,川端康成关于大自然的美学思索,最后又回归到他的哲学思辨,严肃的理性内省和哀怜的美学感悟,演奏出"川端文学"独特的"悲与美"相结合的情调。这种"美的悲哀"或"悲哀的美"可以说是川端康成浓缩了其对自然万物的理性思索而给我们营构的一个空灵的艺术殿堂。这种"哀美",虽说多少体现了川端康成对现实人生的某种超脱与逃避,但更多是包容了作者那种"日本式的安慰与解救"③的思想追求,是一种日本式的"入世"而并非"出世"。正如日本著名画家、散文家东山魁夷所言:

自然在时刻变化着,观察自然的我们自然每天也在不断变化着。如果樱花永不凋谢,圆圆的月亮每天夜晚都悬挂在空中,我们也永远在这个地球上存在,那么,

---

① [日]川端康成:《川端康成文集·美的存在与发现》,中国社会科学出版社1996年版,第223页。
② [日]柳田圣山:《禅与日本文化》,何平等译,译林出版社1991年版,第63页。
③ [日]川端康成:《川端康成文集·美的存在与发现》,中国社会科学出版社1996年版,第148页。

这三者的相遇就不会引起人们丝毫的感动。在赞美樱花美丽的心灵深处，其实一定在无意识中流露出珍视相互之间生命的情感和在地球上短暂存在的彼此相遇时的喜悦。①

川端康成的审美意识，虽然在表现上注重个人的主观感受和自我感悟，但这是他基于对客体的理性把握基础上的主观感悟，是以对客体的哲学思辨为其出发点的，可以说是一种理性思辨的感悟式表达。因而这种看似纯精神的审美意识，透射着主体对客体深刻的理性思辨，它显示了主体对客体的一种实践意义上的能动的切近和把握。

第三节 自然本体论

追求主体向自然本体的复归，这就是自然本体论。其具体表现形式为："物我双融"、"天人合一"。在自然价值论体系中，自然是受人支配的工具。天光海色、花容月貌带有极大的主观随意性。在"物我双融"、"天人合一"的审美观念中，自然与人之间没有主从之别，而是完全对应、互相包容。人对自然的召唤，得到自然亲切的呼应，"这时的自我已摆脱尘世俗念，不为物役，回归到人的本体。这时的自然不存

---

① ［日］东山魁夷等：《日本人与日本文化》，周世荣译，中国社会科学出版社1991年版，第17页。

在任何道德、情感理念价值，无功利、无实用，回归到自然本体。无知觉无意识的自我化入无目的的无价值的自然，物即我，我即物，自然本体与人的本体同化为一"①。

此时，在文学中，就本质而言，自然已成为一种壮阔深邃的宇宙意识和永恒精神境界的象征和暗示。无疑，对自然本体进行审美观照，这是"川端文学"自然美意识的一个最重要的方面，可以说，川端康成是把它作为其文学与人生之极境来追求的。

在《我在美丽的日本》一文中，川端康成通过日本古代禅僧的诗作阐述了"天人合一"这一东方式的传统自然观。他引用明惠上人法师的"冬月拨云相伴随，更怜风雪浸月身"、"山头月落我随前，夜夜愿陪尔共眠"、"心境无边光灿烂，明月疑我是蟾光"的诗句，来说明他们的"心与月亮之间，微妙地相互呼应，交织一起而吟出来的"。他们"以月为伴"、"与月相亲"，"亲密到把看月的我变为月，被看的月变为我，而没入大自然之中，同大自然融为一体"，甚至将自己"'清澈的心境'的光，误认为是月亮本身的光了"②。这种"看月变为月"的心物融合，就是自然与人"本体合一"的自然审美。川端康成说东山魁夷的风景画都是"大自然和画家邂逅，心灵互相感应"的产物：大自然风物的存

---

① 陈静漪：《中西文学自然观略探》，载《外国文学研究》1986 年第12 期。

② ［日］川端康成：《川端康成文集·美的存在与发现》，中国社会科学出版社 1996 年版，第 200—202 页。

在，是东山魁夷的幸福和愉快；而东山魁夷的存在难道就不是大自然的幸福和愉快吗①？此话不正是中国诗句"我见青山多妩媚，料青山见我应如是"②的另一种表达吗？"天人合一"的本体论的自然观不仅驱动着"川端文学"在写景时极力追求景与人在内在情绪上的契合，而且，还决定了"他的小说作为矛盾结构，更多的是对立面之间的渗透和协调，而不是对立面的排斥和冲突，包括真与假、美与丑、善与恶、生与死等等都是同时共有，都包含在一个绝对矛盾中，然后净化假恶丑，使之升华为美"③。

"天人合一"的自然观，一定程度上启迪了川端康成深层精神结构中"宿命"和"虚无"的生命体验。"你本是尘土，仍要归于尘土"，如果把《圣经·创世纪》中的这句话略加改动，我们就会明白：人虽优于自然但却源于自然，而且最后要归于自然。只要人类无法摆脱其生命体验中的这一重宿命，那么，人类对"天人合一"的追求将是永恒的。而人类在精神上追求天人合一，必定要在心理上体验一定程度的"宿命"和"虚无"。当然，川端康成的虚无思想受佛禅影响很大。川端康成本人对佛教精神就极为推崇，他说自己

---

① ［日］川端康成：《川端康成文集·美的存在与发现》，中国社会科学出版社1996年版，第267页。

② 叶嘉莹主编：《辛弃疾词新释辑评》，中国书店2006年版，第1361页。

③ 叶渭渠：《东方美的现代探索者——川端康成评传》，中国社会科学出版社1989年版，第219页。

"是在强烈的佛教气氛下成长的"①，"那古老的佛法的儿歌和我的心也是相通的"②，"佛教的各种经文是无与伦比的可贵的抒情诗"③。可是，我们知道，宗教在本质上属于哲学范畴，它也得对自然万物加以解释。佛教禅宗在信仰实践上就是以"天人合一"为其最高追求的。川端康成说："古人均由插花而悟道"④，就是受了禅宗的影响。想要由大自然的一草一木而开悟宏阔的"天体之道"，进入物我双融的境界，就必须完全抛弃自身。只有把自己彻底忘却，万思归一、化入自然万象，就能触摸到自然的底蕴、把握宇宙生命的脉动，获得自然本体的认识。川端康成借东山魁夷的话来阐明这一点：从少年时期起观察大自然，掌握了自然万物都是沿着成长、衰亡的循环轨道永恒地运转下去的。我想，大概只有抛弃自己的一切，才能直接观察到根本的力量所在⑤。川端康成自己则说：

　　　　是我随波逐流，随风来顺水去。而我自己既是风也

---

　　① ［日］川端康成：《川端康成全集》（23 卷），新潮社 1981 年版，第 508 页。此句李正伦译本为"我是经笃信神佛的老人抚养长大的"，见［日］川端康成《天授之子》，李正伦等译，漓江出版社 1998 年版，第 111 页。
　　② ［日］川端康成：《川端康成文集·美的存在与发现》，中国社会科学出版社 1996 年版，第 84 页。
　　③ ［日］川端康成：《川端康成文集·伊豆的舞女》，中国社会科学出版社 1996 年版，第 162 页。
　　④ ［日］川端康成：《川端康成文集·美的存在与发现》，中国社会科学出版社 1996 年版，第 211 页。
　　⑤ 同上书，第 286 页。

是水。毋宁说我总是想失去自己，有时却失去不了。①

现代哲学和心理学告诉我们：超越意识是生命的一种现代体验和本能倾向。"如果说，物我同化的自然观体现了诗人摆脱自我，与具有物质外壳的自然融为一体的话，那么超越自然的观念就是人类对美的又一次追求，即追求永恒的美。这永恒美不仅是宇宙的永恒，更是人类精神的永恒。"②

川端康成从这种"天人合一"的自然观出发所渲染的"虚无"和"宿命"，实际上就是生命本体对这种超越意识的自觉，是个体有限对宇宙无限的追求。因而，川端康成多次强调"进入无思无念的境界，灭我为无。这种'无'不是西方的虚无，相反，是万有自在的无，是无边无涯无尽藏的心灵宇宙"③。"川端文学"中那种始终保持着的闲寂和空灵的艺术境界，也主要来自于这种旨在追求超越体验的"天人合一"的自然审美。

从这种"抛弃自身"、"投入自然"的自然本体论出发，川端康成认为：流转、无常才是生之证明，轮回转世就是生死不灭④。人死灵魂不灭，个体的生命消亡了，人类的生命意志却不可逆转地无限绵延："一片叶子的凋落，意义是深

---

① ［日］川端康成：《川端康成文集·美的存在与发现》，中国社会科学出版社1996年版，第102页。

② 陈静漪：《中西文学自然观略探》，载《外国文学研究（中国人民大学复印资料）》1986年第12期。

③ ［日］川端康成：《川端康成文集·美的存在与发现》，中国社会科学出版社1996年版，第208页。

④ 同上书，第20—21页。

远的，是与一棵树的整个生命休戚相关的，正因为一片叶子
有生有灭，四季中的万物才能永远地生长变化。""我们和大
自然同根相连，永不休止地描绘着新生和消亡。"① 所以，生
即死，死即生。为了要否定死，就不能不肯定死。"空、虚、
否定之肯定"的哲学思辨不仅贯通于川端康成的自然观，而
且统帅着他的美学观。在川端康成看来，生命从衰微到死亡，
是一种死灭的美，正如从这种"物"的死灭才能更深刻地体
会到"心"（精神）的深邃一样，"悲之切"才能体会到
"美之至"，所以他经常强调："平安朝的风雅、物哀成为日
本美的传统"②，还说，"'悲哀'这个词同美是相通的"③。
由此看来，川端康成的"无常"和"虚无"，与其说对
"生"是一种轻视，莫如说是一种"大爱"，是一种形而上的
体认和把握，这种纯理念意义上的把握，具体到现实中，就
为人生众相割裂成无数个"无常"，给人以"无边的悲哀"；
上升到美学，则成为恒美的"永生"，给人以"心灵的支
撑"。"无常也就是变化，生死轮回，实际上这正是生命的状
态，描绘着成长和衰灭的圆轮，提供着生存证明的想法，不
管你是否意识到，它都存在于大多数日本人的心灵深处。"④
看来，我们只有下结论了——如果说"悲"指述"无常"，

① ［日］逸夫：《心灵的回声——我与自然》，四川民族出版社1992年版，
第88页。
② ［日］川端康成：《川端康成文集·美的存在与发现》，中国社会科学出
版社1996年版，第265页。
③ 同上书，第217页。
④ ［日］东山魁夷等：《日本人与日本文化》，周世荣译，中国社会科学出
版社1991年版，第19页。

"美"象征"永恒","悲"和"美"又相通，那么，这"悲与美"既是川端康成乃至日本民族精神的主响，当然也就成了"川端文学"的主调。

通过以上考察，我们看到，"川端文学"的自然美意识是一个几种观念交互渗透的复杂的审美体系，其对文学的辐射也是同样的扑朔迷离。不过有一点却是明晰的，这就是：从肯定到否定、再到否定之否定——这一关于自然万物的哲学思辨轨程始终贯穿于"川端文学"的自然美意识之中，它既是"川端文学"独特的"悲与美"品貌产生的内在动因，也是"川端文学"的深刻性所在。

第三章

"川端文学"自然美意识的传统美学内驱

　　"物哀"是学术界在论及日本美学和日本文学，尤其是日本文学的自然审美时不得不经常提到的一个日本固有的理论术语。可以说它是日本文艺审美情趣的核心概念，也被称为日本文论的最高范畴。

　　"物哀"一词，日语写做"物の哀"（もののあわれ），且不说丰子恺先生在其《源氏物语》译本中对"物の哀"的翻译就多种多样，单就学界的理论性文章和学术著作中对"物の哀"的翻译也是五花八门。比较常见的有："愍物宗情"①、"自然伤感"②、"自然之悲"③、"人世的哀愁"④、"物哀怜"⑤、"幽情"⑥、"物之哀"⑦、"感物兴叹"⑧、"物感"⑨、"感物兴情"⑩、"物我交融"⑪，等等。关于"物哀"的定义和内涵，学者们也是众说纷纭、莫衷一是。或曰物哀是见物

　　① ［日］铃木修次：《中国文学与日本文学》，吉林大学日本研究所文学研究室译，海峡文艺出版社 1989 年版，第 50 页。

　　② ［日］田泽坦等：《日本文化史——一个剖析》，日本外务省编印 1987 年版，第 2 页。

　　③ 同上书，第 45 页。

　　④ 谢六逸：《日本文学史》，上海书店 1991 年版，第 91 页。

　　⑤ 吕元明：《日本文学史》，吉林人民出版社 1987 年版，第 394 页。

　　⑥ ［日］丸山清子：《源氏物语与白氏文集》，申非译，国际文化出版公司 1985 年版，第 194 页。

　　⑦ 王长新、金峰玉主编：《日本学辞典》，吉林教育出版社 1990 年版。

　　⑧ 李芒：《"物のあわれ"汉译探索》，载《日语学习与研究》1985 年第 6 期。

　　⑨ 李树果：《也谈"物のあわれ"的汉译》，载《日语学习与研究》1986 年第 2 期。

　　⑩ 佟君：《日本古典文艺理论中的"物之哀"浅论》，载《中山大学学报》1999 年第 6 期。

　　⑪ 严绍璗：《中日古代文学关系史稿》，湖南文艺出版社 1987 年版，第 195 页。

生情，或以物拟情；或曰物哀侧重指由人生与自然的客观物境引发幽美、沉静、情趣、爱恋等主观感受，最终升华为表达纤细的美感、哀愁的情愫；或曰物哀是哀怜的发展，强调主客观的统一。"日本学者久松潜一将'物哀'的性质分为感动、调和、优美、情趣和哀愁等五大类，他认为其中最突出的是哀愁"①。我国学者叶渭渠认为：在"物哀"的审美观照中，主体具有真挚的爱心和静寂的心态，观照的对象主要是社会人事和与人密切相关的自然物，"物哀"感动中还包含有对现实的本质和趋势的认识，"物哀"感动以咏叹的方式表达出来②。另外，还有"物哀"是悲情之美、"物哀"的美是悲剧的美③、"物哀"就是悲哀和恋情④、"物哀"就是人生有限而追求无限的悲剧性等等论断和说法，不一而足。但学者们普遍都认为"物哀"观念和审美蕴涵着日本文学的本质，是日本文论和美学的最高范畴。

应该说，"物哀"作为大和民族传统的和最高的审美追求，作为"川端文学"自然美意识的传统美学内驱，有其浓郁的生态氛围和深厚的人文背景。本章主要论述产生"物哀"观念的大和民族的深层心理结构，并从审美思维对象、审美思维方式和审美思维结果三个层面对日本美学这一重要

---

① ［日］久松潜一：《日本文学评论史》，至文堂1968年版，第87页。

② 叶渭渠、唐月梅：《日本人的美意识》，开明出版社1993年版，第55页。

③ 阿部秋生：《源氏物语的研究》（日文版），东京大学出版会1974年版，第13页。

④ 姜文清：《东方古典美——中日传统审美意识比较》，中国社会科学出版社2002年版，第98页。

观念进行剖析，旨在揭示"川端文学"的自然审美与日本民族这一传统的美学追求之间的承秉关系。

第一节　作为审美思维对象

"物の哀"一词，虽借用了汉字，但词汇本身却是日本人创造的，所以，任何简单地从汉字字面对其进行释义的做法都是不科学的。根据资料，"物の哀"一词最早的用例①见于日本中世纪文人纪贯之（872—945）的《土佐日记》：

> 送行人歌曰："人如鸭群列相送，别意依依愿君留。"表达挽留之意。行客深为感动，这样咏歌道："举棹探之难知底，感君情谊似海深。"当此互相作歌道别时，船夫却不懂得这物哀，自己猛劲喝干酒，执意快开船，催促道："潮已涨了，风也顺了！"②

此后，在众多的日本文学作品中都有用例，而以紫式部的《源氏物语》用得最多，共有17例。由此可见"物哀"说的古老性和普遍性。但对"物哀"进行集中释义的第一人

---

① 《不列颠国际大百科事典（日文版）》，日本、TBS、不列颠出版公司1975年版。

② 姜文清：《东方古典美——中日传统审美意识比较》，中国社会科学出版社2002年版，第91—92页。

却是生活在 18 世纪的日本国学家本居宣长。本居宣长
(1730—1801) 在评论《源氏物语》的论著《紫文要领》
(1763) 和《〈源氏物语〉玉小栉》(1779) 中，把表现"物
哀"看做是这部物语的本质，也看做是日本文学的本质。他
指出："在人的种种感情中，只有苦闷、忧愁、悲哀——也
就是一切不能如意的事才是使人感动最深的"①，而《源氏物
语》对这一美学精神表现得最为完美。本居宣长的结论无疑
是有道理的。因为日本文学从最古的历史文学著作《古事
记》起，就带有悲哀的情调。日本"诗歌的经典"——《万
叶集》中的抒情诗，更多的是咏叹恋爱的苦恼和人生的悲
哀，成为一种"发自个人主观世界——即发自个人内心的，
歌唱刹那的欢乐、悲哀、痛苦和眷恋等各种感情的文学"②。
这种悲哀的审美情趣，经过最早问世的物语文学之　的《伊
势物语》，发展到《源氏物语》，已形成了相当的气候。不过
本居宣长同时又认为，"悲哀"只是"'哀'中的一种情绪，
它不仅限于悲哀的精神"，"凡高兴、有趣、愉快、可笑等这
一切都可以称为'哀'"③。这样看来，"物哀"的"哀"并
不是悲哀，而是指主观情感。本居宣长对"物"的一面的解
释显然是不够充分的。中国学术界一般把"物"的一面解释

---

① 叶渭渠：《东方美的现代探索者——川端康成评传》，中国社会科学出
版社 1989 年版，第 213 页。

② ［日］西乡信纲等：《日本文学史——日本文学的传统和创造》，佩珊
译，人民文学出版社 1978 年版，第 25 页。

③ 叶渭渠：《东方美的现代探索者——川端康成评传》，中国社会科学出
版社 1989 年版，第 213 页。

为"一切客观事物",或者更具体一点认为"物"的一面是指"客观存在的社会和自然",其实这是不符合日本人的审美实际的。日本著名文人吉田兼好在《徒然草》中说:"四季变幻,事物各殊,良多趣味。世人皆言'物之哀者以秋为胜'。此亦有理,然更扰人心绪者,春之景也。"① 这里,吉田兼好不仅把"物"的一面规定为自然风景,而且对"哀"的一面理解有着比本居宣长更深刻的意味。对日本古典文学稍具常识的人都知道,日本的审美是淡化社会功利的。中国日本文学研究专家吕元明先生指出:"在平安王朝时代,客观世界所引起的人们的感动、情趣,不只是四季和爱情问题,也还有政治问题和宗教信仰问题。"但吕元明先生同时又明确强调,"平安文学作家一般是避开正面描绘政治问题的,故'物哀'极少触及尖锐的政治社会问题,而追求深沉的内省"②。如果说"物哀"的"物"的一面在其产生之初还泛指包含大自然在内的其他一切客观存在物的话,那么经过平安朝文学家们创作实践上的回避、冲淡和净化,其最后只限于专指自然风物了。我们甚至可以认为原本就不存在这一历史演变过程。如果对产生"物哀"观念的日本文化背景及日本人的审美思维机制稍加察考,就会明白这一点。

沐浴在浩荡无垠的太平洋波涛中的日本列岛,四季分明,阳光充足,雨水丰沛,植物茂盛,鲜花盛开,人称绿色王国。在谈及日本自然环境的独特性时,川端康成指出:"世界上

---

① 赵京华:《寻找精神家园》,中国人民大学出版社 1989 年版,第 57 页。
② 吕元明:《日本文学史》,吉林人民出版社 1987 年版,第 399 页。

再没有像日本的绿色那样丰富多彩、千差万别、纤细微妙的
了。春天的嫩叶那样青翠欲滴，秋天的红叶那样鲜红似血。
别的国家恐怕也没有像日本那样种类繁多的花草树木吧。不
仅是花草树木，山川海滨的景色，四季的气象也是如此"①。
"日本国土狭窄……其历史、传说、美术的名胜散布全国各
地，大多是置在大自然之中。……全日本就是置在优美而幽
雅的大自然之中。"② 学术界把日本文化表征为"稻作文化"
及"象征文化"是比较准确的，它就得自于对日本民族与这
样的大自然关系的深刻而精准的考察。正如许多学者指出的
那样，日本优越而独特的自然环境使得日本民族和大自然结
下了不解之缘③。日本著名画家、散文家东山魁夷在谈到这
一点时指出："对于以农耕生活为基础的民族来说，不用说
季节的变迁与生活有着密切的关系，同时，接受自然的恩惠
而生活的意识也很浓。特别是对身处丰富的自然环境之中，
经常满怀深情来观察四季变化状况的人们来说，对自然产生
亲切感是理所当然的。"④ 如果说东山魁夷先生给我们回答了
日本民族之所以对大自然有着一种特别亲近感的社会历史缘

---

① ［日］川端康成：《川端康成文集·美的存在与发现》，中国社会科学出
版社 1996 年版，第 263 页。

② 同上书，第 264 页。

③ 日本官方规定的全国性的 14 个节假日中，有一半以上都是与大自然有
关的，尤其是绿节（4 月 29 日）和海洋节（7 月的第三个星期一），主张和大自
然接触，感谢大自然的恩惠，培养丰富的心灵。还有一年一度（3 月中旬）的赏
樱会，人们纷纷来到樱花盛开的野外，尽情享受大自然的美景。

④ ［日］东山魁夷：《日本人与日本文化》，周世荣译，中国社会科学出版
社 1991 年版，第 22 页。

由，那么，川端康成则给我们道出了其人文心理方面的因素：
"广袤的大自然是神圣的灵域……凡是高岳、深山、瀑布、
泉水、岩石，连老树都是神，都是神灵的化身。"① "在这种
风土，这种大自然中，也孕育着日本人的精神和生活、艺术
和宗教。"② 客体的大自然何以孕育了日本人的精神和艺术
呢？其中介环节就是日本人的"自然感悟"或称为"自然思
维"——与大自然的长期亲和相处以及把每一自然物都视为
"灵物"的"泛灵观"，不仅形成了日本民族敬爱自然的深层
文化心理，而且也造就了日本民族把一切自然物都作为有灵
性的活物来亲近、来接受、来交流的思维特点。感悟自然，
不仅成为他们进行精神内省的重要方式，而且成为他们文化、
审美活动的重要内容。现代人文科学的某些研究成果，给我
们的这一分析提供了有力佐证。

法国著名人类学家列维·布留尔通过对人类大量史前艺
术现象的分析研究，发现原始初民具有一种与现代人类完全
不同的思维方式：原始思维。这一研究成果已得到了学术界
的普遍承认。根据布留尔的论述，幼年的人类还不会使用抽
象概括的方式，而是用形象直观把握或者说整体直觉把握的
方式来认识世界的。因而，他们对诸事物相互之间关系的理
解，具有一种"互渗律"的特征，即"在原始人的思维表象
中，客体、存在物、现象能够以我们不可思议的方式同时是

---

① ［日］川端康成：《川端康成文集·美的存在与发现》，中国社会科学出
版社 1996 年版，第 264 页。
② 同上书，第 263 页。

它们自身，又是其他什么东西。它们也以差不多同样不可思议的方式发出和接受那些在它们之外被感觉的、继续留在它们里面的神秘力量、能力、性质、作用"①。他们无法分清事物的各个不同的属性，认为任何事物都是同一性质的，在有灵有性、富有生命这一点，似乎是同类，人绝对没有高于或优于任何客体，人与自然万物自然地融为一体。"他们还不能区分人类社会与自然界，而认为人与动物、植物都处于同一层次上，都是同一的生命体"②，所以，人能接受树的信息、水的信息，树、水也能接受人的意念。这样，人与外部世界的交流就异常的丰富和广达，主客能进行充分的互渗。由于原始思维具有着与审美思维活动同样的直观性、形象性、整体性等特质，有人甚至断言："艺术思维，从本质上说是原始思维的现代残存。"③日本学者户井田道三把日本人心中的原始"残存"称为"原始心性"，并明确指出：在日本人的思想观念里，还残留着浓厚的未开化人的意识④。可以说，日本民族的"自然感悟"就是一种"原始思维"的"残留"，其"物哀"观念，本质上首先应是一种建立在"互渗律"基础上的审美思维方式。基于以上论述，我们可以这样

① ［法］列维·布留尔：《原始思维》，丁由译，商务印书馆1997年版，第69页。

② 蒋述卓：《自然在宗教中的地位及其对艺术创作的影响》，载《中国比较文学》1994年第1期。

③ 宋耀良：《艺术家的生命向力》，上海社会科学出版社1988年版，第44页。

④ 安田武、多田道太郎编：《日本古典美学》，曹允迪译，中国人民大学出版社1993年版，第172—174页。

解释"物哀":"物"就是自然风景、自然风物;"哀"则指由自然景物诱发或因长期审美积淀而凝结在自然景物中的人的情思。这里,我们无意割裂美感本质的主客体同构,而是想强调事实——在日本人看来,"物"、"心"之间存在有一种同形感应关系。所以,我们又有了关于"物哀"的补充表述:"物哀"是日本民族对自然景物与人的情感之间的同形感应关系的一种审美概括。正如日本著名作家佐藤春夫所言:"物哀"这一美学理念的本质从根本上反映了日本民族所理解的人与自然共生共感的关系①。这是我们将要揭示的"物哀"观念的第一层内涵。

"同形"是指自然风物与人都是有生命的感性物体,"草木之开花结实,同人之荣兴——佛教的把自然和人生合为一体的思想,相当普遍地扎根于日本人的心里"②。如何理解"感应"呢?可以说它是自然风物与人之间生命意识的交流和体悟、情感活动的相通和互渗。例如,看到雨中花,就会认为是花不堪风吹雨打而流泪,而人生际遇之坎坷泪洒花也应知,花是我的写照,我是花的知音,同病相怜,情感互渗。既然自然万物都是有灵性的活体,那么它们进入审美观照时,自身就具有情感律动。自然景物本身就是情感形式。自然风

---

① 齐珮:《日本唯美派文学研究》,中国社会科学出版社 2009 年版,第 229 页。

② 〔日〕南博:《日本人的心理》,刘延州译,文汇出版社 1991 年版,第 47 页。

物与人的交流就是生命和生命的交流、情感与情感的感应。日本学者山本正男甚至认为："作为日本的世界观，人们认为无论是实在还是自然或人，全都是在同一个存在的意义上与位置上成立的。事物也好，事象也好，全都平等地分有着自然的性质。"质言之，"自然就是能够看得见的精神，而精神也就是看不见的自然"，"因此就不是什么感情移入而应当说成是感情汲出"①。

"春山烟云连绵，人欣欣。夏山嘉木繁阴，人坦坦。秋山明净摇落，人肃肃。冬山昏霾翳塞，人寂寂。"② ——这段话指的又何尝不是审美中的同形感应？当然，其中含有人类审美心理的历史积淀，但其根基还应追溯到人类原始思维中主客体的相通和互渗。普存于日本人深层心理的"季节感"与"无常感"的同形感应，有时就很难分清是"心"投射于"物"，还是"物"触发了"心"。发生认识论的原理告诉我们：一个人认识的发生是主客体交互作用的结果；而且主客体的相互作用越多，认识的内容也就越丰富③。日本先民，最初可能是偶然地、下意识地由自然风物的随季荣枯联想到人之生命的短暂，借季节流变来表达人生无常的喟叹，但由于史前人类认为在他们与自然万物之间存在有"相通性"，

① ［日］山本正男：《东西方艺术精神的传统和交流》，牛枝惠译，中国人民大学出版社1992年版，第112—143页。
② 叶志海：《〈古都〉和〈边城〉艺术特色之比较》，载《国外文学》1990年第2期。
③ ［瑞士］皮亚杰：《发生认识论》，范祖珠译，商务印书馆1990年版。

因而通过这种"相通性"，他们也就把自己关于人生际变、生命短暂的感触传达给了自然，而自然风物好像也"心领神会"——通过其外在感性形式的流变特征，对日本人的这种感受施加强化影响。这样，"刺激—反射"、"反射—刺激"，循环往复，久而久之，终于内化为日本人的深层审美心理结构。功能是结构的必然产物。因而，日本人看到"物"便想到人；想到人，便去对应"物"。"季节感"与"无常感"的同形感应已成为日本人审美意识中一个较难分割的同构存在。这种"同构存在"在日本人的审美活动中还有很多，已成为众多日本人固定的审美心理图式：由"风、花、雪、月"产生对四季的感受，"梅花引起人们的优美感，雨表达沉静，秋月引起感伤，大和魂使人想起野梅花，小鸟叫使人想起父母等等"①。这些审美心理图式的生成，同样是历时性和共时性的统一——历史凝聚在结构中，它们体现了主客体之间的那种相对稳定的感应关系。而"物哀"则是对"物心之间自由、广泛的感应关系"的概括：由于主客体交流的全息性和广达性，就使大和民族将人生的各种情感寓存在"物心"交互感应的时空成为可能，并进而积淀成为其民族的审美思维定式——日本人的审美由"物心"交互感应的时空生发，也因这一时空得以尽呈。

当然，日本人的"物哀"审美，在具体实践上是有高低层次之别的。一般的审美活动只达到"物心交流"的阶段，

---

① 吕元明：《日本文学史》，吉林人民出版社 1987 年版，第 399 页。

再高一点进入"情景交融"的意境，其美学特征表现为：
"未抛弃'物'，但同时又是对'物'的突破和超越"①；高
级的审美活动能上升到"超然物外"、"物我两忘"的境界，
其美学特征正如日本美学家今道友信所言：是"通过物而实
现了对'物'的完全突破"②。前者表现为日本人置身于自然
环境和接触自然风物（包括与自然风物有关的各种物品）时
所普遍流露出的"风雅"品性。可以说，流行全日本的茶
道、花道、盆景和园林艺术，某种程度上就是这一审美品格
的物化显现。后者是高层次的审美，多为这个民族的文学艺术
所追求，不过也只有那些杰出的文学家和艺术家才能体验到。

第二节　作为审美思维方式

　　日本民族的"物哀"观念，就其哲学基础而言，无疑是
一种主体与客体的同构共存。但就其审美倾向来说，则更注
重"客体"对"主体"的诱发和催生、"天物"对"人情"
的深化和远延。在笔者看来，这应当是"物哀"观念的第二
层内涵。在日本古典文论范畴中，"物哀"是由"哀怜"演
变而来的③，而"哀怜"指的就是主体的"情"。"物哀"一

---

　　① 张首映：《审美形态的立体观照》，人民文学出版社1989年版，第
63页。
　　② ［日］今道友信：《东方的美学》，蒋寅等译，生活・读书・新知三联书
店1991年版，第133页。
　　③ 吕元明：《日本文学史》，吉林人民出版社1990年版，第394页。

词在日语原文中，就是一个偏正结构："物の哀"，所以，汉语也可以翻译成"物之哀"。如果说"物"指称的是客体，"哀"代表的是主体，那么，这个语词的自身构成也表明其侧重点在于"情"。

毫无疑问，日本民族的审美是主情的，而且是"情借景生"。有学者概括为"感伤自然、悯物宗情"①。从古代的"哀怜"、"余情"、"幽玄"说，经过中世纪的"有心"、"意气"说，再到近现代厨川白村的"苦闷的象征"说，可以看出，日本文论和美学始终高擎着"主情"的大旗。对情感的重视和尽力捕捉，也成为日本文学艺术源远流长的一大传统。不过日本人深深懂得：为了渲染"情"，就必须绘制"景"。但是，他们的"物哀"审美并不是我们一般意义上理解的"情景交融"。其在审美实践中，还流露出"情因景达"的追求。这不仅包含有"一切景语皆情语"②的含义，而且还有着"唯景才足以情达"的意味。把丰富多彩、千差万别、瞬息万变的大自然作为主体世界外化和对象化的自由天地，人物情感世界的复杂、微妙，借自然风物的丰富、纤细得以尽现；而通过心物合致、情景交融的意象和境界所生成的象外之象、情外之韵，来实现对情感的加深和远延——日本美学对"余情"、"幽玄"的追求，不能不说是日本美学对世界美学的一种贡献。

---

① 王确：《主情的审美世界——谈日本人的美意识》，载《外国问题研究》1993 年第 4 期。

② 王国维：《人间词话》，人民文学出版社 1961 年版，第 191 页。

　　如果说，意境和意象的创制在整个东方美学和文学中还比较普遍的话，那么，通过象外之象、情外之韵来远延和强化文艺作品的余情美，则更多体现了日本美学自身的独到追求。为了与"意境"、"意象"这些东方美学中传统的叫法相区别，我们不妨把日本民族追求的这一独特的审美效应或审美体验称之为"境像"。作为"日本文学世界的象征"[①] 的"川端文学"的许多作品，就很好地证明了这一点。中国著名日本文学研究专家叶渭渠先生在其《川端康成评传》一书中指出：川端康成"不是一般意义上的寓情于景或触景生情，而是含有更高层次的意味。即他将人的思想感情、人的精神注入自然风物之中，达到变我为物、变物为我、物我一体的境界"[②]。如"川端文学"的代表作《雪国》中对"暮景之境像"和"晨景之境像"的描绘；而最有代表性的例子就是作者糅合了女主人公驹子纯洁美丽而又伤感凄凉的生命存在，给读者绘制出的"云冰刀月"美感境像——"夜空里的月儿皎洁得如同一把放在晶莹冰块上的刀"。此时，不管是主体还是客体，不管是"我"还是"物"，都超越了自身的存在，而成为一种象外之象、情外之韵。也就是说，情已不再是原情，景亦不再是原景，而只是成为密集浓郁的艺术氛围的元素，淹没于无限深邃的境像之中。这些境像的外延，

---

　　① ［日］濑沼茂夫：《川端康成文学奖的前后》，载《译林》1983 年第3 期。

　　② 叶渭渠：《东方美的现代探索者——川端康成评传》，中国社会科学出版社 1989 年版，第 112 页。

不仅加深了境像的内涵，而且延伸了情感表现的空间，在读者心中掀起了起起伏伏的情感的波纹，这些情感的余波荡漾开去，就像空谷回音，久久不能平息，极大地催生着余情、幽玄之美。

在这里，日本民族的"物哀"审美又体现出了"以情主物，以物表情"的主情主义和象征主义相结合的美学原则，显示出"物哀"作为审美表达方式的意义。我国著名学者严绍璗先生认为："物哀"是日本民族的一种文艺的创作方法①，这一论断也为我们昭示了"物哀"的方法论意义。

第三节　作为审美思维结果

"物哀"，不仅强调"天物"对"人情"的诱发和表征，而且这种"人情""多半是倾向于感伤、孤寂、空漠而又有所希冀的一种朦胧的情感、意趣和心绪"②。这可以说是"物哀"观念的第三层内涵。在此层面上，"物哀"可以简明解释为：自然风物引发的哀伤之情。如果说"主情"是"物哀"的审美倾向，那么，"偏哀"则是"物哀"的情感倾向。严绍璗先生主张将"物哀"汉译为"物我交融"，并且指出：日本民族在"物我交融"中，常常是将哀怨之情移注到时令

---

①　严绍璗：《中日古代文学关系史稿》，湖南文艺出版社 1987 年版，第195 页。

②　林少华：《谷崎笔下的女性》，载《暨南学报》1989 年第 4 期。

推移、姿色变化的自然景物上去①。叶渭渠先生也认为："物
哀"是将日本的以悲为美、以哀为美的悲哀意蕴渗透到心与
形，主观与客观，人生与自然的相互融合中，表现一种优雅、
纤细、哀伤之美②。而另一位学者邱紫华则说的更明确：
"'物哀'作为一种审美观念是指人面对自然事物的无常、多
变、易逝而产生的哀伤情绪和深切的感叹。'哀'是主体精
神、情感的真切流露，是和歌中表现最多的情感，也是日本
民族的情感世界中占主导地位的情感。"③ 日本学者西田正好
也明确指出：从本质上看，物哀作为一种慨叹，愁诉"物"
的无常性和失落感的"愁怨"美学，显示出了其悲哀美的特
色④。总之，不管你是否承认，对"哀"的偏倾的确是日本
美学的一大事实。日本文艺理论家厨川白村在其《苦闷的象
征》一书中指出，"生命力受了压抑而生的苦闷懊恼乃是文
艺的根柢，而其表现方法乃是广义的象征主义"⑤。我们以前
只是简单地将这一观点理解为西方现代主义哲学、美学思潮
对厨川白村的影响，而忽略了厨川白村作为日本人对自己民
族审美传统的当然秉承和他自身对人类生命状况的深刻体悟。

---

① 严绍璗：《中日古代文学关系史稿》，湖南文艺出版社 1987 年版，第
195 页。

② 叶渭渠、唐月梅：《物哀与幽玄——日本人的美意识》，广西师范大学
出版社 2002 年版，第 75 页。

③ 邱紫华：《日本和歌的美学特征》，载《华中师范大学学报》2004 年第
2 期。

④ 西田正好：《日本的美——其本质和展开（日文版）》，创元社 1970 年
版，第 271 页。

⑤ ［日］厨川白村：《苦闷的象征》，鲁迅译，人民文学出版社 2007 年版，
第 55 页。

那么，为什么"哀"呢？或者说，为什么孤寂感伤而又朦胧希冀呢？对这一问题的揭示，将会使我们触摸到大和民族的深层心理结构。可以说，审美情感中对"哀"的偏倾，导源于日本人生命体验中的"东洋人的悲哀"情结，而"东洋人的悲哀"则同样源于日本民族对大自然的审美感悟。今道友信称之为日本人的"基于植物的世界观的美学观"①。

如上所述，与大自然的长期亲和相处，培养了大和民族对于大自然的敏锐精纯的审美悟性。一棵千年老树新发了"显得特别娇嫩"的绿叶，老树那种"扎根大地，支撑天空"的姿态无疑是美的，因为它是"大自然与人的生命的永恒的象征"②。可这棵树同样会给日本人带来浓重的"哀伤"："坐在具有几百年、上一二千年树龄的大树树根上，抬头仰望，自然会联想到人的生命的短暂。这虚幻的哀伤……从大树流到了我的心中。"③ 自然风物的随季荣枯，不仅造就了大和民族悲物悯人的悲悯情怀，而且启动了他们生命体验中那种虽与自然风物同根同源却不能同体同归的无常感和哀伤感：就像树叶和树干，叶落树犹生；就像人和大自然，一个短暂即逝，一个天长地久。日本作家德富芦花在一篇题为《春天的悲哀》的散文中把这一点表述得更加鲜明："投身在自然

① ［日］今道友信：《东方的美学》，蒋寅等译，生活·读书·新知三联书店1991年版，第191—192页。
② ［日］川端康成：《川端康成文集·美的存在与发现》，中国社会科学出版社1996年版，第270—271页。
③ 同上书，第272页。

的怀抱里，哀怨有限的人生，仰慕无限的永恒。"① 日本作家佐藤春夫则直言："物哀"这个审美范畴的哲学依据是"无常观"，而"无常观"是在人类认识到自己的须臾渺小和自然的永恒无限之后，自然而然地产生的一种哀伤之情②。日本民族的这种哀伤，虽源生于对大自然的审美感悟，但却通向了人类生命本体意义上的悲剧意识："人生悲剧感的根本来源，在于人类生存的两重性和人的悖论本性：人既是生理性肉体，又是符号性自我。人超于自然，同时又无可奈何地属于自然……他亲眼目睹自己的完结：死亡。他无法摆脱自己生存的两重性：人不可能摆脱精神的纠缠，尽管他想超脱出来；他不可能摆脱躯体的束缚，只要他活着——他的躯体使他渴望生活。"③ 可以认为，人类生命的悲剧意识就是明知必死而求其生，明知生命有限而求其永！"东洋人的悲哀"可以说就是人类这一悲剧意识在大和民族心理上的投射。不过"东洋人的悲哀"并不只是消极地感时伤逝，"自然在时刻变化着，观察自然的我们每天也在不断变化着。如果樱花永不凋谢，圆圆的月亮每晚都悬挂在空中，我们也永远在这个地球上存在，那么，这三者的相遇就不会引起人们丝毫的感动。在赞美樱花美丽的心灵深处，其实一定在无意识中流

① ［日］德富芦花：《自然与人生》，陈德文译，百花文艺出版社1984年版，第18页。

② 齐珮：《日本唯美派文学研究》，中国社会科学出版社2009年版，第229页。

③ 韦小坚、胡开祥、孙启君：《悲剧心理学》，三环出版社1989年版，第37页。

露出珍视相互之间生命的情感和在地球上短暂存在的彼此相遇时的喜悦"①。有幸享受一份生命，这是短暂人生和永恒宇宙之间的一段美丽姻缘。日本人从人生的短暂得出生命的珍贵和生命的喜悦，进而上升到关于生与死的美学思辨："一片叶子的凋落，意义是深远的，是与一棵树的整个生命休戚相关的，正因为一片叶子有生有灭，四季中的万物才能永远地生长变化。""我们和大自然同根相连，永不休止地描绘着新生和消亡。"② ——日本人看似超越死亡而接近永恒了，但心底还是无法抹去那一层生命无常的感念，还是没有摆脱"一切皆缘"、"一切皆流"的"姻缘思维"定式。因而，他们一方面庆贺生命、一方面哀叹生命；一方面有所希冀和追求，一方面又感到朦胧和无望。"究竟什么叫生呢？偶然来到这世上的我，不久将要离开到什么地方去呢？理应没有常住之世、常住之地和常住之家。……我被动地生活着，如同野草，也如同路旁的小石，要在不得不生的宿命中拼命地生活下去。有了这样的认识，我仿佛多少得到解救了。"③ 这就是日本人的深层心理结构：以出世的态度做入世的事情；抱着宿命的精神，为着拼命的人生。

源生于"自然感悟"的这一份对生命的浓重伤叹，表现

---

① ［日］东山魁夷等：《日本人与日本文化》，周世荣译，中国社会科学出版社 1991 年版，第 17 页。
② ［日］逸夫：《心灵的回声——我与自然》，四川民族出版社 1992 年版，第 86 页。
③ ［日］川端康成：《川端康成文集·美的存在与发现》，中国社会科学出版社 1996 年版，第 282 页。

在审美上，就是日本民族对"哀美"的追求。日本人从自然风物来感悟美，植物的生长状态当然就积淀为审美意识。今道友信指出：日本"审美意识的基本词语中的最重要的概念都是来自植物的"，"诸如静寂、余情、冷寂等，也大多与植物由秋到冬的状态有关"①。这里，今道友信先生虽未提到"物哀"，但日本另一学者柳田圣山却以象征日本人生命的樱花为例给我们作了补充说明：樱花是美的，但易开易落，这样美也就与无常相通、与悲哀相连了。"与其因为飘落而称无常，不如说突然盛开是无常，因无常而称作美，故而美的确是永远的。"② 这个"哀"和"美"的绝妙统一，无疑是日本式的，其统一的基础就是大和民族的深层心理结构。

明白了"哀"统一于"美"的过程，我们也就不难理解日本美学何以对"哀"那么看重了，也就明白了日本许多文学作品为何都显示出一种"哀美"的品貌。最典型的如川端康成的几部代表作，虽然所写题材不同，但均含有本居宣长所言的情感上的"不如愿"：如《伊豆的舞女》描述了初恋情思的郁结难言；《雪国》可以说表现了主人公精神和情感的无所依附；《古都》则描写了姐妹难聚的相思之苦——因而都流露出一种淡淡的哀愁。然而正是这种"哀愁"情调创制了作品独特的审美氛围，使情感上的"哀"升华为艺术的

---

① ［日］今道友信：《东方的美学》，蒋寅等译，生活·读书·新知三联书店1991年版，第191—192页。

② ［日］柳田圣山：《禅与日本文化》，何平等译，译林出版社1991年版，第51页。

美，达到了"哀与美"的高度融合。实际上就纯审美的角度
而言，"哀"与"美"也应该是统一的：美而不哀，可能会
失却跌宕，失去深沉，因而也就有可能失却余韵；哀而不美，
有可能流于压抑、流于沉闷，因而最后也就有可能冲淡美感。
美与哀的有机统一，实际上与人类许多普遍存在的审美原则
和情感原则是暗合的：前者如实与虚、形与神、直白与曲婉、
畅达与抑制等；后者如喜与悲、快感与痛感、自由与限制、
情感与理智等，我们都可以列举出很多。

　　通过以上分析，可以看到："物哀"，就这一语词的完整
意义和实践意义（字面意义和暗含意义、所指概念和能指功
能）来讲，正好范铸了、同时又准确表征了大和民族独特的
自然主义审美观。朱光潜先生指出："生命总是随时努力在
活动中实现自己，情感就是这种努力成功或失败的标志：活
动不受阻碍，生命得以畅然一泄时即为快感；活动受阻碍，
生命能量被抑制而郁积时即为痛感。"[①] 情感本质上是由生命
状态决定的，艺术和审美应当表现这一本质。"物哀"这一
语符，可以说就是大和民族对其所感受到的人类生命状况的
一个情感性、象征性描述，是大和民族对其丰富而深邃的生
命体验的一个高度的审美概括。它不仅浓缩了大和民族人文
精神的诸多方面：生与死、乐与悲、自由与限制、瞬间与永
恒，等等；而且尤为精妙的是它对大和民族的深层审美心理
结构特征是一个符式直呈：以象征化（"物"）、情感化
（"哀"）的方式把握世界和人类命运的独特审美方式。

―――――――

　　① 宋耀良：《艺术家的生命向力》，上海社会科学出版社1988年版，第9页。

第四章

"川端文学"自然审美境像的情感内涵分析

　　"川端文学"自然审美境像的情感内涵是指蕴涵在"川端文学"自然景物抒描和自然审美境像营构中的意绪、情感、理趣和题旨等"文意"类成分和元素。所以，对"川端文学"自然审美境像情感内涵的分析和归结，某种程度上也就是对"川端文学"的主题思想的分析和归结。因为"川端文学"自然审美境像的情感内涵当然是受"川端文学"之主题思想的影响和制约的，对"川端文学"自然审美境像情感内涵的高度集中概括，就可以看做是"川端文学"主题思想之所在。

　　那么，"川端文学"的主题思想到底怎样呢？可以说，"川端文学"的主题思想是复杂的，但又存在有一定的明晰性。从不同的角度可以得到不同的结论，从多元的层面可以得出多样的表述。从描写对象概括而言，可以说"自然"与"女性"是"川端文学"集中表现的两大主题；具体说来就是"风景"、"女性"与"情爱"。从思想（倾向）情绪笼统言之，"爱与美"是"川端文学"永恒的基本的主题；具体说来又有"女性"、"死亡"、"无常"、"虚无"、"幻美"等题旨蕴涵其中。"川端文学"主题形成的最主要原因与日本民族的传统、作者个人的经历以及审美观念是密不可分的。与此密切相关，本章把"川端文学"自然审美境像的情感内涵按着由浅入深、由表层到内里的顺序归结为女性母性色彩、情爱性爱意绪、无常死亡情调和虚无空幻感念四点，并从文本体现、主题探讨、缘由追寻和意蕴阐发四个层面进行整理和分析。

第一节　女性、母性色彩

一　文本体现

　　川端康成的自然抒描闪烁着明显的女性或母性色彩，因而在"川端文学"中形成了一道优美的女性风景线。自然景物与女性形象经常性的相互象喻，成为"川端文学"自然景物抒描女性、母性色彩的一大机理。换个说法就是，在"川端文学"中自然风景描写经常和女性描写相结合，或者说女性美经常和自然美相结合。川端康成很少单纯地、直接地描写女性，其女性美的抒描总是和自然风景的抒描相结合，可以说，"川端文学"存在一定程度的女性描写景物化倾向；而"川端文学"中的景物描写也很少有为单纯写景而写景的，总是融入人物的情感和心理，而这其中尤以女性人物居多，因而可以说，"川端文学"又存在着很大程度的景物抒描女性化色彩。正如有人所言：川端文学的"女性是与自然融为一体并且体现着自然的女性"①。

　　在川端康成的许多作品中都存在着一个与该作品的女主人公相对应的核心自然景物或自然物象，这构成了"川端文学"中自然与女性的总体象征意象。如贯穿川端康成成名作

---

　　① 周阅：《人与自然的交融——〈雪国〉》，云南人民出版社2002年版，第56页。

《伊豆的舞女》故事情节始终的"雨",可以说就是女主人公薰子的象征。不管从哪方面看,作品中所描写的"雨"都与薰子的性情相似:它的透亮晶莹、它的浓郁如织、它的绵绵不断、它的润物细无声等。

其他如《雪国》中的"白雪"是纯洁无瑕、空灵优美的叶子的象征;《古都》中的紫花地丁和北山杉树则分别是优雅美丽的千重子和质朴刚强的苗子的写照;《千只鹤》中美丽的白鹤图饰则象征纯洁亮丽的雪子;《山音》中的盆栽大红叶是信吾内心深处苦恋着的漂亮艳丽的妻姐的象征等。

在"川端文学"中,女性与自然景物相互具体比喻的例子更是数不胜数,不胜枚举,总括起来又可以分为两类:

（1）**象喻女性的相貌身姿**

盈盈皓月,深深地射了进来,明亮得连驹子耳朵的凹凸线条都清晰地浮现出来。（《雪国》）①

在她的脖颈上映出一抹杉林的淡淡的暗绿。（《雪国》）

月光照在她的肌肤上,发出贝壳一般的光泽。（《雪国》）

她没有施白粉……娇嫩得好像新剥开的百合花。（《雪国》）

从刚才她站在杉树背后喊他之后,他感到这个女子

---

① 本书所引川端康成作品均出自叶渭渠主编:《川端康成文集》（共10卷）,中国社会科学出版社1996年版。

的倩影是多么的袅娜多姿。(《雪国》)

她提着衣襟往前跑，每次挥动臂膀，红色的下摆时而露出，时而又藏起来，在洒满星光的雪地上，显得更加殷红了。(《雪国》)

这棵山茶是开在天空中的。看看它，就觉得喜欢的姑娘穿着一身山茶花的衣服，感到温情脉脉的吸引。(《故园》)

花簇围绕着文子的身影柔媚地摇曳着。(《千只鹤》)

树干比千重子的腰围还粗。当然，它那粗老的树皮，长满青苔的树干，怎能比得上千重子娇嫩的身躯……(《古都》)

银杏树……在斜阳的辉映下，浓淡有致，娇嫩得如少女的肌肤一般。(《湖》)

姑娘肩膀的圆润，就像这荷花玉兰又白又大的蓓蕾。(《一只胳臂》)

舞女们伸展着自己的手足，恍如鲜嫩的春笋。(《鸡与舞女》)

姑娘那没有穿袜子的脚，在沙石上恍如花茎般伸展。(《士族》)

洁白的裸体、修长的双腿，站在那里宛如一株小梧桐。(《伊豆的舞女》)

葵花花蕊圆盘四周的花瓣是黄色的，看起来犹如女性。(《山音》)

清洲桥是东京的桥中的美人。(《新东京名胜》)

（2）象喻女性的情感心理

夜空里的月儿如同一把嵌在蓝冰上的刀刃。（《雪国》，象喻驹子纯洁而悲凉的心境）

千重子一走进神苑入口，一片盛开的红色垂樱便映入眼帘，仿佛连心里也开满了花似的。（《古都》，这是千重子在美好春色中欢愉心情的写照）

千重子不知往哪儿看好，于是她仰望着枫树的顶梢。是月亮出来了，还是繁华街的灯光映照，夜空显得一片白茫茫的。（《古都》，千重子向母亲问起身世之后，内心愧疚不安）

星枝支起了一只手臂，托着面庞，这时扬了起来，夕阳从正面照射下来，淡淡的云彩朝着与夕阳相反的方向飘动而去，星枝眺望着远方落日看着看着，神情似在憧憬着什么，眼中逐渐含蓄了泪水。（《花的圆舞曲》，象喻星枝迷茫伤感的情绪）

从江之岛的对面，夕阳的余辉流泻在海面上。（《日今月今》，松子去看望已经和自己分手的恋人，她对抛弃自己的旧日恋人仍然不能释怀）

不难发现，川端康成对自然景物材料的选择是十分女性化的，或者说大都属于审美风格中的"秀美"范畴。

就单个作品而言，如对《雪国》中的驹子，作者曾经以软体动物的水蛭、贝壳以及洋葱头、百合花来比喻；还多次用月亮、星光、飞蛾等来象征；在写到驹子的生存环境时，说她"大概也像蚕蛹那样，让透明的身躯栖居在这里吧"；在为岛村送行的场景中，驹子没有进站台，而是留在了门窗紧闭的候车室里，岛村从火车上望过去，觉得驹子"好像一个在荒村的水果店里奇怪的水果"。

就全部作品来说，据统计，川端康成写的最多的自然风物是"花"，而这其中尤以樱花最为突出。樱花是日本的国花，历来被认为是日本女性的象征。长篇小说《古都》中的一段文字集中体现了川端康成本人对樱花的感受："不论是垂下的细枝，还是花儿，都使人感到十分温暖和丰盈"，"我过去从没想到樱花竟然这般女性化，无论是它的色彩、风韵，还是它那娇媚的润泽"。此外，还有百合花、荷花、玉兰花、蔷薇花、夹竹桃等。

其次是"雨"。"雨"是川端康成爱用的极富传情色彩的自然意象，《伊豆的舞女》、《雪国》、《古都》都采用过。在东方传统的文学意象中，雨和泪相连，人物的心灵以此为触媒与自然交融契合，但更多时候雨水象征女性的柔情。

再次是"雪"。《雪国》中反复出现被纯白一片的大雪覆盖的景物，美丽的雪国氛围被渲染得十分浓重；在《雪国》的首尾，分别出现了叶子的脸，但都有"雪"的背景意象：开头是岛村乘车穿过隧道来到雪国，背景是夜空下白茫茫的雪野和星星点点散落在山脚下的木板房；结尾是岛村从绉纱产地返回雪国之后，背景是银河下昏暗的山峦和洒满星光的雪地。还有，写驹子的琴声因为"雪后的晴空"而呈现出不

同的音色，因为只有自然的声音才是美妙的。所以，日本学者指出："《雪国》所描写的雪是女性的。一个晚上便积一米深的可怕的雪，暴风雪，山上轰鸣作响的雪崩，《雪国》并没有描写。"① 我国学者张国安也指出："《雪国》对于雪的描写是情意绵绵和温柔幽婉的，这不仅是指对驹子和叶子所倾注的审美情感，而是指关于雪国的风物景观的描写。"②

此外如月亮、星光、垂柳、贝壳、小鸟、蝴蝶、杉树、银杏、梧桐等，大都是温文雅致、极富女性色彩的自然风物。

川端康成用它们来描写女性，同样也把它们用于男性身上。如《山音》中用葵花来象喻男性：

> 花瓣宛如圆冠的边饰，圆盘的大部分是花蕊。花蕊一簇簇都是满满的，圆冠隆了起来……信吾突然觉得这旺盛的自然生命力的重量感，正是巨大的男性的象征。……感到存在一种男性的力量。

正因为川端康成对自然材料的选择是阴柔秀美的，所以，在"川端文学"中，即使是那些独立的、较为纯粹的自然景物描写，也大多呈现出女性、母性色彩。

要么体现女性、母性的纤细小巧：

---

① 张国安：《执拗的爱美之心——川端康成传》，世界图书出版公司 1994年版，第 115 页。

② 同上。

蝶儿翩翩飞舞，一忽儿飞得比县界的山还高，随着黄色渐渐变白，就越飞越远了。(《雪国》)

檐前的小冰柱闪着可爱的亮光，从那里传来了轻轻的滴水声。(《雪国》)

几乎擦着六乡河闪光的流水飞舞着的小鸟，也闪着银色的光。经常看到那红色车身的电车驶过北方桥。(《山音》)

要么富有女性、母性的恬静柔和：

翠绿的枝桠几乎垂到地面，婀娜轻盈。还有那北山的赤松，绵亘不绝，细柔柔的形成一个圆形，也给人以同样的美的感受。(《古都》)

山林一片悠悠绿韵之中，浮现出牧场草原柔和的色彩，披上黄昏的薄暮，好像梦一般。(《神津牧场纪行》)

被细雨打湿了的竹林，宛如一片绿色的长毛羊群，正耷拉下脑袋在宁静地安息。(《春天的景色》)

白色的霭雾腼腆地在溪流上空漂浮。(《温泉通信》)

但是，并不是说在"川端文学"的自然抒描中，就根本不存在富有阳刚之美的自然景物，问题在于，川端康成即使选择了这些景物，也大多是用它们来象喻和抒描女性，要么就是描写上带有女性化的秀美色彩。前者如：

初秋时节，从海上归来的姑娘们走在大街上，活像一匹匹栗色的骏马。（《秋雷》）

他被姑娘的膝头温暖了。他把视线移开，望了望浮现在山沟远处的富士山。然后又望了望姑娘。望望富士山，又望望姑娘。于是，他感到许多没有过的女色之美。（《阿信地藏菩萨》）

后者如《雪国》中对银河的描写：

缀满银河的星辰，耀光点点，清晰可见，连一朵朵光亮的云彩，看起来也像粒粒银砂子，明澈极了。

银河这一深邃无垠、辽远壮阔的宇宙景象，在川端的笔下就好像一幅清秀亮丽的山水画。

再如《古都》中对高大杉树的描写：

北山的杉林层层叠叠，漫空笼翠，宛如云层一般。山上还有一行赤杉，它的树干纤细，线条清晰，整座山林像一个乐章，送来了悠长的林声。

的确，北山杉树的枝桠一直修整到树梢。在千重子看来，呈圆形留在树梢上的叶子，就像是一朵朵雅淡的冬天的绿花。

另外如《山音》中对挺拔松柏的描写：

　　这两棵松树像要拥抱在一起似的，相互探出上半身。
树梢已经快要抱在一起了。

　　信吾抬头仰望大树。当走近大树的时候，他深深地
感受到这树碧绿的品格的力。

从色彩的角度而言，在"川端文学"中，作家总是选取
优美、纯净、和谐、雅致的色彩点染着大自然的美景，这也
使"川端文学"中的景物描写呈现出女性色彩。如在《古
都》第一部分里，作家是这样为千重子家庭院的春色精心着
色的：

　　当千重子发现紫花地丁开花时，在院子里低低飞舞
的成群小白蝴蝶从枫树干飞到了紫花地丁附近。枫树正
抽出微红的小嫩芽，白蝶群在那上面翩翩飘舞，白色点
点，衬得实在美极了。两株紫花地丁的叶子和花朵，都
在枫树干新长的青苔上，投下了隐隐的影子。

在这里紫色、白色、微红色、新绿色和谐地融为一体，
表现了作家优雅的审美情趣。作家在第三部分描绘京都绿叶
之美时，用城市的幽雅洁净相映衬：

　　京都作为大城市，得数它的绿叶最美。特别是时令
正值春天，可以看到东山嫩叶的悠悠绿韵，晴天还可以
远眺新叶漫空笼翠。树木之清新，大概是由于城市幽雅

和清扫干净的缘故吧。

诸如此类的描绘在《古都》里还有很多，如"松木的蓊郁清翠和池子的悠悠绿水，也能把垂樱的簇簇红花，衬得更加鲜艳夺目"，"现在不是杜鹃花期，但它那小嫩叶的悠悠绿韵，把盛开的郁金香衬托得更加娇艳"，等等。这无不体现作家在色彩方面优雅的审美取向，使自然的色彩更加清新、和谐。总体上说，"川端文学"中自然景物的色彩有时宁静朦胧，有时明亮夺目。前者象征女性的性格，后者象征女性的外表。

总之，"川端文学"中的自然景物抒描是极富女性、母性色彩的。从反面说来，这是由于"川端文学"的自然抒描很少选取高山大河、旷野莽原这样的壮美景象；从正面而言，就是因为进入"川端文学"自然审美视阈的大都是那些富有女性、母性色彩的自然风物、自然景物和自然景象。这首先是由于"川端文学"中的女性（母性）主题的规制，深层次原因则在于日本民族独特的文化、审美传统，在于作者本人独有的人生经历和情感体验。

二　主题探讨

应该说，对女性的特别关注和极力抒描是"川端文学"的头号主题。在川端康成的作品中，从1962年发表的《伊豆的舞女》以来，直到晚年，除了描写自家身世以及《名人》等少数作品之外，川端康成几乎没有以男性为主体的创作。

可以说，在"川端文学"中，男性往往只是映照女性的一面镜子、一个陪衬。瑞典皇家文学院常务理事、诺贝尔文学奖评选委员会主席安德斯·奥斯特林在宣读诺贝尔授奖辞时特别指出，川端康成是擅长细腻深入地观察和描写女性的作家，他说："川端先生作为擅长细腻地观察女性心理的作家，特别受到赞赏。他的这一优秀的才能，表现在《雪国》和《千只鹤》这两部中篇小说里。"① 其实，岂止这两部小说，还有《伊豆的舞女》中的小舞女薰子、《舞姬》中的波子、《古都》中的千重子和苗子、《少女开眼》中的初枝和礼子、《东京人》中的弓子，等等。可以说，"川端文学"给我们营构了一个女性形象的多彩画廊，女性也成为川端康成表现其"爱与美"的"永恒的基本的主题"的必由之路。

尽管在川端康成的文学世界中，女性大多处于下层，作品的字里行间也渗透着他对女性的复杂心态，但是"女性的存在是川端文学的艺术根基，这是不可否认的事实"②。可以说，"川端文学"存在着明显的"非男性化倾向"。川端康成站在一个纯粹的男性的立场，洞穿并自由的出入于女性的身心。因为他深切地关注女性，全身心地爱着女性，细致地体会女性，所以他对女性的了解是透彻的，也正因为如此，他才能在作品中驾轻就熟地安置女性，描绘女性。"川端文学"

① ［瑞典］安达斯·艾斯特林：《川端康成集·临终的眼》，叶渭渠译，东北师范大学出版社1996年版，第327页。

② 周阅：《人与自然的交融——〈雪国〉》，云南人民出版社2002年版，第133页。

的女性描写明显呈现出三种倾向，所以其女性形象相应地也可分为三类：

第一类是"圣少女"、"圣处女"形象。"川端文学"明显存在着"圣少女"、"圣处女"的形象系列。可以说，少女和处女形象是"川端文学"中极富魅力的闪光点。这些女子尽管也有着美丽的外表，但她们大多是作为"纯粹（纯洁）的精神"的象征被描写的，属于"川端文学"对女性的"精神（情感）审美"。《伊豆的舞女》中的薰子、《雪国》中的叶子、《古都》中的千重子和苗子、《千只鹤》中的雪子等皆属此类。川端康成究竟倾心于什么样的女性呢？他曾这样向父母的亡灵告白："在和睦的家庭中成长的少女，她那朦朦胧胧的眼泪汪汪的媚态，实在让人魂牵梦萦，可是却引不起我的爱。归根结底，对我来说是个异国人吧。我喜欢这种少女：她同亲人分离，在不幸的环境中长大，又不愿意承认自己的不幸，并且战胜了这种不幸，走过来了。这个胜利，后来在她面前横下一道无边的沦落的斜坡。她性格刚强，不知道害怕。这种少女具有一种危险性，我被它所吸引。让这种少女恢复纯洁的心，自己的心也将变得纯洁，这似乎就是我的恋情。"① 可以这么比喻：比起"清水出芙蓉"般的女性，川端康成更醉心于"出污泥而不染"的少女。惟其"出污泥而不染"，才显得更加神圣和纯洁；喜欢并表现这些女子的圣洁，也可以使自己得到圣洁的升华。这就是川端康成喜欢

① ［日］川端康成：《川端康成文集·伊豆的舞女》，中国社会科学出版社1996年版，第215页。

这种少女的缘由，这其中明显蕴藏着川端康成对一种神圣纯粹精神的追求。日本学者小林芳仁说："由于精神与肉体的纯粹的美，这些女性可称为'圣少女'或'圣处女'。""纯粹的精神是川端文学的核心，圣少女、圣处女是发扬这一核心的最适宜的'纯粹的存在'。"①

由此出发，川端康成给我们塑造了众多如同风花雪月般美好纯洁的少女形象。如《伊豆的舞女》中的小舞女薰子，就是一位身份卑微却纯洁美丽的少女。薰子的纯洁无瑕首先体现在她的羞涩腼腆。薰子虽然跟随着大人们周游四海，卖艺为生，但她身上几乎没有一丁点儿江湖女子的风尘感，有的却是纯情少女的羞怯与天真。薰子第一次同"我"搭话时，是"有点儿慌张地小声回答"，接着就"脸颊绯红"；当他们一起到达客店时，薰子从楼下给"我"端茶上来，她的手不停地颤抖，茶碗险些从茶碟上掉下来，茶水洒了一地。薰子的纯洁无瑕更体现在她的童身无忌。作品写她赤裸着身体跑进温泉水池，在对岸向我们高兴地挥着手，"洁白的裸体，修长的双腿，站在那里宛如一株小梧桐"，这时的"我"才猛然觉得"她还是个孩子啊！"这句话标志着男主人公"我"那朦胧压抑的爱欲已经因为小舞女这个"纯粹的存在"而得到了圣洁的升华。

《雪国》中的叶子姑娘更是一个"圣少女"、"圣处女"的形象。叶子虽然生活在偏僻贫瘠之地，位于社会底层，但

① 周阅：《人与自然的交融——〈雪国〉》，云南人民出版社2002年版，第62—67页。

她不仅有着"纯粹的肉体"、"纯粹的声音",还是一个"纯粹的精神"的象征。作者写她的身体洁白得令人难以置信,说她的容貌仿佛存在于幻境,写她的声音好像是天外来音,美得"空灵",是纯粹的声音。说她映在车窗玻璃上的倩影,是来自"修远的世界",是"造化的默示",最后又安排了一场大火让其离开了她所生活的世俗世界,这一切描写其实就是把叶子当作了纯粹精神的象征性形象来塑造了。

《千只鹤》中的稻村雪子是虚幻中纯美的象征,她如同她所拿的包袱上绘的千只鹤图案一样,高贵、优雅得不属于俗世,成了作品中男主人公菊治始终向往却又不可企及的"彼岸之人"。

即使是在《睡美人》这样被称为"颓废"的小说中,川端康成在行文时也始终小心翼翼地保护着这些姑娘的圣洁,力图展示她们的纯真可爱,以求营构她们"圣少女"、"圣处女"的形象。在作品中,他将极其易于滑入色情泥潭的题材,处理得非常含蓄、洁净,对于老人心中被唤回的原始性欲也表现得很有节制。文中既没有粗野的动作,也没有露骨的语言。老人们只是在寂静和黑暗中,通过模糊的视觉、嗅觉、触觉和微弱的听觉,无声地从远逝的人生岁月中追寻曾经拥有的活力,享受一种虚无缥缈的纯精神的快感。因此,尽管姑娘们被剥夺了反抗能力,却保全了纯洁之身。

第二类是成熟的女性形象。她们大多是作为"肉体的存在"、"异性之爱"的象征来被描写的,是川端康成美色与情欲视阈下的女性,属于"川端文学"对女性的"肉体和性爱审美"。所以，川端康成更多的是从她们亮丽的容颜、美丽的肉体和她们的性爱追求来抒描她们的。因而在作品中这些女性不仅有亮丽的容颜、诱人的胴体，尤其有性爱的欲求和体验。《雪国》中的驹子、《千只鹤》中的太田夫人和文子、《山音》中的菊子皆属此类。有人指出：童年母爱的缺失、青年初恋的伤痕给川端康成带来的一层侧面影响就是，女性光洁柔软的肌肤成为川端本能的渴望和拂之不去的憧憬①。川端康成自己也曾说："女性的最高生命是形体美。"②"如果一旦缺乏了肉体的美，我对幻景的渴望和激情也会随之消失。"③据资料记载，日常生活中的川端康成总是有意无意地观察女性，尤其喜欢同年轻美丽的女性接触，他在歌舞剧场圆睁一双炯炯有神的眼睛，冷静地注视着台上的少女在摇曳闪烁的灯光中扭动她们新鲜艳丽的肢休，甚至常常在剧场呆到深夜，直到乐声渐消、人影散去。另外，川端康成还经常出入舞女们的化妆间和住处，看着她们化妆更衣，细心体会她们的一举一动④。

受此影响，川端康成对女性外在姿色美的描写也是十分突出的。这其中包括女性的容貌，女性的身姿，还有女性的

---

① 周阅：《人与自然的交融——〈雪国〉》，云南人民出版社2002年版，第129页。

② ［日］川端康成：《川端康成文集·美的存在与发现》，中国社会科学出版社1996年版，第113页。

③ ［日］川端康成：《川端康成文集·独影自命》，中国社会科学出版社1996年版，第18—19页。

④ 周阅：《人与自然的交融——〈雪国〉》，云南人民出版社2002年版，第130页。

胴体。当然，"川端文学"对女性肉体的描写大多充满了暗示性，但也是非常动人的。如短篇《睡颜》："安详的闭着双眼的少女的睡颜上，有一层被体内的血液蕴染出来的带着温热气息的蔷薇色，朦胧的美恍惚地浮现出来。随着晨光渐渐强烈，睡颜的色彩呈现为立体的，仿佛是来自遥远天际的隐隐约约的天乐，在幽微美妙的变幻着。"自《雪国》开始，川端康成逐渐陷入对女性"纯粹的肉体"的崇拜，认为这是至高的纯粹的美。《雪国》中的驹子就是一个"性的存在"、"肉体的存在"。所以，《雪国》中多次细致入微地描绘驹子的肌肤肉体，充分运用各种不同的事物来表现驹子肉体的艳丽迷人，这其中尤以描写在不同情境下驹子的肌肤所呈现的不同色泽最为突出。如"月光照在她那艺妓特有的肌肤上，发出贝壳一般的光泽"，"肤色恰似在白陶瓷上抹了一层淡淡的胭脂"，还说驹子是岛村"用手指的感触记住的女人"；写岛村"总觉得对（驹子）肌肤的依恋和对山峦的憧憬这种相思之情，如同一个梦境"。在岛村的感觉世界里，女性的肉体同大自然彼此渗透，组合成同一梦境中重叠在一起的景象。又如"驹子对生存的渴望反而像赤裸的肌肤一样，触到了他的身上"；"和服后领敞开，可以望到脊背也变得红殷殷的，宛如袒露着水灵灵的裸体"；"后领空开，从脊背到肩头仿佛张开了一把白色的扇子。她那抹上厚脂粉的肌肤，丰满得令人感到一种无端的悲哀。看起来像棉绒，又像什么动物"——这个比喻在用词上虽然有一点恍惚，但它的蕴涵还是可以意会的。在岛村面前驹子完全是敞开的，正如张开的扇子;"白色"和"丰满"是对驹子诱人肉体的进一步描绘；接着说驹子丰满的肉体有着"无端的悲哀"、"像什么动物"，乍一看是毫无关联的语词被放在了一起，实则暗指人之无限性欲，也就是无限生命欲望的悲哀。另外值得一提的是在川端康成的小说中经常出现对陶器（茶碗）的描写，这并非仅仅出于川端对于陶瓷的个人爱好，他作品中出现的茶碗都是用来表现女性的。对于川端康成来说，陶艺品的质地与女性的肌肤是难以区分的，甚至美丽女子的肌肤就应该像陶瓷的表面。这一点在川端康成的另一部小说《千只鹤》中最为典型，只要一提到《千只鹤》，人们的脑海中就会立刻浮现出那"充满生命的、官能的志野茶碗"。可以说，描写陶器是"川端文学"对女性肉体审美的一种曲折表达方式。《睡美人》中虽然没有多少直接描写，但通过江口老人的触觉和嗅觉，年轻姑娘柔软细腻、香气袭人的肉体也是跃然纸上、令人历历在目。

第三类是富有母爱色彩的女性形象。她们大都是作为"人性之爱（泛爱）"的象征来被描写的，是"情感审美"，也是"精神审美"。前文提到，母爱的缺失给川端带来的另一层侧面影响就是女性纤细温柔的性格成为川端本能的渴望和拂之不去的憧憬①。《雪国》开头描写岛村在列车里看到美丽的姑娘叶子细心照料患病的行男，二人的关系岛村并不了解，看上去他们的举动像是夫妻，而且男的显然比姑娘年纪大，但是姑娘却"像慈母般地"照拂男子。这一细节无形中

① 周阅：《人与自然的交融——〈雪国〉》，云南人民出版社 2002 年版，第 129 页。

流露出了在川端康成心灵的一隅对母性的强烈渴望。川端康成自己也曾表示：他憧憬像母亲一样的女子①。正因如此，在"川端文学"中几乎找不到剽悍的男性化女子，他所塑造的女性大都具有浓厚的母性特征，她们不仅大都具有着像母亲一样的慈祥、宽容、温顺的性格，而且还常常对男子表现出一种像母亲一样的细心、呵护、关爱之情。

《伊豆的舞女》中的舞女薰子还只是一个十六七岁的纯真羞涩的少女，但在川端康成的笔下却蕴涵着丰富的母性，闪耀着母爱的光辉。薰子母亲般恬静温存的性格自不消说，且看文本所描写的恋着"我"的她一路上对"我"无微不至的照料和关爱：爬到山顶，舞女弯下身子给"我"掸去身上的尘土，气喘吁吁地请"我"坐；下山时，舞女跑着去给"我"拿来竹子做手杖，为此还险些倒在田埂上；"我"要离开房间，舞女就抢先走到门口，替"我"摆好木屐……这实在不像少男少女之间恋情的表露，倒更像是一个母亲在照料着随她远行的孩子。《雪国》中的驹子也颇具母性。作品写岛村有一次喝醉了，"驹子连忙照拂他。良久，他对女人那热乎乎的身体，也就完全没有顾忌了。驹子羞答答的，她那种动作犹如一个没有生育过的姑娘抱着别人的孩子，抬头望着他的睡相"。作者对于叶子更是多次用"慈母"形容：在火车上先是直接描写——"就在男人眼睛要动而未动的瞬间，姑娘就用温柔的动作"一会儿围围巾、一会儿裹外套，

---

① ［日］川端康成：《川端康成文集·伊豆的舞女》，中国社会科学出版社1996年版，第204页。

"像慈母般地照拂比自己岁数大的"行男；后来又间接描写似地几次重提："那位姑娘侍候病人真亲切啊。简直像慈母一样，我看了很受感动啊！""就说叶子吧，她就连在火车上也像年轻母亲那样忘我地照拂这个男人，把他护送回来"。《山音》中的菊子是一个已婚少妇，在川端康成的笔下她也是母性十足。面对自己不忠的丈夫，她不是像一个妻子那样去抱怨、抗争，而是像母亲对待自己犯了错的孩子那样宽容了一切，甚至还对丈夫表现出了母亲般的温存：丈夫深夜从情妇那里狂醉而归，菊子还把他的腿脚抱起来放在自己的膝上，给他脱鞋。公公信吾在侧耳静听这些响动之后，感到的是"菊子的温存"。这里既表现了信吾老人对母性的渴望，也些许透露出了川端康成本人对母性的深切向往。

《千只鹤》中的太田夫人是一个做了母亲的女人，她爱上了自己已故情夫的儿子、比自己小十几岁的菊治，应该说这是一种乱伦之爱，但川端康成不仅极力美化这种性爱，而且还以赞赏的态度赋予了乱伦关系中的太田夫人许多母性色彩，比如说她是"人类以前的或是人类最后的女子"，说菊治与她肉体的亲近甜美而安详，仿佛进入"另一个世界"，这不仅是在极力突出其母性，而且一定程度上还把她的女性和母性绝对化、终极化了。日本评论家鹤田欣也认为，《千只鹤》中的太田夫人，可以说是大地母神博大的官能的象征①。

---

① ［日］鹤田欣也：《川端康成的艺术（日文版）》，明治书院1981年版，第55页。

应该说女人的女性和母性既通合又有区别：女性是母性的生理基础，母性是女性的精神升华。前者更多对应的是性，后者更多对应的是爱；或者说，前者更具有性爱的意义（异性之爱），后者更富有泛爱色彩（人性之爱）。女性的升华便是母性，正如异性之爱升华为人性之爱。川端康成在其作品中多次提到的所谓女性"纯粹的肉体"当指神圣纯洁的处女的身体；所谓女性"纯粹的精神"当指女子高尚无私的母性。

三　原因追寻

"川端文学"中如此突出的女性描写，首先是因为日本文化、文学传统中潜存有一个女性原型。

在世界各国的神话中，创造天地之神大都是男性，而日本人崇拜的"天照大神"作为一位女神充当了天神世界的主宰，占据着至高无上的地位。日本古代典籍《神皇正统记》的宣告更标明了日本民族崇拜天照大神的心向："大日本神国也。天祖始肇国基，日神永传皇统"；"我国系神国，万事皆由天照大神安排"①。天皇是"神的子孙"，日本民族是"皇民"。象征光明与幸福的"天照大神"，从此成为日本民族伟大而神圣的母亲。我国著名学者叶舒宪认为：从神话原型批评的角度来看，太阳女神在日本人心目中就成了神话母亲的原型，由此衍生出一种历时性的传统文化心态，即"文

---

① 叶舒宪、李继凯：《太阳女神的沉浮——日本文学中的女性原型》，陕西人民出版社 2010 年版，第 5 页。

化恋母情结"或"文化恋母原型"①。

日本神话传说中的太阳神天照大神是一位女性，而月亮神月读命却是一位男性。在世界各国神话中普遍用来表征阳刚的太阳却被日本文化女性化——以阴表阳、人阳我阴；而阳刚的男性则被日本文化用世界各国普遍象征阴柔的月亮表述——阳用阴表、人阴我阳。叶舒宪认为：这是日本民族由于其"母系社会延续得很长"而形成的对女性、母性的崇拜，这一心理在漫长的男权中心社会里被深深地压抑下去而内化为民族集体无意识中的原型，暗中制约或影响着后人的思想行为。在笔者看来，这种制约和影响的直接结果就是日本人的女性崇拜和精神恋母。

长期生活在日本的美国日本学家赖肖尔早就注意到了这种情况，他在其名著《日本人》中写到："弗洛伊德心理学里的支配一切的父亲，在日本人的心理上并不存在。但弗洛伊德学说中的另一面，即母亲极其喜爱男孩子，男孩子则依恋母亲，这是日本人心理上一个较为重要的问题。"赖肖尔进一步指出，在日本"一个丈夫有时似乎是妻子身旁的一个成年的大孩子，他像其他孩子一样，需要温柔地照顾和溺爱"②。荷兰学者伊恩·布鲁玛在《日本文化中的性角色》一书中的论断则更直截了当："对于男女之间的关系，人们很

---

① 叶舒宪、李继凯：《太阳女神的沉浮——日本文学中的女性原型》，陕西人民出版社 2010 年版。

② ［美］埃德温·赖肖尔：《日本人》，孟胜德、刘文涛译，译文出版社 1980 年版，第 226 页。

难避开这种感觉，日本女人都是母亲，男人都是儿子。"这也就是日语中一个相应的动词"甘える"（读为"あまえる"，意为：撒娇）所表达的："利用另一个人的爱，装成孩子。"这句话换一种表达方式就是：装成孩子换取母爱、享受母性。按照日本精神病医生土井健夫的观点，这是理解日本人性格的关键所在——女性需要施爱，男人需要被爱①。女人需要男人的这种依赖性，以满足她自己的感情需要；男人需要女人的这种母性，以宽容和抚慰自己。正因如此，在传统的日本家庭里，妻子更多的是尽着一个母亲的责任，而丈夫则像一个永远长不大的孩子。即使到现代，日本家庭的核心仍是母亲而不是父亲。日本社会还流传着这样的说法：男人一生中有三个女人：第一个是母亲；第二个是妻子；第三个是酒吧女老板或者包括艺妓在内的陪酒女郎。日本男人常常下班后在外喝酒，向包括艺妓在内的陪酒女郎倾诉自己的苦恼②。这样看来，日本人心理结构中存在有"文化恋母情结"、日本文学中蕴涵有女性（母性）崇拜意识也就不难理解了。

从文学和审美的传统讲也是如此。众所周知，日本的审美历来是淡化社会功利、回避政治矛盾的，可以称之为主情主义和唯美主义，集中表现就是对"爱与美"的礼赞与崇

---

① ［荷］伊恩·布鲁玛：《日本文化中的性角色》，张晓凌等译，光明日报出版社1989年版，第19—21页。

② 李德纯：《美是生命之花——川端康成论》，载《当代外国文学》2005年第4期。

拜。由于日本女性在现实社会政治事务中处于边缘地位，所以在文艺和审美中自然就成了中心。因为无论在现实生活中还是在文学创作中，女性都是和"爱与美"密切联系的关联体。正如有学者指出：日本文学的边缘地位（"无权"的文学）与传统女性不介入政治社会的边缘地位（"无权"的女性）相仿佛，是一种对位关系。所以，在日本的现实生活中和文学审美中都存在有女性中心世界[①]。也就是说：由于日本的女性游离于政治斗争之外，因而就成了现实生活的主角；又由于日本的文学不介入社会政治，日本的女性也就成了日本文艺审美的中心。现实生活中和文学审美都以女性为中心，正因如此，才有了传统日本文学的女性化特征，才有了日本文学描写的母性化色彩。

其次和川端康成本人的个人经历、情感体验有关。

川端康成的挚友，日本"新感觉派双璧"之一的横光利一曾说过：川端康成没有见过母亲，所以川端康成的作品里大量的流露出恋母情结。后来川端康成听到这一说法，感到非常震惊。川端康成始终认为，自己对母亲既不怀有爱也不怀有其他的感情，因为他完全不了解母亲。所以对他来说横光利一的说法出乎意料[②]。事实上，尽管母亲的形象没有在

---

① 周乐诗：《边缘的对位：日本传统的文学和女性》，载《东方丛刊》1995年第2期。

② 周阅：《人与自然的交融——〈雪国〉》，云南人民出版社2002年版，第129页。

川端康成的记忆中留下任何痕迹,然而"母亲"在精神理念意义上对川端康成的一生都有深远的影响。不管他本人有没有意识到,这种影响都潜移默化的存在着。

川端康成三四岁的时候,他的父母就因患肺结核而溘然长逝;祖父母便带年幼的川端康成回到了阔别十五年的故里,姐姐芳子则寄养在别人家里。后来祖母和姐姐又相继弃他而去。他曾说:"我三四岁时失去双亲,八岁上又失去祖母,十四岁时哭倒在寄养在别人家里的不幸的姐姐的灵前。"① 而他青年时代"像远方的闪电一样"的初恋又使他的感情划上了深深的伤痕,他在日记里写道:"她从十五岁到十八岁,我从二十三岁到二十五岁,命运之绳啊,终于将在这里切断了吗?那怎样才能把在我心里继续活着的她抹除呢?"② 可以说,童年时期母爱的缺失和无女性的经历使川端康成对女性情有独钟,而青年时代初恋的失败更强化了他对女性的企盼之情。正如有人所言:川端康成具有着"在没有女性的家庭中滋生的对女性的敏感以及在缺少母爱的环境中培养的对女性的泛爱"③。

无疑,在川端康成天生的资质中潜在着女性(母性)崇拜的意识,这也是他与忘年之交三岛由纪夫差异极大的地方。三岛由纪夫欣赏的是男性的阳刚之美,尤其崇拜男性剽悍的

① 〔日〕川端康成:《天授之子》,李正伦等译,漓江出版社 1998 年版,第 558 页。
② 同上书,第 612 页。
③ 周阅:《美丽与悲哀——川端康成笔下的女性形象分析》,载《日本学刊》1998 年第 4 期。

躯体，而川端康成则不同。早在中学时代，他第一次阅读日本古典传奇《竹取物语》时，就被作品中美丽纯洁的女主人公辉夜姬深深地吸引了，从中感受到了"无法言喻"和"令人心荡神驰"的美。他在《美的存在与发现》一文里讲："少年时代的我，阅读《竹取物语》，领会到这是一部崇拜圣洁处女、赞美永恒女性的小说，它使我憧憬，使我心旷神怡"，并表示"自己也立志这么做"。辉夜姬"作为圣洁的处女升上月宫"的情景始终萦绕于川端康成的脑海①。所以他"渐渐讨厌会见男人，真的讨厌，见到他们就打不起精神来。不论吃饭还是旅行，同伴最好是女性"②。"我喜爱女性的'婀娜多姿'"③。他还表示自己"憧憬母亲般的女性"④。关于青少年时代的女性体验，他在文章中这样写道："我想起了七年前的两个女学生，尤其是那个赤身露体的。她亭亭卞立在公共澡堂更衣处。她只不过从我眼里一掠而过，然而像她这样矫健、年轻、充满美感的肉体，我还不曾看过。因此这一瞬间的记忆至今犹新，如同带有宗教色彩的新鲜的梦境一样，仍没从我的心中消逝。"⑤《临终的眼》一文中还有这

---

① ［日］川端康成：《川端康成文集·美的存在与发现》，中国社会科学出版社1996年版，第244页。

② ［日］川端康成：《川端康成文集·伊豆的舞女》，中国社会科学出版社1996年版，第190页。

③ ［日］川端康成：《川端康成谈创作》，叶渭渠译，生活·读书·新知三联书店1988年版，第289页。

④ ［日］川端康成：《川端康成文集·伊豆的舞女》，中国社会科学出版社1996年版，第204页。

⑤ 同上书，第223页。

样的话：我为女性不可思议的人工美所牵萦①。他还明确主张："女人比男人美……是永恒的基本的主题"②，从而把女性崇拜提升到了文学创作论的高度。惟其如此，才有了"川端文学"的女性主题，才有了"川端文学"自然审美的女性化色彩。

四 意蕴阐发

通观"川端文学"，女性形象从总体上来说，留给读者的印象尽管纤细弱小，但都是极其纯洁美好的。何以如此？这其中寄托了作者本人的女性理想，蕴涵了作者本人的女性意识。川端康成在把女性写入其作品的时候，如同让她们先经过净化和洗礼，在他的艺术与现实之间搁置着一块阻隔杂质的镜片，川端康成正是透过这块镜片来观察女性的。因而他塑造的女性并不是现实中的女性，而是他理想中的女性。纯洁美好，温顺秀美，执著追求，既是他的女性意识，也是他对于女性的理想。因而闪动在川端康成艺术世界中的，是一个个纯洁、美好、坚毅的充满生命力的女性。为了使他笔下的女性臻于完美，川端康成的创作充分利用了文学在虚构上的宽容度，有意地删除丑恶，让自己的理想在女性们的身上自由燃烧。在这一点上，《伊豆的舞女》是最具代表性的

---

① ［日］川端康成：《川端康成文集·美的存在与发现》，中国社会科学出版社 1996 年版，第 88 页。
② 高慧勤：《雪国·千鹤·古都（前言）》，漓江出版社 1985 年版，第 7 页。

例子。无论是小说，还是后来改编的电影，都最大限度地将良莠参半的现实理想化。川端康成本人在《独影自命》中也谈到了对舞女的美化问题："现实生活中的舞女夫妇，为恶疾的无名肿瘤所烦恼……他们生出的那个像水一样透明的孩子，也许是由于他们的这个恶疾所致。当《伊豆的舞女》顺畅地写作时，唯一让我犹豫的就是要不要写出他们的这个病患。"① 直到作品完成之后，那个肿瘤的幻觉仍然以强烈的印象执拗地追逐着川端康成，让他心里久久地回旋着是隐瞒还是说出这个疾患。最终川端康成没有让这一细节破坏他所创造的或者说他试图创造的艺术美。在谈到《雪国》的驹子时，川端康成自己也说："在创作原型的意义上，驹子可以说是真实存在的，但小说中的驹子和创作原型有着明显的差异，说驹子并不存在可能更为正确。"②

"川端文学"中的女性形象从内在蕴涵上来说又是抽象的、理念化的。因为"川端文学"中的女性形象往往寓含着作者关于人生的丰富思考，象征着作者多样而复杂的生命体验，凝结着作者深邃而幽玄的审美追求。从这一角度出发，可以认为，"川端文学"中的女性形象不是背负着各种社会关系的具体的人，而常常是作为一种理想和理念的象征被神话化了，甚至被宗教化了。正如有人所言："川端所塑造的

---

① ［日］川端康成：《川端康成文集·独影自命》，中国社会科学出版社1996年版，第129页。

② 同上书，第123页。

许多女性都带有宗教式的神秘的美。"① 日本川端康成研究会会长长谷川泉在《川端康成论》一书中指出："我们每个人无论谁，都是富有恶业和原罪的，对此人们依据佛教和基督教努力向彼岸进发。但是救济的办法就在身边，靠艺术救济靠女性救济。艺术作品以其美、女性以其爱，可以拭去横亘在人类存在深处的罪恶感。"② 而川端康成自己则说，"我能真实而直接写出来的恐怕只有女人和孩子而不是我们男人吧。尽管我们文坛所欠缺的，倒是成人和男性，但是儿童和女性与自然一样常常是有生命力的明镜，是新的源泉"③。也就是说，女性是纯洁与生命力的象征，女性的爱与美对于人性具有净化和拯救的意味。

应该说，"川端文学"在其"自然与女性"的审美话语体系中就蕴涵了上述的理念和追求。从"人"的角度来看，他描绘的女性形象尽管纤细弱小、温柔和顺，但大都纯洁无比，而且执著追求、充满活力；从"物"的角度来说，大自然不仅是纯洁的象征，还是生命的摇篮，大自然更是最少异己色彩的母性存在。大自然的这些内在品征正好与川端康成笔下的女性形象塑造相对应、相吻合。其实，这也正是"川端文学"在女性与景物的相互象喻中把女性形象神话化、宗

① 周阅：《人与自然的交融——〈雪国〉》，云南人民出版社 2002 年版，第 131 页。

② ［日］长谷川泉：《川端康成论》，李丹明译，生活·读书·新知三联书店 1989 年版，第 65 页。

③ 孟庆枢：《爱的渴望、祈祷、形变与升华——川端康成作品世界探微》，载《东方丛刊》1994 年第 3—4 期。

教化的精神指归。

　　日本女性主义文学批评家水田宗子在论及此点时指出：女性神话化有两个方面，"一是让女子与自然结合，把她们作为纯洁无瑕的象征；二是通过坚持女性只是肉体的看法或完全否定女人肉体的方式，来幻想一个梦中情人"①。宗子女士这段话所关涉的三个方面在"川端文学"的女性形象中都可以找到对应和诠释。

　　其中的"女性的纯洁无瑕"可以对应为川端康成把女性描写成"纯粹的精神"的象征，具有着使人得到"圣洁的升华"的意义。我国学者周阅指出："川端文学中的女性描写大都具有精神上的抽象性，因为川端是将'纯粹的精神'作为核心来塑造她们的，所以在这些女性的美貌与爱情中蕴含着神秘与圣洁。""这些女性的现实的主体性被最大限度的消解了，变得极为稀薄，从而成为一种精神的存在。"② 例如《雪国》中的叶子就是一个象征"纯粹的精神"的女性，"由于叶子的过于纯粹，几乎完全成为一个观念上的人物，有时甚至显得过于抽象"③。

　　其中的"女性只是肉体"，体现在"川端文学"中就是对女子性爱的描写，更具体、更准确地说应该是对女性肉体的描写。从这个角度讲，在"川端文学"中，女性就是爱与

　　① ［日］水田宗子著，叶渭渠主编：《女性的自我与表现——近代女性文学的历程》，中国文联出版社 2000 年版，第 25 页。
　　② 周阅：《人与自然的交融——〈雪国〉》，云南人民出版社 2002 年版，第 134—133 页。
　　③ 同上书，第 124 页。

性的象征，而且具有着一种"爱情之拯救"和"生命力再注"的意义。前者如《伊豆的舞女》，写当"我"体味到小舞女对"我"的爱意，听到她说"我"是个好人，"我"的孤独凄凉的情怀顿时烟消云散，仿佛重新获得了生命。因为"我"从异性的爱慕之意中认识到自身的价值，品尝到被依靠的幸福。这既是川端康成与自己的第一个情人初代的情感体验，也是人类普遍共通的心理体验。正如川端自己所言，他是"怀着对爱情的感谢之情来写的。在《伊豆的舞女》里直率地表现了这一点，在《雪国》中则表现的深入了一些，曲折了一些"①。后者如《山音》中的老人信吾之所以对自己的儿媳会产生性的冲动，就是因为年轻貌美的儿媳能唤回自己的青春活力；还有《睡美人》中那些裸体的姑娘们，她们那丰满性感的肉体不断刺激着垂垂老矣的江口老人的生命欲望，使得他三番五次跑来和她们在一起。这是川端康成个人的生命思索和体悟，也是人类普遍的生命感受和追求。

其中的"完全否定女人肉体的方式"可以对应为川端笔下对女人的"母性"、"母爱"描写。在"川端文学"中，母性的宽容、温存和无功利色彩的奉献精神，使得女人的母爱超越了女人的性爱，而成为一种更高精神境界的人性之爱的象征，因而也就具有着"罪恶之净化"、"母性之拯救"的意义。

的确，女人的母性或母性的爱往往能使她们成为男人罪

---

① ［日］川端康成：《川端康成文集·独影自命》，中国社会科学出版社1996年版，第128页。

恶的赦免者，女性由于能赦免男性的罪恶也越发显得完美，尤其是那些能够赦免曾经加害过自己男人的女人。川端康成从夫妻的角度这样表述："所谓妻子的自觉，就是从面对丈夫的丑恶行为开始的。"① 正因如此，川端康成才在其小说《山音》中，以赞赏的态度描写了菊子对从情妇那里回来的、酩酊大醉的丈夫的精心照料。

总而言之，作为"永恒的基本的主题"，女性在"川端文学"中绝大多数时候都是爱与美的象征，是作者美好理想的寄托和化身，正如有人所言："在川端的心中，女性是美的化身、艺术的化身，是他毕生所追求和渴望的目标，也是他殚精竭虑地创造和呕心沥血地赞美的最高理想。"②

但是，我们还应该看到问题的另外一面。由于女性是人类两性中的一极，所以描写女性形象必然关涉普遍人性中的许多矛盾和困惑，"川端文学"中的女性描写对此也有所表现。如中篇小说《湖》在表达女性崇拜、女性拯救主题的同时，又蕴涵着人性悖背矛盾、人生困惑无奈的题旨。川端康成55岁时发表的小说《湖》，描写的是34岁的主人公银平跟踪女性的故事。银平从很久以前当教师的时候就开始跟踪少女，发展到后来，他不仅跟踪少女，也跟踪成熟的女性。但银平跟踪的目的就在于跟踪本身，而不是要触摸或控制他

① ［日］川端康成：《川端康成文集·山音·湖》，中国社会科学出版社1996年版，第130页。

② 周阅：《美丽与悲哀——川端康成笔下的女性形象分析》，载《日本学刊》1998年第4期。

的目标。从某种意义上来说，银平本身也是被追踪者，他始终身不由己地被自己那一双猿猴一样丑陋的脚紧迫地追踪着。跟踪美丽的少女，这等丑事正是他一双丑脚干出来的，银平对此惊愕不已。"莫非是肉体部分的丑陋憧憬美而悲哀？"答案应该是肯定的。川端康成在这里表达了这样一个理念：人性因存在有缺陷和丑恶方才渴望爱之拯救、美之荡涤。银平想要逃避自己那双猿猴般丑陋的脚，所以不断跟踪女性，这样才能让自己整日生活在对于女性爱与美的想象和憧憬中。小说女性拯救的题旨由此可见一斑。但对于银平来说，这种憧憬是不可能达到的，达到憧憬就意味着走到了希望的尽头。因为这双丑陋的脚是银平自身肉体的一部分，因此无论他怎样逃避，总是无法摆脱。这样，银平无休止的逃避的过程也就是他无休止地跟踪女性的过程，他陷入了无底的黑洞——逃避与跟踪。他从理智上、道义上不断地试图逃避自己内心对女性的渴求和倾慕，但同时又在本能上、感情上深深地陶醉于女性的温柔和美丽，不能自持也无法自拔。在这里，川端康成的思考进入了一个更深的层次，这就是人类本性自身的矛盾和悖背、情感的困惑和无奈。作者的这一深层感悟体现在其笔下的女性形象身上就是圣洁与苦难并存，美丽与悲哀兼具。川端康成的女性审美意识正如他在《湖》中描绘的那一池湖水的意象：宁静、幽雅、清丽却又一片漆黑、无限深邃。惟其圣洁和美丽，才可以荡涤、可以拯救；惟其漆黑和深邃，才使人悲哀和无奈。

第二节　情爱、性爱意绪

应该说，爱情或性爱意绪是"川端文学"自然景物描写和自然审美境像较为突出的一个情感内涵，也就是说，在"川端文学"中，自然景物描写或自然审美境像往往荡漾着或闪烁着爱情或性爱的意绪。景色与性爱这两种质素的交汇融合就化生为川端康成文学中一道道妩媚妖娆的性爱风景。

一　文本体现

"川端文学"中自然景物抒描的性爱意绪具体表现在以下三个方面：

（1）富有性爱姿形意味的景物描写

"依偎"、"拥抱"、"爱抚"、"恋慕"，甚至"裸体"、"交合"等这些富有性爱特征的字眼和姿形被川端康成频频移植到自然景物描写中，营构出一种缠绵媚惑的境像氛围。比如：

> 这两棵树像是要拥抱似的，上半截相互倾向对方，树梢几乎偎依在一起。（《山音》）

这是信吾坐在车上看过无数遍的风景，而这次看到感悟却不同，或许是由于他和儿媳菊子之间微妙的出于同情而又超越

同情的情感使他追求一种虚幻不能自拔的恋情，所以信吾以
天马行空的想象来弥补内心的渴求。

又如：

> 两只小鸟互相依偎，将自己的脖颈深深地伸进对方
> 身上的羽毛里。圆鼓鼓的，活像一团毛线球。(《禽兽》)

这对简直分不出彼此的小鸟之间的缠绵悱恻，很难说不是一
个四十开外的单身汉——作品中的主人公，在潜意识里对人
类情爱的想象与憧憬。

> 一粒锐利的小石子，黑黑地落进了他全神凝视着水
> 面的视野里。原来是一对交尾的麻雀从房顶上掉落了
> 下来。

这是小说《麻雀的媒妁》中男主人公刚说完"有人可以当我
妻子的话，就请在水面上映出她的面影"这句话之后文本中
的一段写景，蕴涵的显然是男主人公对于性爱的联想和诉求。

> 竹林用寂寞、体贴、纤细的感情眷恋着阳光。……
> 竹林和阳光彼此恋慕戏谑。(《温泉通信》)

这是川端康成与舞女（《伊豆的舞女》里的薰子）别后数年
重游伊豆时写下的，对美丽的舞女只字未提，却写"自己的心情就完全变成了这竹林的心情",传达出当年和舞女之间冲动难抑的异性爱恋。

> 梅花一根根雄蕊,宛如白金制的弓,曲着身子,将小小的花粉头向雌蕊扔去……弓形的雄蕊,宛如一轮新月,冲着蓝天把箭射出去似的。(《春天的景色》)

不言而喻,这一段描写中主体在欣赏客体时,将自己幻化成客体,与客体融为一体,演奏着一曲蓬勃的性爱之歌。

> 不如你和我都变成红梅或夹竹桃,让运送花粉的蝴蝶为我们撮合。

这是《抒情歌》中女主人公对恋人的一句呼唤,它先是以景拟人,然后用"蝴蝶运送花粉"的写景来状描男女主人公的性爱。

> 茫茫的银河是在眼前,仿佛要以它赤裸裸的身体拥抱夜色苍茫的大地。(《雪国》)

这是蚕房失火时,岛村和驹子跑向失火现场的路上眼里看到的一个画面。银河是驹子和叶子合二为一的爱的化身,这深湛而浓郁的爱欲有如飞蛾扑火般决绝。然而岛村毕竟只是一个软弱、虚无的文明人,他终究承担不起,最终只能选择逃离。

　　庭院里沿着脚踏石修整过的低矮的草丛中，两只蝴蝶双双飞舞戏耍。忽而藏入草丛中，忽而又掠过草丛飞翔，十分快乐。江口心想：这是一对夫妻蝴蝶啊！（《睡美人》）

这是江口去睡美人俱乐部时梦中的景色。它寓含着老人在想象中对性与爱的渴望，成为江口寻找生命活力的象征。

　　活像朝雾濡湿了翠绿的树木，菊治的头脑仿佛经过了一番清洗，脑海里没有浮现任何杂念。

这是《千只鹤》中菊治和太田夫人发生性爱关系之后文本中的一段文字，"朝雾濡湿了翠绿的树木"的写景，既暗示了他们的性爱行为，又彰显了他们的生命活力，不伦之爱因此超越了伦理道德，脑海里当然也就不会浮现任何杂念。

　　从江之岛的对面，夕阳的余辉流泻在海面上。一条光带闪闪发光，看上去像是冲着松子和宗广迎面走来似的，可是光带走上沙滩之前，就在两个人面前的水边攸的消失了。（《日兮月兮》）

松子和自己心里残留的恋人告别，面对海面，松子想到小说里的一句话："'没有性关系的爱情，随时可以作废。即便作废也可不留一丝痕迹'。"然后她由此产生疑惑："那么，有过性关系的爱情，一旦作废，剩下的又是什么呢？"抛弃自己的旧日恋人，松子仍然不能释怀。

（2）作为性爱心理象征的景物描写

《雪国》中驹子在半夜酩酊大醉地来到岛村的房间，她按捺不住心中对岛村近乎狂热的爱，却又不想随随便便地成为岛村的玩物。而岛村既想利用这一良机得到驹子，又不忍心破坏驹子的纯洁。川端在对人物会话和行动的叙述性文字中，突然插入了一句简单短促却独自成段的景物描写：

外面的雨声骤然大起来。

这简洁精辟的一句恰如其分地表现了驹子和岛村此时内心燃烧的情欲以及双方极力的压抑。"骤然大起来"的不仅是雨水之声，还有两人之间的情爱欲望。

还有一次，写驹子在午夜曲终人散之后来到岛村的房间，"灯火在寒峭中闪烁，好像在噼啪作响，快要崩裂似的"。这是此时此刻驹子心理的写照，她表面上平静如远山的灯火，内心却在极力克制对岛村汹涌的爱欲与渴望。快要"崩裂"的并非灯火，而是驹子激烈难抑的情与爱。这样的描写在其他作品中也有表现，如《千只鹤》中太田夫人去见菊治时，两人都怀着心照不宣的恋慕，这时作品中插入这样一句："眼看着就要瘫倒在菊治身上。门槛附近的走廊全被雨水打湿了。"这与前面的例子有异曲同工之妙。

另有：

> 街上洒满了月光。信吾仰望着夜空……突然觉得月
> 亮溶在火焰之中。(《山音》)

信吾对儿媳菊子有着朦胧的爱意，处在火焰中的月亮就如焦
灼的他，但在现实生活中，他的行为只能始终严守道德的界
限，一切的冲动都被移植到潜意识中，川端康成巧妙地把它
融入景物描写中，不着痕迹。

> 银平感到少女的眼睛，恍如一泓黑色的湖水。他多
> 么想在这清亮纯净的眼中游泳，在那泓黑色的湖水中赤
> 身游泳啊。(《湖》)

银平因自己长着一双丑陋的脚而感到失落、屈辱。他企图通
过跟踪美貌的女性——用丑陋的脚去追求美，治愈自己的心
灵创伤，这是一种复杂的情与欲。少女幽深的眼睛成为他爱
欲的归宿，银平跟踪女性，并非要夺走她、占有她，他只是
在女性的美中展开想象，在想象中获得情与性的满足。

应该说，在作为性爱心理活动象征的景物描写上，川端
康成大多是从男性眼光出发的。最典型的例子如《山音》中
写男主人公信吾观赏向日葵时的感受：

花瓣宛如圆冠的边饰，圆盘的大部分是花蕊。花蕊
一簇簇都是满满的，圆冠隆了起来……信吾突然觉得这
旺盛的自然生命力的重量感，正是巨大的男性的象
征。……感到存在一种男性的力量。……花蕊圆盘四周
的花瓣是黄色的，看起来犹如女性。

这不仅是信吾渴望生命力和男性力量的一种象征，更是他对
男女性爱关系的一种想象和体味。

（3）作为女性肉体象喻的自然景物描写

如前所述，"川端文学"中的肉体之美主要是奉献给女
性的。川端康成曾言："如果一旦缺乏了肉体的美，我对幻
景的渴望和激情也会随之消失。"① 他还在日记中写道："亲
近情人之体香可激起情欲，还可窥见情人的真实生活。"② 尽
管在川端康成的笔下也出现过"男根之山女阴之谷"③ 这样
比较露骨的写法，但总体上看来川端康成对女性肉体的描写
是相当有节制的。可以说，女性的肉体美在"川端文学"中
基本上是隐形的，是存在于"潜文本的"。然而，它却是川
端康成爱与美的艺术抒描的当然组成部分，或者说是重要基
础。例如《雪国》中岛村第二次一见到驹子，就称她是"自
己手指头记得的女人"，这其中就蕴涵着对驹子肉体的描绘

---

① ［日］川端康成：《川端康成文集·独影自命》，中国社会科学出版社
1996 年版，第18—19 页。
② ［日］川端康成：《天授之子》，李正伦等译，漓江出版社1998 年版，
第556 页。
③ 同上书，第152 页。

和赞美。不过"川端文学"中更多的则是借助自然景物对女性肉体美的象喻：

> 月光照在她的肌肤上，发出贝壳一般的光泽。
>
> 她没有施白粉……娇嫩得好像新剥开的百合花。
>
> 后领空开，从脊背到肩头仿佛张开了一把白色的扇子。她那抹上厚脂粉的肌肤，丰满得令人感到一种无端的悲哀。看起来像棉绒，又像什么动物。(《雪国》)

"贝壳"、"百合"、"扇子"——这些比喻在用词上虽然有一点恍惚，但它的蕴涵还是可以意会的。在岛村面前驹子如贝壳、百合般美丽，如张开的扇子般敞开；"白色"和"丰满"是对驹子诱人肉体的进一步描绘；接着说驹子丰满的肉体有着"无端的悲哀"、"像棉绒又像什么动物"，乍一看是毫无关联的语词被放在了一起，实则暗指男性在少女胴体面前的无限性欲，也就是无限之生命欲望。

> 树干比千重子的腰围还粗。当然，它那粗老的树皮，长满青苔的树干，怎能比得上千重子娇嫩的身躯……(《古都》)
>
> 银杏树……在斜阳的辉映下，浓淡有致，娇嫩得如少女的肌肤一般。(《湖》)
>
> 姑娘肩膀的圆润，就像这荷花玉兰又白又大的蓓蕾。(《一只胳臂》)

洁白的裸体、修长的双腿，站在那里宛如一株小梧桐。（《伊豆的舞女》）

在自然景物与女性姿色的融合中体现了日本传统的对性爱的审美态度——以艺术审美之心玩味风流韵事。川端康成本人少年时期和室友清野之间曾有一段同性恋经历，他在《独影自命》中回忆道："我在这次爱情中获得了温暖、纯净和拯救。甚至让我想到他不是这个尘世间的少年。从那以后到我五十岁为止，我不曾再和这样纯情的爱情相遇。"① 所以，川端的作品中也有女性眼中的女性肉体美描写：

她水灵灵的肌肤，宛如一只莹白的蛞蝓……令人感到她体态丰腴，没有一丁点污垢，柔软而圆润。（《温泉旅馆》）

这是同性阿泷眼中的女子阿笑，其中蕴涵的意味已经有点同性恋的倾向了。女性视阈下兼有审美与恋慕双重意味的女性肉体描写，使川端笔下的性爱风景具有更为复杂和微妙的蕴涵。

二　主题探讨

毋庸置疑，川端康成较之其他作家更喜欢写爱情，爱与

---

① ［日］川端康成：《川端康成文集·独影自命》，中国社会科学出版社1996年版，第19页。

性于是成了"川端文学"又一个突出的主题，这一主题又有着不同的内涵和不同的层次，反映着川端康成的人生追求与审美情趣。我国学者王艳凤颇有见地的把"川端文学"的性爱主题划分为三种类型和向度：真情的"爱"、本能的"爱"、变态的"爱"，并指出无论哪种"爱"都渗透着悲哀的因素，表现出"爱"的无奈与徒劳①。

川端康成早期的作品大多描写的是渗透着真情的爱。《篝火》是作家初恋体验的自传性作品，描写了一对社会地位不同的青年男女冲破世俗观念由相爱而订婚的故事，表现了男女主人公之间的纯真爱情。在这段作家真实生活的艺术记录中，我们感受到的是川端康成对自己的初恋情人伊藤初代的真情，那种因有爱而兴奋，因失去爱而苦恼的内心变化。然而，女主人公的一句自语："马年作祟啊"，表明了不吉之兆，小说最后又加进了篝火一场，更是暗示和象征他们的不幸结局。另外还有《非常》、《霰》、《南方之火》、《处女作作祟》、《她的盛装》、《海之火祭》等一系列作品写的都是这次令作者疼痛难当的初恋。《伊豆的舞女》是川端康成的成名作，小说描写了男主人公"我"与舞女之间真诚而朦胧的爱情，他们的爱是建立在相互平等、相互尊重的基础上的。作品通过舞女为我找水、掸去我身上的尘土、帮我挑竹杖等行动，表现了舞女对我的真爱；而我也是全身心地牵挂着舞女——当艺人们唱歌跳舞的声音传入我的耳朵，我就心情平

① 王艳凤：《川端康成文学主题论》，载《云南师范大学学报》2003 年第 1 期。

静，而当艺人们沉默下去的时候，我就内心躁动，坐立不安。最可贵的是，我与舞女的感情没有任何杂念和阴翳，没有物欲和利欲的参与。这种有情的爱是川端康成心向往之的。但是，在无言的结局中，我们似乎感觉到了男女主人公欲罢不忍、欲爱不能的无奈，淡淡的忧伤给人留下无穷的回味。

在川端康成的中期创作中，爱情描写一下子凸显出不少官能色彩。自此开始，早期作品中女主人公纯情质朴的少女形象也被成熟性感的女人形象所代替。其集中体现就是代表作《雪国》。男主人公岛村先后三次前往旅游胜地雪国幽会自己认识的艺妓驹子，构成了小说的主要情节。岛村对驹子的感情从岛村的立场来看，可以说就是性的吸引、肉体的欲望。因为读者所能了解的关于岛村的背景材料只是：家在东京、有妻儿、研究西洋舞蹈、自称"无为徒食"，仅此而已。岛村最初去会见驹子的动机也是女色，而第二次去见驹子也是因为"左手的食指"清楚地记得那个女子，正是这个食指的记忆远远地把岛村吸引到了雪国。

> 只有这个手指，才能使他清楚地感到就要去会见的那个女人。奇怪的是，越是急于想把她清楚地回忆起来，印象就越模糊。在这扑朔迷离的记忆中，也只有这手指所留下的几许感触，把他带到远方的女人身边。

川端康成的研究者橘正典指出："即使驹子对岛村有爱，岛村对驹子的感情也不能说是爱。虽然那也可以被称为恋情，但这种恋情的引子却是性爱。"他还认为，川端康成对于性怀有比常人更为强烈的好奇心和憧憬，同时也具有比常人更为清晰的污秽意识。他把体现在作家川端康成身上的这种情感概括为"处女崇拜和处女凌辱愿望"①。

> 岛村感到百无聊赖，发呆地凝望着不停活动的左手的食指。因为只有这个手指，才能清楚地感到就要去会见的那个女人。……他想着想着，不由地把手指送到鼻子边闻了闻。

长长的旅程中，岛村想起了左手的食指记住的女人，表面上看，这样的描写似乎不显山不露水，但实际上却相当尖锐、相当性感。不仅如此，凭借留在手指上的"几许触感"，岛村被"带到了远方的女人身边"，甚至"不由地把手送到鼻子边闻了闻"，这样的表现具有极端的色情的暗示性。当然，从总体上来说，"川端文学"中涉及性的场景都表现得比较隐晦，措辞也非常含蓄。正如有人所言："他的好色的描写，是有意地回避了露骨的性本能和单纯的肉欲的宣泄，更没有着眼于生理上的色情叙述，而是更多的在心理上表现性的苦闷、情欲的受压抑，以及情欲的受扭曲。"② 叶渭渠则

---

① ［日］橘正典：《来自异域的旅人——川端康成论（日文版）》，河出书房新社 1981 年版，第 97 页。
② 王艳凤：《川端康成文学主题论》，载《云南师范大学学报》2003 年第 1 期。

说："作为表现，在性行为方面，他采用简笔描写，写得非常隐晦，非常洁净。"① 例如《雪国》，岛村到达雪国温泉浴场的当天晚上，让人去给他叫艺妓。于是，他初次见到了驹子。这时，岛村内心有一番心理活动："这种事，他满可以毫不作孽的轻易了解它。她过于洁净了。初见之下，他就把这种事同她区分开来了。"但是，"尽管他感到对女子存在着一种友情，他还是渡过了这友情的浅滩"。离开雪国后，"虽然发生过那种事情，但他没有来信……"两人第二次见面后，驹子"脸上泛起了一丝迷人的浅笑。也许这时她想起了'那时候'了么？"上述标有着重号的部分都是作者使用的隐语。通过这种方式，川端康成将极其易于滑入色情泥潭的情节处理得隐蔽而洁净，对于人物内心的性欲也表现得很有节制。文中既没有粗野的动作，也没有露骨的语言。但这一切并不能证明"川端文学"及其创造者在意念上的"性"趣的缺乏和色情的不存。例如小说《日兮月兮》就直接提到了"性"——松子去看望已经和自己分手的恋人宗广，以作明确的告别。宗广毫不避讳地在她面前换衣服，松子痛楚地想到自己"已是被宗广知道了底细的女人"。面对海面，松子想到小说里的一句话："'没有性关系的爱情，随时可以作废。即便作废也可不留一丝痕迹'。"然后她由此产生疑惑："那么，有过性关系的爱情，一旦作废，剩下的又是什么呢？"再如《雪国》中的一段简短对话，虽没有直接提到

---

① 叶渭渠：《东方美的现代探索者——川端康成评传》，中国社会科学出版社 1989 年版，第 160 页。

"性"，但却极富于"性"的色彩——岛村醉酒后受到驹子的照拂，这时他对驹子说："你是个好姑娘。"但不久之后，他又改变了措辞："你是个好女人。"驹子听了先是"难为情地把脸藏了起来"，接着好像意识到了什么：

> 突然支着一只胳膊，抬起头说："那是什么意思？你说，是指什么!?"

这无疑是对驹子的床上性行为的含蓄评价，充满了岛村的赞赏之情，难怪驹子听后要"难为情地把脸藏起来"。

在川端康成的后期创作中，本能的甚至变态的爱的描写则成为主体。例如《山音》就写了公公信吾对年轻儿媳的朦胧性欲冲动，小说还多次写到信吾的性梦，在梦里他和姿影模糊的年轻女性拥抱、接吻，抚摸女性，感受到一种"天国的邪恋般的激动"。比如松岛之梦，梦见一个二十多岁的小伙子搂抱一少女，可是醒来，少女的容貌、少女的肢体已经了无印象，连触觉也没有了。比如能剧面具之梦，梦见能剧面具在老花眼中幻影出少女润滑的肌肤，差点要跟它亲吻，可是醒来，这无生命的面具空幻成无形的菊子的化身。比如蛋之梦，梦见两个蛋，一个是鸵鸟蛋，一个是蛇蛋，可是醒来却以为是菊和娟子的胎儿等，这些都是通过非现实的梦幻表达了人物在潜意识中对儿媳的性冲动。《千只鹤》则描写了菊治同亡父的情人太田夫人以及太田夫人的女儿文子之间"非同寻常的关系"，其中还有菊治询问太田夫人自己和父亲给太田夫人的感觉有何不同这样的色情描写。尽管菊治和太田夫人都为自己的违伦悖德的行为而在道德上自责，但他们都无法消除矛盾的心理，相反更引起了双方在官能上的病态。在这里，作者展示了爱情与道德的冲突，但川端康成将人的自然感情放在主导地位。《睡美人》更是直接描写了官能的爱。主人公江口是个丧失性机能的老人，他曾多次到"睡美人俱乐部"爱抚服安眠药后熟睡的年轻女子和未成年的少女。尽管作品对原始的情欲描写很有节制，但作者还是让老人通过视觉、嗅觉、触觉、听觉等手段来满足自己的生理需求。如当江口第三次躺在睡美人身边时，有个"年纪最小、未有丝毫衰萎的"姑娘，突然诱发江口涌起了一些思绪：与神户少妇的私通、老人们的丑陋和罪恶、过往生命中的女人们……他曾寻思："在过去的六十七年间自己究竟能触摸到人性的宽度有多宽，性的深度有多深呢？"这种寻思使他"感到自己的耄耋"，"但是今晚的小姑娘却反而活生生地唤醒了老人过去的性生活"。随后江口在迷迷糊糊中做了这样"美极了"的梦。《一只胳膊》更是通过荒诞的故事表现官能的享受。男主人公"我"借到一个姑娘卸下的一只手臂，接在自己的身上，不仅血脉相通而且还能与之交流。这只手臂是女性肉体的象征，"我"借助人体变形的超现实的幻想，来追求人性不可或缺的部分，企图从狂热的性享受上得到满足。在这些作品中，渗透着作者对性爱既渴望又绝望的情绪，年轻的菊治之所以在中年女人身上寻求性满足，江口老人之所以在睡美人身上获得官能的刺激，"我"之所以在姑娘的胳膊上追求生理上的享受，其根本原因就是他们对爱的悲观与绝望和对爱的无奈与徒劳。于是便在无视感情、无视道德的基础上寻求瞬间的官能享受。

三　原因追寻

"川端文学"之所以热衷爱与性的描写，既有日本民族文学传统的成因，又有川端康成本人性格心理的因素。

这首先是因为日本文学中存在着一个"好色"的传统，这在日本最古老的神话传说中就已初露端倪。日本神话中有一个叫猿田昆古的阴茎神，除了印度神话传说中的湿婆林迦外，这在世界各国的神话传说中都是极少见的。在神话传说中借助幻想创造出阴茎神，这本已显示出日本文学的好色倾向。关于这位神祇的故事，则进一步给我们显示了日本文学的女色崇拜。据说，猿田昆古是生命力的象征，具有强大无比的神威，令魔鬼闻风丧胆。但当"高天骇人女妖"脱下自己的裙子露出自己的阴部时，猿田昆古就会像花朵一样枯萎瘫软。因为"高天骇人女妖"下身的展示更具有神奇的力量。可见女性隐藏起来的部位具有无可比拟的神力，"女性的魅力在于神先天赋予了女性隐藏起来的部位"[①]。可以说，日本人对女性爱的延伸和幻想发迹于女性隐藏起来的部位。从这一资料不难看出日本人及其文学的好色意识、性爱崇拜观念。直到现在，日本民间仍然残存对"姬之宝"的崇拜心

---

① ［日］梅原猛：《诸神流窜：论日本〈古事记〉》，卞立强、赵琼译，经济日报出版社1999年版，第20页。

理。所谓"姬之宝",便是造型逼真的女性外阴模型。巨大
的"姬之宝"陈列于殿堂,除了性爱诉求和想象的托寄之
外,还具有求家室安全、平安生产,乃至招财进宝的意义。
日本爱知县的有田神社祭祀的祖灵便是"姬之宝"。此外,
熊野的有马还有著名的"花之窟",这个"花之窟"便是这
一女神的外阴的象征。当地的居民自古以来一直祭祀这一象
征物①。这些习俗,多少说明了日本民间至今仍然残存着对
女色、对性爱的潜在的崇拜心理。

　　另外,在日本神话中,第一次性行为是在神灵之间发生
的,创造世界、国家起源和人类繁衍都是从性爱开始的。所
以,按着神道教的观念,情欲和道德上的罪恶是无论如何也
联系不到一起的。日本人对自然神的崇拜也包括对性的崇拜,
所以,其古代文学对性的表现是非常坦率、非常认真的。日
本"记纪文学"是这样描写天神伊邪那岐命和伊邪那美命兄
妹结合繁衍人类、创造万物的过程的——他们看见一对情鸽
亲嘴,他们也学着亲嘴;目睹一对对飞鸟结合,受到启发,
伊邪那岐命问:"你的身体怎么样?"伊邪那美命答:"我的
身体逐渐完整了,唯有一处没有闭合。"伊邪那岐命就说:
"我的身体有个多余的地方,那么就献给你吧。"伊邪那美命
同意了。于是这对男女神便无从自掩地合而为一,最后生下
日本诸岛、山川草木,以及支配诸岛和万物的太阳神天照大

　　① 严绍璗、中西进主编:《中日文化交流史大系·文学卷》,浙江人民出
版社1996年版,第42页。

神和其他众多神灵①。

上述男女两神的性爱结合被称为"神婚"，日本古代文学中最早的性爱描写就是这种"神婚"，所以，日本神道认为爱与性是属于神的，是以神的意志来行动的，这具有极强的规范性的意义。日本神道对爱与性的这种宽容态度，不仅影响日本人对爱与性的伦理观，而且影响着日本文学的审美情趣。与"记纪文学"同时代的《万叶集》，以及平安时代的"物语文学"，中世的谣曲、狂言等各种文学样式，大多以爱与性作为主题，逐渐形成了日本文学的好色审美理念。到了近世江户时代，井原西鹤的"浮世草子"和近松门左卫门的净琉璃、歌舞伎等，更是把恋爱情趣作为重要内容，将好色审美情趣提到了一个新的高度，从而构成了具有日本特色的性爱主义文学思潮。另外，日本好色文学思潮的形成，与日本近世人文主义的萌芽有一定的联系，它是争取自由与肯定人性的表现，也就是说，主要是从性的角度肯定自然人性、享受现实人生。

所以，日本人的"好色"理念，尽管有色情的含义，但又不全是汉语的"色情"意思。从语源来说，"色"字最初是色彩和表情之意，后来增加了华美和情趣的内容；而"好"字含有选择之意，是选择女性对象的行为。"好色是美的恋爱情趣，健康的道德感情，多角的男女关系，是一种风

---

① ［日］安万侣：《古事记》，邹有恒、吕元明译，人民文学出版社1979年版，第55页。

流的游戏"①，反之，就会被人误认为不懂感情的粗人。所以《源氏物语》中空蝉宁愿忍受更大的痛苦，也不愿装作不懂感情，在她看来，"不解情味、不懂风雅"是比受辱、比死去还要可怕的恶谑。"色情"是将性工具化、机械化和非人化，而日本人的"好色"是包含肉体的、精神的与审美的结合。好色文学以恋爱情趣作为主要内容，探求人情与世相的风俗，把握人生的深层蕴涵。这样，日本人的"好色"就与风情、风雅、物哀的审美意识相连了。

总而言之，日本人的"好色理念"、"好色审美"应包括以下两方面内容：一是"性"为美、"色"为美。所以日本文学多写"女色"、"性爱"、"肉欲"，甚至"乱伦"，此可谓日本性爱文学中色情的一面。如描写乱伦的作品数量就不少：《古事记》轻太子与胞妹轻大郎女；紫式部的《源氏物语》中光源氏与其继母藤壶；三岛由纪夫的《爱的饥渴》中女主人公悦子与其公公；川端康成的《千只鹤》中的"父子共淫一女"和"母女共侍一男"；《山音》中公公信吾对儿媳的朦胧欲念等。二是以"性"为基础的"爱"更美、"情"更美。所以日本文学多写恋爱、多写爱情，此可谓日本性爱文学中风情的一面。在笔者看来，后者又包括以下几个层次的内涵：男女合一、色心不二；侧重华美的恋爱情趣；恋爱情趣的内核是风情风雅（多情而雅致或雅致的调情）；风雅由"爱的邂逅"、"爱的朦胧"和"爱的无偿"等因素构成，

---

① 叶渭渠：《日本文学思潮史》，经济日报出版社 1997 年版，第 259 页。

而"爱的无常"或"爱的悲哀"则是风雅的最高境界——日本人强调"生命通过肉体而活着",所以他们认为"色"和"欲"最能让人强烈地感受到人的生命的衰颓和有限。越是衰颓,就越想追求,越想追求就越是悲哀。川端康成晚期作品《山音》、《睡美人》和《一只胳膊》等就具有这等深层意蕴。

其次,源于作者本人好色又辱色的深层性爱心理。

根据弗洛伊德的精神分析学说,由于生活太艰难,太多不能满足的欲望,太多失望的痛苦,人就不能没有减轻这种痛苦的办法,这种办法就是"原欲的转移"。可以说,川端康成描写爱与性主题大都源自他那受压抑的愿望的无法实现。查阅川端康成的年谱就会发现,川端康成幼小失怙,长时间与又聋又瞎的爷爷生活在一起,经常是黑暗相伴、无语终日。后来连爷爷也去世了,天底下只剩下他孤零零一个人"茕茕孑立,形影相吊"。这种悲哀的身世使他变得多愁善感、自我封闭,并铸就了他孤僻、自卑的"孤儿根性",但同时又使他对人间的温情,尤其是女性的情爱特别敏感、强烈渴望。等及成人,他终于结识了一个自己喜欢的女孩,然而就在准备走向婚姻殿堂的前夕,这个女孩却无端地离他而去,再未露面。这初恋的伤痕和体验从此更是深深溶渗在他的心灵,构成了一方永远无法填充却永远渴望填充的精神虚空。可以说,童年时期无女性的经历使川端康成对女性情有独钟,青年时代失恋的伤痕则使他对女人与性爱殷殷企盼。川端康成明显具有着在没有女性的家庭中滋生的对女性的敏感以及在缺少女性的环境中培养的对性爱的耽想。这一恒定的心理态势显现在文学创作中，就演化为其关于女人与性爱的永恒的主题和永恒的想象。

川端康成后来的很多言论都充分证明了这一点。在《独影自命》中他坦言："我在十七八岁时就开始了对异性的追求。"① 在自传体长篇小说《少年》中谈到他写《伊豆的舞女》的动机时，他说："我二十岁时，同巡回演出艺人一起旅行的五六天，充满了纯洁的感情，分别的时候，我落泪了。这未必仅仅是我对舞女的感伤。就是现在，我也以一种无聊的心情回忆起舞女，莫不是她情窦初开，作为一个女人对我产生了淡淡的爱恋？不过，那时候，我并不这样认为。我自幼就不像一般人，我是在不幸和不自然的环境下成长的。因此，我变成了一个顽固而扭曲了的人，把胆怯的心锁在一个渺小的躯壳里，感到忧郁和苦恼。所以别人对我这样一个人表示好意时，我就感激不尽了。"② 可见，《伊豆的舞女》向我们展示的是作者欲爱而不敢、欲忘而不能的矛盾心理。川端康成在他的恋人伊藤初代撕毁婚约后，内心十分痛苦，为排遣胸中的郁闷，曾多次乘火车外出旅行，他说："我这样做，并不是要把她忘却，而是为了坐在火车里，有如腾云驾雾，使现实感变得朦胧，以求创造出有关她的美丽的幻想。

---

① ［日］川端康成：《川端康成文集·独影自命》，中国社会科学出版社1996年版，第47页。.

② 叶渭渠：《东方美的现代探索者——川端康成评传》，中国社会科学出版社1989年版，第73页。

她纵令在肉眼未能望及的世界里消失了，但我也并不感到失去了她，还幻想着有朝一日在漫长的人生旅途上的某个地方同她相会。"① 后来，川端康成的确与她相会了。在《独影自命》中他写到在 1926 年 3 月 31 日乘坐电车时遇到自己的恋人时的情景："经过我身边时，仔细地看了看她，白白的脖子，白白的手。我无法忘记当年的她抬起手来整理头发，从红色袖口中露出来的铁灰色的肘部时，我所感到的悲凉。我无法忘记我对她的祈祷似的思念：到 20 岁时让她的皮肤变白吧。也许是上帝为我的祈祷感到悲悯，她如今已是肤色雪白。……我频频回首，看着她的额头。"② 在这里，我们看到的是川端康成爱而不得和忘而不能的痛苦。在《文学自传》中他说："我不像无产阶级作家那样，我没有幸福的理想，没有孩子，也当不上守财奴，只徒有虚名。恋爱因而便超越一切，成为我的命根子。"③ 在《抒情歌》中还有这样的话："爱是天地万物与人心的桥梁。恋人的爱，能化作女人的心泉"，"失去了爱情，花香鸟语便失去了意义，成为空虚"④。在《少年》中川端康成还谈到：由于家中没有女人，对于性

---

① 叶渭渠：《东方美的现代探索者——川端康成评传》，中国社会科学出版社 1989 年版，第 24 页。

② ［日］川端康成：《川端康成文集·独影自命》，中国社会科学出版社 1996 年版，第 133 页。

③ ［日］川端康成：《川端康成文集·美的存在与发现》，中国社会科学出版社 1996 年版，第 93 页。

④ ［日］川端康成：《川端康成文集·伊豆的舞女》，中国社会科学出版社 1996 年版，第 176—177 页。

的问题，也许有点病态，自幼便爱耽于淫乱的妄想①。总之，川端康成在自己的人生旅途中经历了几次失意，心中留下了难以磨灭的伤痕。他总觉得爱是朦胧的，可望而不可即的。作为一种补偿手段，他便在文学创作中去寻求内在欲望的满足。从《十六岁的日记》所显示的孤儿的恐怖，到其后作品中的凄凉的感觉，都反映了川端康成爱的饥渴以及对这一失却的弥补。有怯懦的伤痕累累的心灵，才有对爱的纯真和敏锐的感应，孤儿的心托起了"川端文学"的永恒主题——爱的渴望②。正如他在《小说的研究》一书中所写："作家的气质和秉性决定了作家创作的主题倾向。所以，一个天生关注女性问题的作家，即使面对贫困和疾病，也会将它们与女性联系在一起考虑。在这样的作家眼里，恋爱和性成为人生的一切……他们看人生与众不同，这种不同就成为小说创作的主题。"③惟其如此，爱与性便成了"川端文学"的主旋律之一；惟其如此，"川端文学"中的景物描写也涂染上了较多的性爱色彩。

四　意蕴阐发

　　人类生活离不开性爱，文学作品同样离不开对性爱的描

---

① ［日］川端康成：《天授之子》，李正伦等译，漓江出版社 1998 年版，第 16 页。

② 周阅：《人与自然的交融——〈雪国〉》，云南人民出版社 2002 年版，第 141—142 页。

③ ［日］川端康成：《川端康成谈创作》，叶渭渠译，生活·读书·新知三联书店 1988 年版，第 104 页。

写。性与爱是文学永恒的主题，更是"川端文学"美感效应的重要质素。从柏拉图将美与爱放在一起讨论的时候，性欲因素已经潜移默化地渗透了所谓"无欲念"的美感。文艺复兴时期，无论是在艺术创作还是在人的现实生活中，性欲与情爱一同升华，深深影响到"美"的理念。18世纪，"性欲说"的倡导者普拉特内尔认为美感只是性快感的延伸和回声。弗洛伊德对美和艺术的论述中，强调"性欲"作为创造的原动力的重要地位。尔后，马尔库塞把这种理论引入人的社会活动和艺术活动，"性欲"便在美感中灵化为"爱欲"。劳伦斯则对此生动地表述为："性"与"美"乃是同一件事，就像焰与火一样。如果你憎恨"性"，就等于憎恨"美"。如果你喜爱"活生生"的"美"，那么你就是对"性"怀有尊敬之心①。很明显，如果抽掉了对性与爱的描写，"川端文学"之美将无以复存。

但是，文学作品中的性爱描写，拿捏不好就极易滑入"色情"的泥淖。怎么做才合适呢？我国著名学者王向远在评析《圣经·雅歌》中的性爱描写时说："一方面，诗人不断地表现男女的肉体感受，避免了对爱情作一般化的抽象描写的倾向；另一方面，诗人又始终通过象征隐喻来描写性爱，避免了流于色情描写的倾向。因此，《雅歌》给人的感受不是堕落和放荡，而是由质朴和奔放的热情所带来的美。"②笔

① 崔道怡：《"冰山"理论：对话与潜对话》，工人出版社1987年版，第661—663页。

② 王向远：《东方文学史通论》，上海文艺出版社2005年版，第63页。

者以为,"川端文学"中"情景交融"式的性爱叙事手段和表现手法不仅有着同样的借鉴意义,而且还具有自己的独特性。这就是:以灵秀的自然风景塑描女性的胴体,象喻人类的性爱,最轻逸的感官享受也因此具有了沉甸甸的审美内核。的确如此,川端康成在风景与爱情的溶融交汇中抒情达意,自然景物因了女性和爱情更加富有了生命的律动和奥蕴,女性和爱情借了自然景物也更加艳丽和余情。无论是具有性爱象征意味的景物姿态,还是复杂微妙的性爱心理,或者是女性美丽惑人的胴体,在自然与女性、景物与性爱相互象喻所营构的境像氛围中,不仅相互提升、美化,而且相互渗透、深化,这既是"川端文学"一贯的"爱与美"主题的彰显,也是"川端文学"独有的诗意和幽玄的表达。

其实,性爱描写上的含蓄和朦胧一直是日本文学审美的传统。众所周知,日本文学传统在表现人类的爱情生活上素以追求"风情"著称,日本著名作家谷崎润一郎指出:"所谓风情大体上就是指这种爱情上的微妙表现。这种表现越是大胆放纵、肆无忌惮,就越会被认为'缺少风情'。"① 而性爱描写风景化或风景描写性爱化,无论从哪一方面看,都能达到这样的审美效应,因而也就成了一种重要的艺术表现手法。虽不敢说"川端文学"中"情景交融"式的性爱描写是川端康成本人出于对这一审美传统的自觉追求,但起码可以肯定"川端文学"中"情景交融"式的性爱描写是对日本这

---

① [日]谷崎润一郎:《阴翳礼赞》,丘仕俊译,生活·读书·新知三联书店2010年版,第88页。

一审美传统的秉承坚守和发扬光大。正因如此，"情景交融"式的性爱描写也成了"川端文学"独特的东方美的有机构成部分。

川端康成笔下具有性爱象征意味的自然景物描写，既寓含着作者对往昔爱情的眷顾，也寄托了作者对理想爱情的渴望，同时求得生命本真和解脱、挑战传统道德规范的意旨也非常明显。

如前所述，"自然崇拜"不仅形成了大和民族敬爱自然的深层文化心理，而且还造就了这个民族把一切自然物都作为活物来亲近、来理解、来接受的情感思维特点。惟其如此，川端康成笔下的自然景物，不仅生气灌注、活灵活现，而且具有人的情爱律动——或恋慕、依偎，或拥抱、结合。其实，对于日本人来说，"崇拜自然"同时也就意味着崇拜人的自然本性。日本学者中村元指出："日本人倾向于一如原状地认可外部的客观的自然界，与此相应，他们也倾向于一如原状地承认人类的自然的欲望与感情。"[1] "日本人尊崇人类自然天性的思维特征表现在审美思维中，就是对人类天性情感和欲望的赞美，对两性肉体快乐的倾慕和渴求。"[2] 大自然意味着生命的根源，而性爱是生命本真最自然的一种体现，将性爱和自然完美地融合在一起，这种天人合一的理念，可以说是大和民族及川端康成性爱审美意识最深层的根底。

---

① ［日］中村元：《东方民族的思维方法》，林太、马小鹤译，浙江人民出版社 1989 年版，第 238 页。

② 邱紫华：《东方美学史》，商务印书馆 2003 年版，第 1048 页。

川端康成非常推崇"入佛界易，进魔界难"这句话，这是日本中世纪有名的"狂僧"一休宗纯的名言。一休生活在战乱频繁的 15 世纪，他以惊世骇俗的"疯狂"言行来抗议当时崩溃的世道人心，尤其是宗教的束缚，试图恢复和确立人的本能和生命的本性。以禅宗传人的身份公开声明自己"淫酒淫色亦淫诗"，对骨子里非常严肃、思想深邃的一休来说，这恐怕确实比一心修禅需要更大的勇气。放浪形骸是愤世嫉俗的极致，世人未必都能理解，但川端康成却说：

> 我颇为这句话所感动，自己也常挥笔题写这句话。它的意思可作各种解释，如果要进一步往深处探讨，那恐怕就无止境了，继"入佛界易"之后又添上一句"进魔界难"，这位属于禅宗的一休打动了我的心。归根到底，追求真、善、美的艺术家，对"进魔界难"的心情是，既想进入又害怕，只好求助于神灵的保佑，这种心境有时表露出来，有时深藏在内心底里，这兴许是命运的必然吧。没有"魔界"就没有"佛界"，然而要进入"魔界"就更加困难。意志薄弱的人是进不去的。①

川端康成是一个敢于独辟蹊径的作家，他笔下朦胧而余情的性爱描写，虽不及劳伦斯的性爱描写那样富有诗意与哲理，但也算是对人性状况的一种去蔽和澄明；而他笔下那道

---

① ［日］川端康成：《川端康成文集·美的存在与发现》，中国社会科学出版社 1996 年版，第 207—208 页。

道艳丽媚惑的性爱风景线，虽不能说是进入了"魔界"深处，但也算是踏进了一只脚吧。

在谈到作为自己代表作的性爱主题的小说《雪国》时，川端康成曾经说过："也许有人会感到意外，其实贯穿全书的是对于人类生命的憧憬。"① 其实，对生命的思索和憧憬正是川端康成绝大部分作品的深层主题。生命的对立面是死亡，而自然和性爱是生命力的象征。川端康成的《千只鹤》、《山音》、《睡美人》等作品表面上描写的是乱伦的、变态的性爱，实质上描写的是生命的困惑与迷惘，表达的是对生命自由与永恒的殷切渴望。川端康成也正是由此出发才发表以下言论的："要敢于有'不名誉'的言行，敢于写违背道德的作品，做不到这一点，小说家就只好灭亡"；"假使不是虚构，不论写任何不道德、任何猥亵都无妨"②。我国学者叶渭渠认为：作家以这样坦率的态度、无垢的心情谈了这段话，其更本质的内涵在于"采取异常的精神宣泄的形式，对人性被扭曲、性被压抑的现象发泄不满，是含有某种反抗的意味的"③。

川端康成的小说《美丽与悲哀》中的女主人公音子与恋人大木分手二十年内心并未静如止水，当她听到大木和另外

---

① ［日］长谷川泉：《川端康成论》，孟庆枢译，时代文艺出版社 1993 年版，第 239 页。

② 叶渭渠：《东方美的现代探索者——川端康成评传》，中国社会科学出版社 1989 年版，第 172—173 页。

③ 叶渭渠：《东方美的现代探索者——川端康成评传》，中国社会科学出版社 1989 年版，第 173 页。

一个姑娘庆子在江之岛旅馆幽会的事后，逝去的爱情在音子心中燃起了奇异的火，"但是，音子在那火中见到有一朵盛开的白莲花浮现出来。那是她和大木之间的爱情之花，是庆子或任何人都不能玷污的梦幻之花吧"。火中生出的艳丽花朵成为爱欲和生命的象征，自然和性爱永远昭示着生命和人性的本真。川端康成妩媚妖娆的性爱风景线也可以用他自己在《抒情歌》中所说的"奇妙啊！火中生莲花，爱欲中现出正觉"① 这句话来概括。

第三节　无常、死亡情调

川端康成的作品中有着大量的用自然景物来预告死亡、暗示死亡和象征死亡的描写，构成了"川端文学"中一道特别的死亡风景线。

一　文本体现

"川端文学"中具有无常、死亡情调的风景描写具体可以归结为以下几类：

（1）用来烘托和渲染文本中的死亡题旨的自然景物描写

这一类自然景物描写是服务于作品自身的死亡描写或死亡题旨的。它们或出现于作品中的死亡描写之前，或出现于

---

① ［日］川端康成：《川端康成文集·伊豆的舞女》，中国社会科学出版社1996年版，第175页。

其后，或夹杂在其中，作用在于烘托和渲染作品中出现的死亡描写或死亡题旨，因此也就具有了死亡的象征意义或暗示意义。它们应该算是"川端文学"中死亡意味最为明晰的自然景物描写。

如《千只鹤》中菊治在得知深爱自己的太田夫人自杀的消息后，有一段描写：

> 菊治坐在电话机旁，闭上了双眼。
>
> 在北镰仓的旅馆里，与太田遗孀共度一宿，归途中在电车上看到的夕阳，忽然浮现在菊治的脑海里。
>
> 那是池上本门寺森林的夕阳。
>
> 通红的夕阳，恍如从森林的树梢掠过。
>
> 森林在晚霞的映衬下，浮现出一片黝黑。
>
> 掠过树梢的夕阳，也刺痛了疲惫的眼睛，菊治闭上了双眼。
>
> 这时，菊治蓦地觉得稻村小姐包袱皮上的千只鹤，就在眼睛里残存的晚霞中飞舞。

这里反复提到的"夕阳"，以及出现的"残存的晚霞"和"一片黝黑"的意象都是用来象征和暗示太田夫人的自杀身亡的。

《美好的旅行》讲述了残疾人花子的故事。从东京来的明子、达男姐弟坐火车时，得到了当火车站站长的花子父亲的帮助，从而与花子建立起了深厚的友谊。花子得知父亲由于癌症去世时，有这么一段描写：

> 极其安静的寒冬之夜，星星也倍显凄冷。
>
> 院子里，叶子脱尽的树影也使人恐惧。
>
> 本来无风，然而玻璃窗却不停地响。
>
> 花子打了个冷战，双肩抖了一下，立刻睁开了一双大眼。眨也不眨的注视着她本来就看不见的虚空。
>
> 然后，好像是什么使她害了怕，只听她尖叫了一声。
>
> 明子毛骨悚然。
>
> "达男！"
>
> 她喊了一声便握住弟弟的手。
>
> 恰巧在这个时候，花子父亲的灵魂升上天。（《美好的旅行》）

这里，"凄冷、安静的寒冬之夜"和"叶子脱尽的树影"意象，蕴涵的是"黑色"、"凋零"、"沉寂"、"冰冷"的感受和理念，而这些都是死亡的品貌和特征，所以说，它们在这里象征着生命的"死灭"；而"看不见的虚空"则暗示着生命死灭后的虚无。

（2）直接描写自然风物的"死亡"及其带给人的"死亡"的感觉

这是指"川端文学"中那些对大自然中的动物、植物等的死亡状态的直接描写，以及由此而引发的人对死亡的感觉、感受。此类景物抒描用词中常常出现"死"、"死亡"、"尸

体"、"埋葬"等字眼，成为"川端文学"死亡意识的重要
体现。

例如《雪国》中关于秋虫的描写：

　　转眼之间，一群比蚊子还小的飞虫，落在她那从空
开的后领露出来的、抹了浓重白粉的脖颈上。有的虫子
眼看着就死去，在那儿一动不动了。

　　他仔细地观察着昆虫闷死的模样。

　　随着秋凉，每天都有昆虫在他家的铺席上死去。硬
翅的昆虫，一翻过身就再也飞不起来。蜜蜂还可以爬爬
跌跌一番，再倒下才爬不起来。由于季节转换而自然死
亡，乍看好像是静静的死去。可是走近一看，只见它们
抽搐着脚和触觉，痛苦的拼命挣扎。这八铺席作为它们
死亡的地方，未免显得太宽广了。

　　岛村用两只手指把那些尸骸捡起来准备扔掉时，偶
尔也会想起留在家中的孩子们。

　　有些飞蛾，看起来老贴在纱窗上，其实是已经死掉
了。有的像枯叶似的飘散，也有的打墙壁上落下来。岛
村把他们拿到手上，心想：为什么会长得这样的美呢！

　　防虫的纱窗已经取了下来，虫声明显得变得稀落了。

　　窗户依然张挂着夏天防虫的纱窗。还有一只飞蛾，
好像贴在纱窗上，静静地一动也不动，伸出了它那像小
羽毛似的黄褐色的触角。但翅膀是透明的淡绿色，有女
人的手指一半长。对面县界上连绵的群山，在夕晖晚照

下，已经披上了秋色，这一点淡绿反而给人一种死的感觉。只有前后翅膀重叠的部分是深绿色。秋风吹来，它的翅膀就像薄纸一样轻轻的飘动。

飞蛾是不是还活着呢？岛村站起身来，走了过来，隔着纱窗用手指弹了弹，它一动也不动。用拳头使劲敲打，它就像一片树叶似的飘落下，半途又翩翩飞舞起来。

回到房间，看见那只身躯粗大的飞蛾，在隔壁那间点着十支光灯泡的昏暗房子里，把卵产在黑色衣架上，然后飞走了。檐前的飞蛾吧嗒吧嗒地扑在装饰灯上。

秋虫白天不停的唧啾啼叫。

从矮桌到铺席也星星点点地落上了数不清的各种各样的飞蛾，在明澈的月光底下浮现出来。

一阵北风，纱窗上的飞蛾一起飞了起来。

秋虫（包括硬翅虫、蜜蜂、飞蛾，尤其是蚕蛾）成为死亡的使者，在小说中多次出现，每次伴随着它们的出现总会发生一些不寻常的事情，而最后到蚕房的起火、叶子的死亡似乎则成为了一种必然。

再如《山音》中的描写：

信吾抓住木板套窗，探出身子望了望那棵樱树，不知蝉是不是已经落在樱树上了。月夜已深，让人感到其深邃一直伸向侧面的远方。

再过十天就是八月了，虫仍在鸣叫。

仿佛还听见夜露从树叶上滴落在另一些树叶上的滴
答声。

于是，信吾蓦地听见了山音。

没有风，月光晶莹，近于满月。在夜间潮湿的冷空
气的笼罩下，山丘上树林子的轮廓变的朦胧，却没有在
风中摇曳。

信吾所在的走廊下面，羊齿叶也纹丝不动。

夜间，在镰仓的所谓山涧深处，有时会听见波涛声。
信吾疑是海涛声，其实是山音。

它很像远处的风声，但有一种地声般深沉的底力。
信吾以为是耳鸣，摇了摇头。

声音停息了。

声音停息之后，信吾陷入恐惧中。莫非预示着死期
将至？信吾不寒而栗。

信吾本想冷静地确认一下是风声？涛声？还是耳鸣？
可又觉得怎么会有这些声音呢。然而，他确实听见了
山音。

恍如魔鬼鸣山而过。

作品中反复出现的"山音"就是死亡的预兆。《山音》这部
作品更多的是下意识、乃至无意识的行动描写，景物描写寥
寥可数，但是，这为数不多的景物描写，却笼罩着浓重的死
亡的阴影。

《温泉通信》中的这一段既含有对孤独的体味，也含有

对死亡的想象：

> 从这一带漫步走去，渺无人影，也看不到一户人家。岂止如此，有时连旅馆也只有我一个人投宿。深夜二楼空无一人，猫儿在西洋式的房间里不停地叫。我站起来，走过去把房门打开。猫儿就跟在我的后头，闯进我的房间里来。它坐在我的膝上，一动不动。于是，猫儿的体臭扑鼻而来，钻进了我的脑门。我好像感到这是第一次体味到猫儿的臭气。
>
> "难道所谓孤独就像猫儿的体臭吗？"
>
> 猫儿蓦地从我膝上站起来，神经质地把璧龛的柱子都挠破了。
>
> 一个村庄是否只能有一只猫和一只狗呢？要是这样，这只猫和狗就见不着别的猫和狗而死去了。

另外还有：

> 樱树对寒冷非常敏感，樱树仿佛想起来似的飘落起来，以秋天隐约可闻的声音掠过了潮湿的土地，旋即又被风儿遗弃，静静的枯死了。（《篝火》）
>
> 前儿天和今天看着河鹿蛙的时候，都看到它们成堆地死在岩石间的水潭里。它们浮在水面上的翅膀，使水潭上浮起一层石油的颜色。（《独影自命》）
>
> 前天或是大前天，露天火葬已经开始了，尸体还是

堆积如山。这是入秋之后残暑酷热的一天。傍晚下了一场骤雨。在燃烧着的一片原野上，连个躲雨的地方都没有，乱跑之中成了落汤鸡。仔细一看，白色的衣服上沾满了一点点灰色的污点。那是烧时的烟使雨滴变成了灰色。我目睹死人太多，反而变得神经麻木了。沐浴在这灰色的雨里，肌肤冷飕飕的，我顿时感受到已是秋天了。（《初秋四景》）

上述景物抒描，往往直接出现"死"、"死亡"、"尸体"等字眼，可以看作是"川端文学"中死亡意味最为浓厚的自然景物描写，它们鲜明而强烈地承载着"川端文学"的死亡意识。

（3）描写那些富有"死亡"意味或令人能联想到"死亡"的自然景象

这是指"川端文学"中那些对秋冬季节中的枯萎凋零的自然风物的描写，用词上虽然没有直接出现"死亡"等字眼，但描写的仍然是一种生命的死灭状态。

山雾缭绕，背阴的山峦和朝阳的山峦重叠在一起，向阳和背阴不断的变换着，现出一派苍凉的景象。过不多久，滑雪场也忽然昏沉下来了。把视线投向窗下，只见枯萎了的菊花篱笆上，挂着冻结了的霜。屋顶的融雪，从落水管滴落下来，声音不绝于耳。（《雪国》）

山南的桔梗花恐怕看不见山北的桔梗花就完全凋零

了。(《初秋山间的幻想》)

枯草冷飕飕的，随风摇曳，西斜的阳光也为之摇摇摆摆。(《舞姬》)

一夜之间，这棵银杏树被台风刮成了一棵秃树。

银杏树和樱花树的树叶被台风刮精光了。在信吾家附近，银杏树和樱花树可算是大树了，也许是树大招风，也许是树叶子柔弱经不住风吹雨打了。

樱花树原先还残存着一些枯枝败叶，但现在也落光，成了秃树。

后山竹子的叶也枯萎了。大概是近海，风中含有潮气的缘故吧。有些竹子被风刮断，飞落在院落里。

在晌午阳光的照耀下，漫天纷飞的樱花，尽管颜色和形状都不那么突出，却给人以布满天空的感觉。现在正是鲜花盛开，怎会想到它的凋零呢。(《山音》)

木贺造访江口家时，从客厅里望见一个红色的玩意儿，掉落在庭院的秋天枯萎的藓苔地上，不禁问到：

"那是什么？"说着立即下到院子里去把它捡了起来。原来是常绿树的红色果实。稀稀落落地掉个不停。

这里是温暖地带，冬日的败叶还萎缩的残留在树枝上。尽管如此，庭院里不时传来风扫落叶声。今夜拍击悬崖的海浪，也很平静。

江口老人望着净是枫树的地方，心想自己的这种幻觉是不是与"睡美人"之家有关呢？幻觉中的红叶，时而变黄，时而又变红，与成群蝴蝶的白色鲜艳的交相辉

映。然而，这家的红叶早已凋落殆尽——尽管还残留着几片败叶瑟缩在枝头。天空下着雨夹雪。(《睡美人》)

院子里，叶子脱尽的树影也使人恐惧。(《美好的旅行》)

上述自然景物抒描，没有直接出现"死"、"死亡"等字眼，而是代之以"枯萎"、"凋零"、"凋落"、"光秃"、"残留"、"枯枝败叶"、"萎缩"、"瑟缩"等字眼。但是，由于它们状描的还是"消亡"和"死灭"，所以，依旧给人以强烈的"死亡"的感觉。

(4) **描写那些象征"死亡"或暗示"死亡"的自然景象**

这一类与上述例举用词上直接有"死亡"字眼及其同义词或近义词的自然抒描不同，指的是"川端文学"中那些虽不出现"死亡"字眼但却具有死亡象征意义或暗示意义的自然景物描写。自然万物在春天复苏萌生，在夏天发展壮大。到了秋冬季节不是蛰伏休眠，就是凋零死灭。所以秋冬季节及其自然景象就具有了死亡的象征意义或暗示意义。同样，万物在白天豁亮鲜活，在夜晚昏暗沉寂，所以暮色黑夜及其自然景象也就具有了死亡的象征意义或暗示意义。"川端文学"中具有死亡象征意义或暗示意义的自然景象描写大一点的概念有"秋天"、"冬天"等；中等的概念有"暮色"、"黑夜"等；较小一点的概念如"冰雪"、"残阳"等。这一类自然抒描在"川端文学"中所占比重远远超出了前两类，例子也是不胜枚举。从一个侧面显示了"川端文学"的象征性和含蓄性。

例如：

> 在月色之下，水车上的冰树闪着寒光。马蹄踏在冰冻的桥板上，发出金属般的响声。重峦叠嶂的黑魆魆的轮廓，恍如一把把利剑。这是一个寒冷的冬夜。（《温泉旅馆》）

川端的代表作《雪国》本身就有一个寒冷冬天的大背景，此类意象在文本中更是层出不穷：

> 沿着河流行驶不多久，来到了辽阔的原野，山巅好像精工的雕刻，从那里浮现出一道柔和的斜线，一直延伸到山脚下。山头上罩满了月色。这是原野尽头唯一的景色，淡淡的晚霞把整个山容映成深宝蓝色，轮廓分明的浮现出来。月色虽已渐渐淡去，但余韵无穷……天空中没有一只飞鸟。山麓的原野，一望无垠，远远的向左右伸展，快到河边的地方，耸立着一座好像是水电站的白色建筑物。那是透过车窗望见的，在一片冬日萧瑟的暮色中仅留下来的景物。
>
> 在雪天夜色的笼罩下，家家户户低矮的屋顶显得更加低矮，仿佛整个村子都静悄悄的沉浸在无底的深渊之中。
>
> 这是一幅严冬的夜景，仿佛可以听到整个冰封雪冻

的地壳深处响起冰裂声。没有月亮，抬头仰望，满天星斗，多得令人难以置信。星辰闪闪竞耀，好像以虚幻的速度慢慢坠落下来似的。繁星移近眼前，把夜空越推越远，夜色也显得越来越深沉了。县街的山峦已经层次不清，显得更加黑苍苍的，沉重的垂在星空的边际。这是一片清寒、静谧的和谐气氛。

山沟天黑的早，黄昏已经冷瑟瑟的降临了。暮色苍茫，从那还在夕晖晚照下覆盖着皑皑白雪的远方群山那边，悄悄的迅速迫近了。

转眼间，由于各山远近高低不同，加深了山峦皱襞不同层次的影子。只有山巅还残留着淡淡的余晖，在顶峰的积雪上抹上一片霞光。

马路已经结冰。村子在寒冷的天空底下静静的沉睡着。驹子撩起衣服下摆塞在腰带里。月儿皎洁得如同一把放在晶莹的冰块上的刀。

这里最富有代表性的例举当属"月儿皎洁得如同一把放在晶莹的冰块上的刀"。在东方的审美意识中，"月亮意象"一般带给人们的感受是纯洁，是深情，是柔媚，总之，是美好感情、美好生命的象征，但"川端文学"由这一意象联想到的却是充满冷意、寒气袭人的"冰块"，由此，足见"川端文学"自然景物抒描死亡色彩之浓重。

（5）**自然抒描上用词"灰暗阴冷"，并因此营构出许多"昏暗沉寂"的自然意象**

这是指"川端文学"即使抒描对象不是"黑暗阴冷"的自然景象，但由于在用词上"偏暗"、"偏冷"、"偏静"，故而营构出了许多"昏暗静寂"、"苍凉冷峻"的自然意象。

在下列例举中，"黑色"、"昏暗"、"阴沉"、"深沉"、"灰白"、"冰凉"、"苍凉"、"冷峻"、"静寂"等字眼及其同义词和近义词的使用频率是非常高的，这些词语的意义往往就成了它们所出现其中的那些自然景象的主导情调和内涵。

杉树亭亭如盖，不把双手撑着背后的岩石，向后仰着身子，是望不见树梢的。而且树干挺拔，暗绿的叶子遮盖了苍穹，四周显得深沉而静谧。

溪中多石，流水的潺潺声，给人以甜美圆润的感觉。从杉树透缝的地方，可以望见对面山上的皱襞已经阴沉下来。

点缀在村子的河边、滑雪场、神社各处的杉林，黑压压的浮现出来了。

驹子浓密的黑发在阴暗山谷的寂静中，反而显得更加凄怆了。

火车从北面爬上县界的山，穿过长长的隧道，只见冬日下午淡淡的阳光像被地底下的黑暗所吞噬，又像那破旧的火车把明亮的外壳脱落在隧道里，在重重叠叠的山峦之间，向暮色苍苍的峡谷驶去。山的这一侧还没有下雪。

县界上的群山，红锈色彩更加浓重了，在夕晖晚照

下，有点像冰凉的矿石，发出了暗红的光泽。这时间正是客栈赏枫客人最多的时候。(《雪国》)

月亮四周的云，千姿百态，非常珍奇，不由得令人联想到不动明王背后的火焰，磷的火焰，或是这类图画上描绘的火焰。

然而，这云烟确是冰冷而灰白的，月亮也是冰冷而灰白的。信吾蓦地感受到秋意了。

月亮稍稍偏东，大致是圆的。月亮隐没在云翳里，云缘也烧的模糊不清了。

除了隐没了月亮的云翳之外，近处没有云朵。暴风雨过后的夜空，正也都是黑魆魆的。(《山音》)

云层不太厚，却觅不见晨星的踪迹。天边被浮云隔断，几乎接触到市街的屋顶，一抹淡淡的红色，越发深沉了。

森林在晚霞的映衬下，浮现出一片黝黑。(《千只鹤》)

麦苗呈现一片斑白的颜色。山峰上空明亮起来，候鸟不知为什么不愿在竹林中停留，从下游飞向远方去了。(《温泉旅馆》)

云层笼罩着天空，只留下西边天空的一角没有罩上。那西边的天空在城镇与云层之间，横躺着一片冰冷而寂寞的黄色晚霞。(《明月》)

常春藤的叶子像可怕的阴影似地爬满了一面墙。(《空房子》)

月光下，蜜柑恍如鬼火，星星点点地浮现出来，简直像是梦中的火海。(《穷人的情侣》)

上面的池子呈死一般的深绿，悄悄把山影沉了下去。(《拾骨》)

从以上列举中我们不难发现，一些人们普遍感觉充满生命气息的自然风物或自然景象，在川端笔下却被涂抹上了灰暗阴冷的色调。比如夕晖晚照下的枫叶山"有点像冰凉的矿石，发出了暗红的色泽"，比如晚霞映照下的森林"浮现出一片黝黑"，比如绿色的麦苗"呈现出一片斑白的颜色"等等。好像面对鲜活艳丽的自然风物，川端却总是忘不了它们的"沉寂"和"死灭"，如"一披上嫩绿，就觉得这一带更加寂寞了"(《燕子》)。如"富士山染上朝日的光辉，也染上斜阳的色彩"，如"山茶花遍野怒放，呈现一派即将凋谢零落的情景"，"白花太劳顿了，仿佛有一种病态"(《温泉通信》)。如"现在正是鲜花盛开，怎会想到它的凋零呢！"(《山音》) 如"这一点淡绿反而给人一种死的感觉"(《雪国》)，如"山影沉沉，发出幽幽的死一般的绿"(《拾骨》)，如"万绿丛中，杉、枞的枯树如白骨隆起般挺立着"(《伊豆天城》)，如此等等，都在更加鲜明地给我们昭示着"川端文学"景物描写的死亡色彩。

二　主题探讨

公元 1972 年 4 月 16 日，川端康成在其功成名就之时，

突然口含煤气管自杀身亡，让整个世界为之震惊、为之不解。其实，川端氏本人生前就一直承载着浓重的死亡意识，"川端文学"也对"死亡"的主题寄予很大的关注：他三分之一强的作品是同死亡联系在一起的①；他自己也曾说："优秀的艺术家在他的作品里预告死亡，这是常有的事。"② 我国学者王艳凤把"川端文学"的死亡主题划分为三种类型③：

第一类，描写对死亡以及死亡临近的恐惧感，其间充满了伤感的情怀。在川端康成人生观形成的青少年时期，接触的死亡实在太多了，他自己深感每日都能嗅到死亡的气息。对死亡的恐惧感笼罩着他的身心。他说："父亲在我三岁的时候死于肺结核。母亲受其感染，第二年也去世了。少年时期的我害怕自己也会因肺结核而早死，时常流露出少年的感伤。"

川端康成早期的作品真实地记录了亲人的死亡给自己心灵带来的恐惧与痛苦。《十六岁的日记》描绘了少年和弥留之际的老人。老人痛苦的叫喊，不仅使少年的眼中充满了怜爱的泪水，而且也令少年对死亡的即将到来深感恐惧。为了让垂危的老人能起死回生，少年甚至去做连自己也觉得可笑

---

① 川端康成的第一套全集中有三十四篇作品在开篇五行之内就出现了与死亡直接或间接相关的话语，几乎占到全集作品的三分之一。《拾骨》、《遗容事件》、《母亲》、《灵车》、《红色的丧服》、《神骨》、《化妆》、《妹妹的和服》、《遗容》、《布袜子》、《信》、《死》均描写的死亡。

② ［日］川端康成：《川端康成文集·美的存在与发现》，中国社会科学出版社1996年版，第80页。

③ 王艳凤：《论川端康成文学的"死亡"主题》，载《云南师范大学学报》2001年第3期。

的事，"我从仓库里取出一把剑，在祖父的床铺上空挥动了几下，然后塞进褥子底下"。少年这一迷信行为似乎让我们感觉到整个房间都充满了死亡的气息。在小说的后记中，作者又记载了祖父临死前的呻吟，"世上的人都会死的"，"可以不死的人就要死了"，以及祖父明知自己死之将至，却不拒绝请大夫的行为，反映了川端康成深感死之无常以及人对死的惧怕。同时，小说还表现了川端康成悲哀的心绪，"啊，我太不幸了，苍天大地将剩下我孤零零一个人了"。短篇小说《意大利之歌》在描写主人公死前的情景时也同样充满了恐惧的气氛，"在昏暗的走廊里，死神一般的黑影肃然并立。产仔博士胸前的白色绷带却剧烈地起伏着。他呼哧呼哧地喘气，这是临近死亡的征兆"。

《山音》更是一篇有关死亡的小说，其间对死亡逼近的预感，描写得比死亡本身更让人感到恐怖。主人公信吾面临衰老之境十分颓伤，如记忆力不断衰退，忘记在自己家中工作半年的女佣的名字，甚至他连系领带的方法都弄不明白了。死亡的预感不断萦绕在他的脑海，他觉得妻子容貌的衰老也是老龄和死亡的影子，在他每夜的梦境中，死者的影子不断出现。

《睡美人》与其说是描写江口老人对性的渴望，莫如说是他对死之将至的恐怖。江口、福良以及一些不知名的老人来到睡美人俱乐部，本身就证明了自己的衰老。因此，当他们"躺在睡着的年轻少女身边，碰到她的皮肤，从心底所产生出来的是靠近死亡的恐怖感，以及对失去青春的哀怨和对自己所做的不道德的悔恨"。小说写到隆冬将近之时，老人忍耐不住对生命即将消失所感到的恐怖，再一次拜访睡美人之家。他对女主人坦白地说："像这么冷的晚上，能在少女的裸体旁死去是老人最快乐的死法。"当来拜访睡美人俱乐部的福良老人以及江口曾经拥抱过的黑皮肤姑娘猝死后，江口也预感到了自己的死亡。另外，在《致父母的信》中，川端康成叙述了画家朋友古贺春江的死。《抒情歌》是一篇以对死的反省为中心的作品，作品一开始便写道："对死者说话，人世的这种习俗多么可悲啊。"《禽兽》虽然描绘的是小鸟和小狗的死，但看得出作家更加专注地凝视着死亡。还有《雪国》中的行男，尽管有一份真挚的爱情在守候着他，但他却只能无可奈何地死去。

第二类，描写死之无常。川端康成深受佛教虚无思想的影响，"无常"的美学思想贯穿其创作的始终。在《川端康成的文学认识上的背景——关于"无常的美学"思想的周边》里有这样的议论："死的存在始终威胁着活人以致使人感到人生无常，人总是孤独的。……生命追求美，而美又是虚幻的。虚幻又代表死，难道死就是美吗？当你号召及时行乐的时候，有个声音回答说：'不要忘记死亡'，笼罩川端文学的地平线上、把一切归于虚无的一种对美的讽刺起源于他无常美学的思想。"川端康成的《睡美人》让我们明白了生命的无常。在《睡美人》中如果说福良老人的猝死读者还能接受的话，那么，年轻的、强壮的、使江口慨叹"这就是生命"的黑皮肤姑娘的猝死，则给人生命虚幻和无常的哀感。

《河边小镇的故事》也阐发了川端康成的人生无常观。小说的女主人公房子的弟弟的死、深爱着房子的达吉的死，都是在一种偶然的状况下发生的。房子的弟弟平时体弱多病，只因身患流感，便离开人世。达吉舍身救助房子而受伤，假如他去看了医生，就可以避免破伤风的发生。其实，即使他不去看医生，也未必就一定要死亡，他的死纯属偶然。《白花》中有一个从结核病的阴影中挣脱出来重获生命的女性，她幼年时代不知何时曾经凝视过自己的死亡，所以，她"不相信时间，也不相信时间的延续"。《温泉旅馆》则写孤独凄凉的女主人公阿清，活着的时候就"经常幻想着自己的丧礼"，满脑子净是棺材、坟墓，这不能不让人有人生无常之感。

第三类，描写死亡的亦真亦幻、既悲且美。川端康成对死亡的过多的体验，使他觉得生是在死的包围中，死是生的延伸，"生来死去都是幻"。因此，它更加着力从幻觉、想象中追求"妖艳的美的生命"，"自己死了仿佛就是一种死灭的美"。川端康成十分欣赏自杀身亡的日本画家古贺春江的一句口头禅："再没有比死更高的艺术了，死就是生。"① 在他看来，生命从衰微到死亡，是一种"灭亡的美"，从这种"物"的死灭才能更深地体会到"心"的深邃。《雪国》中写男主人公岛村眼睁睁看着昆虫痛苦地死去，心里却在想："为什么会长得这样美呢！"而女主人公叶子的死则被写成了美的极致。小说中写道，在美丽银河的映衬下，在冲天的火

---

① ［日］川端康成：《川端康成文集·美的存在与发现》，中国社会科学出版社1996年版，第82页。

苗中，"忽然出现一个女人的身体，接着便落了下来。她在空中是平躺着的，岛村顿时怔住了，但猝然之间，并没有感到危险和恐怖。简直像非现实世界里的幻影一般。僵直的身体从空中落下来，显得很柔软，但那姿势，像木偶一样没有挣扎，没有生命，无拘无束的，似乎超乎生死之外。……岛村压根儿没有想到死上去，只感到叶子的内在生命在变形，正处于一个转折"。可见，作者把叶子看作是"非现实世界的幻影"，认为叶子的死亡并非彻底的死亡，而是内在生命的变形以及变形的过程。《抒情歌》描写了一个被人抛弃的女人，通过呼唤一个死去的男人来诉说自己的衷情。小说是由超现实主义架构而成的，而这种超现实主义是一种对超越虚无的肯定。或者说，它反映的是佛教轮回转生的思想。女人对死者的回忆似乎超越了阴阳两界，两人彼此呼应，产生了奇怪的"精神交流"和"心灵交感"，从而使死亡变得亦真亦幻。正如作者所说："在这个世界上，再没有什么比轮回转世的教诲交织出的童话故事般的梦境更丰富多彩了，这是人类的最美的爱的抒情诗。"

其实，"川端文学"描写的死亡的幻美，已经通向了"川端文学"的又一大主题：虚无与空幻。这一点将在下一节给予论析。

三　原因追寻

川端康成如此热衷于死亡描写，首先与其心路历程中太多的死灭体验密不可分。

　　新弗洛伊德学派的 H. 沙利文主张，人的个性核心是由
八岁六个月至十二岁时的生活环境决定的。"童年的痛苦体
验对艺术家的影响是深刻的、内在的，它造就了艺术家的心
理结构和意向结构，艺术家一生的体验都要经过这个结构的
过滤和折光，因此即使不是直接表现，也常常会作为一种基
调渗透在作品中。"① 诚如弗洛伊德强调的那样，"童年的创
伤性经验"对艺术家的一生起着至关重要的作用。川端康成
的童年与少年是在目睹家庭亲人的不断亡故的过程中度过的：
两岁父亲患肺结核去世，三岁母亲撒手人寰，七岁祖母病故，
十岁姐姐病死，十五岁唯一的亲人祖父也弃他而去。川端康
成从两岁到十五岁经历了五位直系血亲的死别，以至于他在
当地被人们戏称为"参加葬礼的名人"。对这一切川端康成
自己在《独影自命》中也有叙述："在祖父去世之前，祖母
在我八岁时去世，母亲在我四岁时去世，父亲在我三岁时去
世了。我唯一的姐姐寄在伯母的家里，在我十岁的时候死
了。……这种孤儿的悲哀从我的处女作就开始在我的作品中
形成了一股隐蔽的暗流。"② 川端康成在他的世界观、人生观
形成过程中接触的死亡实在太多了，所以在日常生活中他
"也嗅到死亡的气息"："我孑然一身，在世上无依无靠，过

---

　　① 童庆炳、程正民：《文艺心理学教程》，高等教育出版社 2001 年版，第
96 页。

　　② ［日］川端康成：《川端康成文集·独影自命》，中国社会科学出版社
1996 年版，第 16 页。

着寂寥的生活，有时也嗅到死亡的气息"①，"深深刻入我幼小心灵里的，便是对疾病和夭折的恐怖"②。可以说，生离死别的生活经历造就了他孤僻、伤感、自卑的性格，这一切对其人格的形成产生了重大的决定性的影响。正如有人所言："体验过家庭的疾病与死亡的艺术家更偏爱表现生存与死亡这个永恒的精神所渴望的主题。"③ 正是不幸的家庭经历孕育了川端康成极度敏感的生存意象与死亡体验，也驱使他沉湎于生与死的艺术境界，作品与生命沉积和充溢着张力巨大的死亡意识。

川端康成不仅有一个悲哀和充满死亡的身世，更处于一个悲哀和充满死亡的时代。他虽未看到战争的杀戮，却闻到两次大战硝烟弥漫中的血腥味，并感受到了战后资本主义世界的精神危机。1923 年关东大地震后，他常常一个人背负干粮，在断壁残垣与遍地遗骸中踽踽独行，似乎是在外在悲凉与内在悲哀的碰撞中，获得一种心灵的震撼与洗礼。第二次世界大战日本的法西斯化及其惨败，特别是广岛、长崎原子弹灾害使几十万人丧生的惨状，令他心痛，使他感到身不由己的悲哀，他说，"我们目睹了这个国家几乎灭亡的过程"，"我感到自己已经死去了，自己的骨头被日本故乡的秋雨浸

---

① ［日］川端康成：《川端康成文集·美的存在与发现》，中国社会科学出版社 1996 年版，第 76 页。

② ［日］川端康成：《川端康成文集·伊豆的舞女》，中国社会科学出版社 1996 年版，第 246 页。

③ 马建高：《艺术家死亡意识的美学体现》，载《盐城师范学院学报》2001 年第 3 期。

湿，被日本故乡的落叶淹没，我感受到了日本古人的悲凉的叹息"①。人生的悲剧、他人的苦难与不幸改变着他对自我的思考，他常说自己是个虚度"余生"的"亡国之民"。

其次，如前所述，这应和日本民族及川端康成本人的自然体悟紧密相关。

日本是季节分明的国度，季节变化带来了事物形态和色彩的变化，这种变动不居的自然形态促成了日本民族对大自然变化的敏感而细腻的心理。他们始终注目于身边的自然事物和景象，大自然中的一切都是转瞬即逝的，一切形式与色彩都是暂时的存在，而"人生一世、草木一秋"的无常与易变，更给予了他们刻骨铭心的印象，也铸就了每一个日本人浓郁的无恒和死灭意识。川端康成借引画家东山魁夷的话说："究竟什么叫生呢？偶然来到这世上的我，不久将要离开到什么地方去。理应没有常住之世，常住之地和常住之家。""……我被动地生活着，如同野草，也如同路旁的小石。"②日本文学所表现的这种世事无常、万物易逝的喟叹，是对个体生命存在的切身体验。宇宙永恒无限，生命短暂有限，这种不得不接受的有限性，对任何一个具有着自由自觉本质的生命主体，都是一个悲痛的打击，并形成为潜存于人类精神深层的生命悲剧意识。应该说，川端及其民族的自然体悟与

---

① ［日］川端康成：《川端康成文集·独影自命》，中国社会科学出版社1996年版，第2页。

② ［日］川端康成：《川端康成文集·美的存在与发现》，中国社会科学出版社1996年版，第282页。

人类这一普遍的生命悲剧意识是通合的。

最后，佛禅观念的深重影响。

佛教传入日本后，其"诸行无常"和"色空"观念不仅印证而且大大强化了日本民族的"无常"意识。"日本人从中学起就学习这样无常观的说教，并被教导说：这样的想法才是日本人具有代表性的人生观。不仅如此，日本文学思想中有一种主张甚至认为：文学本身就是为了向人们的心理注入无常观。"① 日本学者小松伸六也明确指出："在日本作家的传统中似乎有一种透过死亡和黑暗来观察人生的佛教思想。"② 铃木修次则把日本传统文学的主题归纳为二：一是爱情，二是无常③。但爱情题材的作品多半表现的仍是爱情无常，加之日本文学中，用爱情表现无常主题的作品数量居多，所以，可以干脆说：日本传统文学的主题就是无常。正如我国学者邱紫华所言："关注事物瞬间的状态，描写对大自然的无常和易逝的心理感受是日本文学和艺术的共同特征。"④ 川端康成是一个深深迷恋传统的作家，日本文化、文学传统中的佛教无常色空思想自然就溶渗进了他的深层精神结构。

---

① ［日］南博：《日本人的心理》，刘延州译，文汇出版社 1991 年版，第 34 页。

② ［日］进藤纯孝：《日本作家的自杀根源》，载《日本文学》1985 年第 4 期。

③ ［日］铃木修次：《中国文学与日本文学》，吉林大学日本研究所文学研究室译，海峡文艺出版社 1989 年版，第 89 页。

④ 邱紫华：《日本和歌的美学特征》，载《华中师范大学学报》2004 年第 2 期。

他自己也说："我是在强烈的佛教气氛下成长的"①，佛法"那古老的儿歌和我的心也是相通的"②。川端康成让自己沉浸在"佛典所阐述的前世和来世的幻想"中，陶醉于佛法"教诲交织出的童话故事般的梦境里"③，最终形成了人生空幻、生死无常的思维定式，并使之成为他全部作品和生活"无常"情调的潜流。

四 意蕴阐发

死亡和生存一样，都是人生的重大问题。理解生命，就不能回避理解死亡，因为这实际是一个问题不可分割的两个侧面。应该说，生与死是人类存在的最根本的两重性，也是生命中一对最深刻的矛盾，其他时隐时现于生命长河中的矛盾始终只是这一对矛盾的再现和展开。既然死亡是人之生命存在的另一个维度，是人之精神的另外一极，那么，缺少对死亡进行思考的文学或者说没有死亡意识的文学，怎么能称得上是完整意义上的"人学"呢？丹纳认为："艺术家从出生至死，心中都刻着苦难和死亡的印象。"④ 俄国哲学家列

① 叶渭渠：《东方美的现代探索者——川端康成评传》，中国社会科学出版社 1989 年版，第 215 页。
② ［日］川端康成：《川端康成文集·美的存在与发现》，中国社会科学出版社 1996 年版，第 84 页。
③ ［日］川端康成：《川端康成文集·伊豆的舞女》，中国社会科学出版社 1996 年版，第 172 页。
④ ［法］丹纳：《艺术哲学》，傅雷译，人民文学出版社 1963 年版，第 36 页。

夫·舍斯托夫说：死亡乃是哲学的准备①。斯宾格勒甚至认为："人类所有高级的思想，正是起源于对死亡所做的沉思、冥索，每一种宗教、每一种哲学与每一种科学，都是从此处出发的。"② 所以，海德格尔认为死是要比生重要得多的现象，并指出："当人活着，就在领会着死"，生命是一种"向死的存在"③。毋庸置疑，同性爱一样，死亡也是人类文学永恒的主题。因而不能认为"川端文学"突出的死亡描写就是消极、沉沦的表现。死亡描写、死亡主题，其实是"川端文学"深刻性的重要质素。

孔子曰："不知生，焉知死?"可以说，这是中国文化一贯的安命乐生、重生轻死的价值取向和思维方式的体现。而日本民族似乎与我们正好相反：不知死，焉知生?④ 用川端康成的话说就是："我觉得人对死比对生要更了解才能活下去。"⑤ 这反映了日本民族把死亡当做生命的当然组成部分的思想和这个民族喜欢透过死亡来观察一切的思维习惯，是大和民族浓郁的悲剧意识的一个体现。

---

① ［俄］拉夫林：《面对死亡》，成都科技翻译研究会译，内蒙古人民出版社1997年版，第137页。

② ［德］斯宾格勒：《西方的没落》，陈晓林译，台北华新出版有限公司1976年版，第305页。

③ ［德］海德格尔：《存在与时间》，陈嘉映、王庆节译，生活·读书·新知三联书店2006年版，第339页。

④ 川端康成在自传体小说《天授之子》中明确表述："虽然古话说'未知生焉知死，但是我想把其中的生与死颠倒过来更好'。"见［日］川端康成《天授之子》，李正伦等译，漓江出版社1998年版，第53页。

⑤ ［日］川端康成：《川端康成文集·美的存在与发现》，中国社会科学出版社1996年版，第75页。

"川端文学"中不断出现的死亡描写和死亡主题，同时也反映着川端康成本人的死亡观。川端康成的生死观高度概括的话就是矛盾着的两个方面和关联着的三个维度。

矛盾着的两个方面是指：一方面否定死亡，另一方面又肯定死亡。前一个方面理解起来比较容易。因为死亡是对生命的否定，是对基于生命的爱与美的毁灭，所以要否定死亡、拒绝死亡。表现在"川端文学"中就是描写死亡的悲惨和恐惧。或者说就是死亡描写中流露出来的悲惨恐惧的情感。后一个方面关涉佛禅思想，相对比较复杂，但却是川端康成生死观的内核。川端康成的生死观归结起来有以下几点：

首先，生命是无常的，人只是一种走向死亡的存在，因此，也是一种根本性的空虚与孤独。川端康成曾言："死后，虽说将那石灰质的东西埋入先祖的遗址里，但人死一切皆空。"① "倘若我面临绝症，就是对文学，我也丝毫不留恋。假如留恋，那只是因为文学修养还没达到排除妄念的程度吧。我孑然一身，在世上无依无靠，过着寂寥的生活，有时也嗅到死亡的气息。……我甚至想过：若是没有留下任何有价值的东西，反而更能畅通无阻的通往安乐净土。"② 这段话的潜台词就是：生命本无常、恋生是妄念，人生原空虚、畅然向

---

① ［日］川端康成：《川端康成文集·掌小说全集》，中国社会科学出版社1996年版，第4页。

② ［日］川端康成：《川端康成文集·美的存在与发现》，中国社会科学出版社1996年版，第76页。

死亡。正如他说的另外一句话："生去死来都是幻。"①

其次，觉得生是在死的包围中，生死相伴，生死相通，死是生的延伸。川端康成曾言："我觉得人对死比对生要更了解才能活下去。"② 意即一个人生时就应想到"死"，因为你原本就无"生"；知道生死相伴，才能顺其自然地活；若从生命的整体循环和宇宙的永恒无限来看，不仅生死相通，而且死就是生。川端康成很赞同画家古贺春江的话："再没有比死更高的艺术了，死就是生。"③ 还借东山魁夷的话来进一步阐明：从少年时期起观察大自然、掌握了自然万物都是沿着成长、衰亡的循环轨道永恒地运转下去的。我想，大概只有抛弃自己的一切，才能直接观察到根本的力量所在④。也就是说，只有抛却自己个体的生命，才能省察到永恒的宇宙生命力。

再次，惘昧而生不如顿悟而死。川端康成很欣赏自杀身亡的日本作家芥川龙之介的一句话："我深深感到我们人类'为生活而生活的可悲性'。"⑤ 他自己则说："我讨厌自杀的原因之一，就在于为死而死这点上。"⑥ 以上话语起码潜含了下面几个意思：人们不应该仅仅为了生活而活着；与其为活

① 叶渭渠：《东方美的现代探索者——川端康成评传》，中国社会科学出版社1989年版，第217页。
② ［日］川端康成：《川端康成文集·美的存在与发现》，中国社会科学出版社1996年版，第75页。
③ 同上书，第82页。
④ 同上书，第286页。
⑤ 同上书，第78页。
⑥ 同上书，第77页。

而活不如为悟而死;只要了悟生命的本真,即使自杀也可以。
结合上面的分析,我们得知川端康成借助日本民族的自然思
悟和佛禅的生死观念所了悟到的生命本真就是:人的生命只
是一个过程,生来是死去的前奏;生命有多种存在形式,死
亡是生命的别样形态;万物生死相续,宇宙有无相继。所以
川端康成说自己"对于死,仿佛比对于生更加了解"①。

最后,人死也要维持一种死灭的美。从日本的民族性来
看,长期以来,日本国民在潜移默化中形成了一种文化共识,
即认为死亡是对人格、价值、尊严以及美的一种维护与保存。
"武士道"精神便是一个生动的例证。他们在失败时的自杀
是一种谢罪,也是为了挽回或维护自己心中的价值观念和美
的完整性。作为日本民族的一员,川端康成身上也存在这种
民族性和文化积淀:与其让美的东西遭到破坏而变成丑的东
西,还不如在破坏之前就将美的东西迅速毁灭,这样,美的
观念或形象便永久地留在人们心中。川端康成说他即使在病
危的时候也绝不让任何人到房间里来,绝不让别人看到自己
的死,目的就是想在死后保持"灭亡美"的形象②。他自己
曾明确表示:"自己死了仿佛就有一种死灭的美。"③可以说,
川端康成的自杀是他全部生活和创作中的死亡意识的最高体

① [日]川端康成:《川端康成文集·美的存在与发现》,中国社会科学出
版社1996年版,第75页。
② [日]川端康成:《川端康成文集·伊豆的舞女》,中国社会科学出版社
1996年版,第251页。
③ [日]川端康成:《天授之子》,李正伦等译,漓江出版社1998年版,
第153页。

现，也是他对自己所崇尚的"死灭美"的有意维护和追求。

三种维度则可以说是川端康成生命体验、死亡思悟的三个心理阶段：

反对死亡——此时川端康成笔下的死亡是丑恶的，体现在作品中就是描写生命衰老之悲哀、抒发生命死亡之恐惧，表现出对死亡否定排斥的价值取向，透射着一种不愿意接受死亡的心理，表达的是一种世俗的悲惧情感；

接受死亡——此时川端康成笔下的死亡是无奈的，体现在作品中就是描写生命在死亡面前的无可奈何，抒发"宿命"、"悲哀"等情绪感念，表现出对死亡被动接受的价值取向，透射出一种不得不接受的心理，体现的是一种主动悲苦的生命态度；

超越死亡——此时川端康成笔下的死亡是美丽的，体现在作品中就是描写死亡的曼妙幻美，抒发对超验境界的渴望，表现出对死亡化解和超越的价值取向，透射出主动迎接死亡的心理，诉求的是一种不灭的宇宙精神。

第三种维度则直通"川端文学"的又一突出主题：虚无、空幻。

第四节　虚无、空幻感念

"川端文学"是写实的，更是超验的。川端康成曾言："人轻易地就过分相信现实的形态，现实的界限，就不能产生深刻的艺术。……事实上，稍加注意，就会发现现实是无止境的。……对现实投以强烈的凝视目光的人，早就超越了现实的彼方。……现实是同更大的宇宙流汇合的、虚无缥缈的神的世界。"① 有人指出：川端康成作品给人的第一印象，是虚幻与现实的永恒对立，亦即崇奉虚幻而拒斥现实，这是川端艺术美的一个基础。于是他将自然、女性等种种实在物象统统固执地幻觉化，以求强化出剥离现实性的主观认识或理想②。那么，川端康成为何拒斥现实而崇奉虚幻呢？长谷川泉说："川端的双眸在凝视现实的时候，能把对象溶解；在它的深邃处和什么东西融化为一体。"③ 在笔者看来，长谷川泉先生所说的这个"什么东西"就是川端康成的"虚无"本体思想。川端康成的"虚无"思想，体现在"川端文学"的景物描写上，就经常会透射出一股空幻的感念。或者说，由于"川端文学"的主题思想是"虚无"的，所以"川端文学"的景物抒描常常具有空幻色彩。其实，"虚无"与空幻在川端文学的自然审美中是一个问题的两个方面："虚无"是空幻的思想基础，空幻是"虚无"的审美表达。"虚无"是本体把握，空幻是审美超越。或者说"虚无"是深层理念，空幻是表层显现。"虚无"的感念体现在风景抒描上就

① ［日］川端康成：《川端康成散文（下）》，叶渭渠译，中国广播电视出版社 1999 年版，第 275 页。

② 魏大海：《川端康成：虚空与实在——有感于川端康成的一句自白》，载《外国文学研究》1993 年第 4 期。

③ ［日］长谷川泉：《川端康成论》，孟庆枢译，时代文艺出版社 1993 年版，第 243 页。

是空幻。总而言之，"川端文学"风景抒描上的空幻色彩是和川端康成思想上的"虚无"感念紧密对应的。

一　文本体现

"川端文学"中蕴涵虚无、空幻感念的风景描写具体可分为下列几种类别或表现方式：

（1）本身描写的就是非现实或超现实的幻境或幻景

《龙宫仙女》、《秋雨》、《地》、《白马》、《雪》、《针、玻璃和雾》等小说构思和描写的侧重点就在于超现实，所以作品中充斥着大量的虚幻之景。它们应是"川端文学"排斥现实、追求幻美的直接体现。

> 只见那女人骑在墓碑上，简直像登在雪橇上轻快地滑行一样，而且落在海面上竟变成一叶美丽的小舟，这小舟就像一道光束，笔直地冲向辽阔的海面。(《龙宫仙女》)
>
> 龙在女子的背后，从口里喷出了宛如一条河的水，企图把女子冲走。然而，大地拯救了女子。大地张开大口，把龙嘴里喷出的河水一饮而尽。(《地》)
>
> 映在枹树丛上的银光忽地消失了。茂密的叶子的绿色也黝黑了。丛林的树梢上跃出了一匹白马，飞向灰色的天空。(《白马》)
>
> 在双目紧闭的黑暗中，粟粒般大的光点开始翩跹起舞。一颗颗光点呈淡金色，晶莹而多芒。随着那金色渐

渐冷却，变成白色的微光，颗粒群的移动方向和速度一致起来，看上去像是远方的飘忽着的细雪。(《雪》)

马美人连同马儿一起像箭一般地从山顶向天空的月亮飞驰而去。(《马美人》)

(2)具有虚幻象征意义或暗示意义的自然景物描写

这一类是指"川端文学"中那些构思和立意的侧重点并不在于超现实，但却充满了超现实意味的景物描写，这些景物描写当属对虚幻的象征和暗示。"川端文学"中具有虚幻象征意义或暗示意义的自然景象主要有梦幻之景、映像之景，还有声光意象等。前两类的突出特征是：不是本物，没有质感，存续时间较短。后一类虽是本物，但同样没有质感。这二类景象的绘制既承载着川端康成的虚无空幻感念，又从一个侧面显示了"川端文学"的象征性和含蓄性。

首先来看梦幻之景。这既是指"川端文学"在梦幻中写景，也包括其把现实之景比喻为梦幻。仔细研读就会发现，这两种现象在"川端文学"中大量存在。掌小说《龙宫仙女》、《屋顶金鱼》、《母语的祈祷》、《秋雨》、《地》、《白马》、《雪》几乎全篇都是梦幻之景，恕不列举。其他文本中，有的景物抒描也像梦境一样空幻：

初夏，天空一放晴，雨水就被什么东西吸干了似的。阳光明媚，人世间变得空荡而明亮了。窗下的草坪上飘浮着一缕缕清新的游丝，不知不觉间太阳已经西沉。我坐在你的膝上，眺望着西边的杂木林，仿佛刚刚划出了清晰的线条。草坪一端，忽地抹上了色彩，可能是夕阳映照在游丝上吧。母亲漫步其间。(《抒情歌》，幻觉中的景物)

有的则直接点明是梦中之景：

每年春之将至，我一定做梦。……梦中看到了一座美丽的山，布满了森林、繁花和嫩叶。(《春天》)

我做了这样一个梦：岸边有条小路，盛开着的夹竹桃将枝桠伸展到湛蓝的海面上，路上还立着一个白色的木制路标，透过树梢可以望见烟云。(《抒情歌》)

以梦喻景的例子也不少：

窗外的紫藤花蕚在摇曳。那紫色浮在清澈的月光下，更像朦胧的幻梦。(《藤花与草莓》)

山林一片悠悠绿韵之中，浮现出牧场草原柔和的色彩，披上黄昏的薄暮，好像梦一般。(《神津牧场纪行》)

尽管远离了驹子，岛村还不时惦念着她，可一旦来到她身边，也许是完全放下了心，或是与她肉体过分亲近的缘故，总是觉得对肌肤的依恋和对山峦的憧憬这种相思之情，如同一个梦境。(《雪国》)

关于梦景，川端康成的掌小说《月下美人》很值得一提。因为它直接表达了川端康成的梦幻美意识。小说中描写了美丽无比的月下美人花，并借作品中人物之口赞叹："这是梦境中的花，洁白的梦幻之花！""宛如漂浮在梦幻中的花！"这其中明显蕴涵着川端康成的一个美的方程式：梦幻等于美！

其次来看映像之景。这是指不直接描写景物本身，而是描写景物投射在水中或玻璃（包括镜子）上的映像，打个比方就是水月镜花。川端康成认为："镜子是一面幻觉的银幕。"① 镜像的审美功能在于：此时"人所感知的既是客体又不同于客体，而感知主体则由此获得了从世俗事物之中解脱出来的超然与自由"②。正因如此，"川端文学"才常常选此角度对景物进行抒描，因而文本中的例子也不胜枚举。

掌小说《盲人与少女》描写了阿丰和加代两姐妹与盲人田村的故事。姐姐阿丰在对镜化妆时不安好心地戏弄田村："你知道镜子里映现出什么来吗？"田村一言不发地摸到梳妆台的镜子，将其改变了方向，于是镜中映出了夕阳洒落的树林。阿丰对此毫不理会，而妹妹加代却被镜中映像的美深深打动了：

---

① ［日］川端康成：《川端康成文集·掌小说全集》，中国社会科学出版社1996年版，第157页。

② 周阅：《川端康成文学的文化学研究——以东方文化为中心》，北京大学出版社2008年版，第32页。

在场的加代不禁愕然。原来是镜中的树林惊扰了她。正如田村所说的，高耸的树林里，西斜的阳光照出了一片紫色的雾。树丛大面积的枯叶，从叶背面承受着阳光，显得温和透明，果然是一派小阳春天气的黄昏景象。然而，镜中的树林和真实的树林给人一种全然不同的感觉。它犹如一层薄薄的绢，大概是没有映现出柔和的阳光光雾的缘故吧，飘逸出一股深沉而清澈的冷气。恍如一泓湖水。（《盲人与少女》）

《慰灵歌》开篇就是一面大镜子。理发店里占满整面墙壁的大镜子映照着路上来来往往的女性的头发以及盛开的百日红，"我"感到唯独今天所有女人的头发都显得那么漂亮，于是初次懂得了女性头发之美。显然，头发给"我"的美感是通过镜子的折射产生的，它远比生活中的实物纯粹。模仿意识流手法创作的《水晶幻想》也在篇首第一句话就出现了镜子。小说描写一位"夫人"通过梳妆台的三面镜，幻映出她那位研究优生学的丈夫，用一只雄狗同不育的母狗交配，引发出对性与生殖的幻想。三面镜子重重叠叠的反射之间交织着过去、现在与未来的回想、联想和幻想。"镜子把天空照得这么漂亮，也会把我的脸照得比真容实貌更漂亮吧。这是能把东西照漂亮的镜子啊。"夫人的这句话清晰地点明了镜子的美化作用。小说中镜子的功能被无限地扩大了，它成为人的心灵之镜、幻想之镜。同样是夫妻二人与镜子组合的结构，与《水晶幻想》相比，《水月》是一篇凄婉而优美的作品。为了安慰患结核病而卧床不起的丈夫，妻子京子给他一柄手镜来映照外面的世界和田间劳作的自己。过去只不过是化妆道具的镜子，却成了临终丈夫的"崭新的自然和人生"。镜中映射着天空、云霞和月亮，映射着远山、近树和雪原，映射着花鸟、路人和孩童。有时，夫妻二人一起观察和谈论镜中的世界，日子久了，就连京子自己也逐渐无法分清肉眼看到的世界和镜子映照的世界，好像原本就有两个不同的世界。京子每每惊诧于小小镜子中的世界竟然如此广阔和丰富，她感到"镜子里创造了一个新的世界，甚至觉得镜子里边的才是真实的世界"。

其他如：

> 水面上的涟漪平静下来了。他继续全神凝视着泉水。
>
> 他的心成了一面与静静水面相似的镜子。上面鲜明地落下了一只麻雀的投影。（《麻雀的媒妁》）
>
> 每天晚上，她松开结发，把脸埋在洁白的枕上时，总要平和地凝视一下这面镜子。于是，镜子里浮现出三四十尾狮子头金鱼，像是沉在水缸底的红色假花。有时候，同金鱼一起映现出一弯月亮。（《屋顶金鱼》）
>
> 饭店的走廊和大厅的地板，明净如镜，映出一片秋日淡淡的彩云，十分静谧。（《秋风中的妻子》）

而《雪国》由于思想题旨的关系，此类抒描更是突出。小说最初发表时，前两章的题目就分别是《夕暮之镜》和

《白晨之镜》，这给无数读者留下深刻印象的两面镜子直接被作者点明为"超现实"的象征："不能相信那映着黄昏景致和早晨雪景的镜子是人工制造的。那是属于自然的东西。而且是属于遥远的世界。"① 除了著名的暮景之镜像、晨景之镜像之外，下面几例也很典型：

> 火车开动之后，候车室里的玻璃窗豁然明亮了，驹子的脸在亮光中闪闪浮现，眼看着又消失了。这张脸同早晨雪天映在镜中的那张脸一样，红扑扑的。在岛村看来，这又是介于现实与梦幻之间的另一种颜色。（也就是说非现实的）
>
> 搬到床边的梳妆台，镜里映现出披上红叶的重山叠峦。镜中的秋阳明亮耀眼。
>
> 由于放了暖气，车窗开始蒙上一层水蒸气，窗外流动的原野，渐渐黯淡下来，在窗玻璃上又半透明地映现出乘客的影像。这就是在夕阳映照的镜面上变换无穷的景色。

以上是这部艺术文本对映像之景的直接描写，加上间接提及，在《雪国》中总共出现了 13 次，成为这部作品空幻风格的重要质素。

最后来看声光意象。在自传体小说《故园》中川端康成

---

① ［日］川端康成：《川端康成文集·雪国古都》，中国社会科学出版社1996 年版，第 40 页。

明确表示：自己喜欢音调和光亮①。声音（尤其是回声）、云雾、水汽、光亮这类自然物象，由于没有质感，颇具空幻色彩，因而也很为"川端文学"所偏爱，成为其空幻感的重要体现。

《雪国》中先后六次出现"天籁之音"，几乎成为叶子的形象的象征：

> 她的话声优美而又近乎悲戚。那嘹亮的声音久久在雪夜里回荡。
>
> 叶子近乎悲戚的优美的声音，仿佛是某座雪山的回音，至今仍然在岛村的耳边萦绕。

《古都》中则是"杉林之声"频繁显现：

> 北山的杉林层层叠叠，漫空笼翠，宛如云层一般。山上还有一行赤杉，它的树干纤细，线条清晰，整座山林像一个乐章，送来了悠长的林声……

雾气如：

> 铁壶冒出水蒸气，活像一幅晨景。（《雪国》）
> 温泉的热气，缭绕上升，一片迷迷濛濛。（《南伊豆

---

① ［日］川端康成：《天授之子》，李正伦等译，漓江出版社1998年版，第127页。

纪行》)

　　盛开着红梅的窗口对面，碧蓝的海面上升起了海市蜃楼。(《吵架》)

　　月夜的溪流，常常飘忽着美丽的雾霭。(《伊豆天城》)

　　春天，山上冬叶落尽的灌木丛林在薄薄的红色上逐渐开始缠绕起一层嫩叶般浅绿的雾气，这是我遇到的比什么都令人惊讶的美。(《独影自命》)

　　闪光则更为川端康成钟爱。光具有瞬然一闪的辉煌、不为物碍的自由、笼罩一切的浑然等特性，尤其具有缺乏质感的虚幻，光的这些特质均与川端康成的人生观和审美追求通合。所以，在《美的存在与发现》一文中他写自己早晨起来看到阳台上阳光透射玻璃杯时瞬间产生的光折射，觉得这就是难得的美之发现，并认为：这就是美学！这就是人生！这篇文章简直就成了川端康成"光美学"的宣言书。正因如此，"川端文学"中"光审美"、"光意象"才相当突出。

　　小说《一只胳膊》可以说是被光笼罩的世界。在作品中，作者以光构成环境，表现了主人公和姑娘的胳膊从分离走向融合的过程。

　　在点灯之前，我把毯子悄悄地卷起，姑娘的胳膊并不知道，它睡着。白蒙蒙的、柔和的微光环绕着我敞开的胸膛，这似乎是从我心中荡出的暖融融的光，似乎我的心中有一轮温暖的小太阳，这是它喷薄欲出时的光。

在姑娘的胳膊与主人公融为一体后，主人公觉得"战栗的闪电穿透我"，他看到"在薄紫色的光中，有红色的、金色的、小米粒般的小圆圈，在滴溜溜地旋转，飞舞"。

在这里，作者用虚幻性很强的光做主人公和姑娘融合的媒介，并以此突出融合后的意境，从而表现了这种融合的梦幻性、纯洁性和瞬间性。这是人间隔绝虚幻的媒介，是孤独王国刹那间的感悟，是生活的海市蜃楼，是艺术的永恒瞬间。

自然景物抒描上对"光"美的追求更是突出：

丘陵上盛开着像是白胡枝子似的花朵，闪烁着一片银光。

远处的重山叠峦迷迷濛濛地罩上了一层柔和的乳白色。（《雪国》）

山路从隧道出口开始，沿着崖边围上了一道刷成白色的栏杆，像一道闪电似地延伸过去。（《伊豆的舞女》）

女人刺耳的叫声像一道道闪电，不时地划破黑黢黢的夜空。

在茂叶丛中布满亮光，那就是太阳。这里是海拔千米的高原，树叶的绿色像西洋树的树叶一样透亮。在夕照下，枪树的叶子变成了绿色的透明。偶尔在微风中摇曳，煌然发闪，恍如光的涟漪。（《白马》）

（3）虽然是现实中的实存之景，但所写景物大都既高
且远

"川端文学"景物选择和描写上的这种距离感也给人以
强烈的空幻感觉，这既是对空幻的象征和暗示，也是对空幻
的烘托和渲染，因而也是其景物抒描上虚幻感念的体现。

如太空、银河、星斗等，这些景物的共同特征是：可望
而不可即、可视而不可触。这类自然抒描在"川端文学"中
所占比重远远超出了前两类，例子也是不胜枚举。它们从侧
面烘染着"川端文学"的空幻感念。

> 穿过县界长长的隧道，便是雪国。火车在信号所前
> 停了下来。夜空下一片莹白。

这是《雪国》中第一次写及"星空"。有人说这是川端康成
感觉化手法的残留，有人认为这一写景"暗示着时间的转换
或现实通往虚幻"①。笔者更倾向于后者。因为它与小说后面
多次出现的空幻的银河意象是对应的：

> 啊，银河！岛村也仰头叹了一声，仿佛自己的身体
> 悠然飘上了银河当中。银河的亮光显得很近，像是要把
> 岛村托起来似的。……茫茫的银河悬在眼前，仿佛要以
> 它那赤裸裸的身体拥抱夜色苍茫的大地。……岛村觉得

---

① 魏大海：《川端康成：虚空与实在——有感于川端康成的一句自白》，
载《外国文学研究》1993年第4期。

自己那小小的身影，反而从地面上映入了银河，缀满银河的星辰，耀光点点，连一朵朵光亮的云彩，看起来也像粒粒银沙子，明澈极了。而且，银河那无底的深邃，把岛村的视线吸引过去了。(《雪国》)

小说从首次开始写天空，直到最后银河出现，据统计共有 13 次之多，成了川端文学"星空"描写最集中也最突出的文本。

另外，我们发现，即使是那些可以触及的自然景象，"川端文学"也常常是把它们置于高远的视阈。也就是说"川端文学"景物抒描的视角较少有近观，大多是仰视和远视，借用电影的术语就是较少有特写和近景，大都是远景。这对其空幻感无疑是一种烘托，或者说是"川端文学"景物抒描虚幻感的烘托式表现。这又分直接和间接两种情况：

前者在用词上会直接出现"远方、远处、远山、山巅"，后者则以"对面、那边、尽头"等替代。但都是作为叙述视角的作者高视、远视所及。

一旦沉默，我那安定下来的心就变成一泓平静而清澈的泉水，哗啦啦向远方滑去。(《篝火》)

秋高气爽，一切噪音很快地直上云霄。(《招魂节一景》)

秋空分外澄澈，海天相连之处，烟霞散彩。(《伊豆的舞女》)

　　三棵大树的后面，小树蓬蓬，苍茫的暮色开始笼罩其间。海潮呼啸的远方天际，朦胧地泛起一片淡红色。（《死》）

　　山巅还残留着淡淡的余晖，在顶峰的积雪上抹上一片霞光。点缀在村子的河边、滑雪场、神社各处的杉林，黑压压地浮现出来了。

　　对面县界上连绵的群山，在夕晖晚照下，已经披上了秋色。

　　山脚下的河流，仿佛是从杉树顶梢流出来的。

　　披上一层薄雪的杉林，分外鲜明地一株一株耸立在雪地上，凌厉地伸向苍穹。（《雪国》）

　　川端康成曾在掌小说《树上》中借作品中的人物表达了对"高处"的审美感受：树上"距地面并不算太高，然而却觉得仿佛是呆在远离地面的另一个世界里"①。也就是说"高处"是超现实的象征。而在《篝火》中则借主人公之口说："世上的一切都如同远景，是无声的、渺小的。"② 可见"高远之景"是"川端文学"自然审美上的有意追求。

　　（4）景物抒描手法上避实就虚，并因此营构出许多"空濛虚幻"的自然意象

---

　　① ［日］川端康成：《川端康成文集·掌小说全集》，中国社会科学出版社1996年版，第538页。

　　② 同上书，第26页。

这是指"川端文学"即使抒描对象是实存的自然景象，但由于在手法上侧重虚笔、用词上虚幻，故而也营构出渺远的氛围，给人以虚幻的感觉。具体说来，就是在景物描写中，总是化静为动、化重为轻、化形为影、化近为远、化遮为透、化实为虚，最后化有为无。严格意义上虽不能称作对空幻的象征和暗示，但无疑是一种强有力的渲染和烘托。

化静为动（包括化固定为漂流、化地存为空飞）：

> 房后的竹林遮掩着草房的房顶，像游来游去的鳀鱼群。（《温泉旅馆》）
>
> 罗汉松的嫩芽像蜻蜓的翅膀在飞翔。
>
> 一天，以为是白色的羽虱漫天飞，却原来是绵绵春雨。（《春天的景色》）
>
> 山峦向邻居的白墙逼将过来，回忆又明晰地浮现出来。（《娘家》）
>
> 厢房是以堂房后院的小斜坡为界，修了一道低矮的山茶花篱笆。山茶花盛放，厢房恍如浮在山茶花的岸边上。（《邻居》）

化重为轻：

> 月光皎洁，带着声响，使原野上的房子都沉浸在蓝色的光辉底里。（《马美人》）
>
> 白色的床铺，令人感到恍如落在月光中的一张白纸。

（《合掌》）

化形为影（包括化清晰为朦胧）：

　　时令已是十二月，电灯被打得湿漉漉的，在微暗中
闪闪发光。远方黑黢黢的山上，山火的光鲜明地浮现了
出来。（《骏河少女》）
　　透过三楼的窗口，可以望及东山的林木一片悠悠绿
韵。（《不笑的男人》）

化近为远：川端康成在《春天的景色》中借风景画家之
口说："距离眼睛太近的东西，总像是大怪物。"[1] 所以"川
端文学"写景很少近观，多为远看；即使近景，也常常
远化。

　　山峰上空明亮起来，候鸟不知为什么不愿在竹林中
停留，从下游飞向远方去了。（《温泉旅馆》）
　　星星的光，好像浮在太空上。
　　犹如一条大光带的银河，使人觉得好像浸泡着岛村
的身体，飘飘浮浮，然后伫立在天涯海角上。
　　对过杉林那边，飘流着一群蜻蜓。黄昏快降临了，
它们匆匆地加快了飘流的速度。……像被什么东西追逐

---

　　① ［日］川端康成：《川端康成文集·伊豆的舞女》，中国社会科学出版社
1996年版，第114页。

着，又像急于抢在夜色降临之前不让杉林的幽黑抹去它们的身影。

蝶儿翩翩飞舞，一忽儿飞得比县界的山还高，随着黄色渐渐变白，就越飞越远了。（《雪国》）

有人认为：最后一个关于蝴蝶"由近及远"的写景，更多地承载着自由和虚无两种内涵①。

化遮为透：

尽管山峦是黑压压的，但不知为什么看上去却像茫茫的白色。这样一来，令人感到山峦仿佛是透明而冰凉的。（《雪国》）

红色的山茶花明澈到足以透过日光，但是它仿佛带了少许的蓝色，正是有这令人感觉出的蓝色，就增加了一些厚厚的触感，这样看起来反而更加透明。（《故园》）

南伊豆是小阳春天气，一尘不染，晶莹透明。（《伊豆的舞女》）

泼洒在竹叶上的阳光，像透明的游鱼，哗啦啦地流泻在他的身上。（《春天的景色》）

---

① 周阅：《川端康成文学的文化学研究——以东方文化为中心》，北京大学出版社 2008 年版，第 271 页。

　　川端康成曾言："人是可以透视时间和空间的。"① 这句话是对川端康成突破有限、追求终极的深层心理的揭示，也是对"川端文学"景物描写上喜欢"化遮蔽为通透"缘由的回答。

　　化实为虚：

> 汽车沿着鸭川堤直线地疾驰而去。对岸大学医院的灯火璀璨的窗户倒映在河面上。（《不笑的男人》）
>
> 六月间的一个晌午过后，静悄悄的，林中的树梢摇曳着倒映在温泉澡池里。（《士族》）
>
> 在岸上奔驰的活像玩具似的消防车，鲜明地倒映在水面上。（《走向火海》）

　　化有为无：

> 那是野火。火焰如游丝，飘忽不定。不过它留下了黑色的痕迹，扩散开去。（《春天的景色》）
>
> 银河向那山脉尽头伸张，再反过来从那儿迅速地向太空远处扩展开去。（《雪国》）
>
> 月光犹如成群的银色候鸟行将淹没似的，洒落在四周的深水里。（《温泉旅馆》）
>
> 我的头脑恍如变成了一池清水，一滴滴溢了出来，

---

① ［日］川端康成：《川端康成文集·掌小说全集》，中国社会科学出版社1996年版，第116页。

后来什么都没有留下。(《伊豆的舞女》)

如果说"细描与白描、工笔与写意、形与神、实与虚"等是文学艺术上几组两两对应的表现手法的话,那么"川端文学"中景物抒描的侧重点无疑都在后者——或抓主要特征,突出感觉印象;或模棱两可,使之朦胧浑然;或淡化物质属性,注重写意韵味;或尽量幻化,使之归于超验空无。总之,"川端文学"存在有明显的实景虚化、虚景幻化、幻景空化现象:

> 我久久地站着倾听海的浪涛声、河的流水声、瀑布的倾泻声,达到无我的境界,虽是海的声音、河的声音、瀑布的声音,却忘却它是海的声音、河的声音、瀑布的声音,还以为是大自然的声音、辽阔世界的声音。(《东山魁夷》)
>
> 从这里眺望远方天际的富士山的姿容,与其说是山,莫如说是一种天体,它以柔和的光映现在苍穹。(《燕子》)
>
> 在雪天夜色的笼罩下,家家户户低矮的屋顶显得越发低矮,仿佛整个村子都静静悄悄地沉浸在无底的深渊之中。(《雪国》)

下列例举,虽然描写的是现实之景,但却用"无常"、"虚幻"、"非现实"、"空虚"等词加以修饰或形容,既是

"川端文学"实景虚化的实证，更是川端康成虚幻感念的直接诉求。

> 对岸陡峭的半山腰上开满了芭茅的花穗，摇曳起来，泛起耀眼的银白色。虽说白得刺眼，可它却又像是在秋空中翱翔的一种变幻无常的透明的东西。
>
> 星辰闪闪竞辉，好像以虚幻的速度慢慢坠落下来似的。
>
> 岛村仿佛坐上了某种非现实的东西，失去了时间和距离的概念，陷入了迷离恍惚之中，徒然地让它载着自己的身体奔驰。
>
> 驹子撞击墙壁的空虚回声，岛村听起来有如雪花飘落在自己的心田里。（《雪国》）

其实，我们发现，川端康成几乎每部作品都存在有一两个核心自然景物或自然物象，而这些自然景物或自然物象或多或少都具有空幻色彩。《伊豆的舞女》中迷蒙的山雨，《雪国》中晶莹的飞雪、渺远的星河，《山音》中飘荡的山音，《湖》中如梦的湖水，《千只鹤》中幻美的千鹤图案，《古都》中悠远的杉林之韵，《彩虹几度》中虚幻而美丽的彩虹等，它们或直接或间接地都承载着"川端文学"景物抒描的空幻感念。

有学者指出：由于日本民族的自然崇拜和稻作文化的特点，日本人比崇尚实体更崇尚变化，比崇尚时空间的定向、

定位更崇尚不可定向、定位的信息。因此，日本文化具有
"感性文化"的特点。这种感性文化的特色也深深渗透在
"川端文学"中。川端康成不太善于抽象的议论，也不太善
于向我们提供可以定向、定位、定量、定型的精确的客观世
界的图画，却对那些不可计量、不可定性、不断变化下去的
感觉信息十分敏感，而他的主观情绪也随着这些信息易感、
易哀、易变①。

我国学者颜翔林在论及文学作品中的死亡意象时指出：
"在艺术家的思维空间，死亡是生命最高的悬浮状态和诗意
状态，也是精神的虚无体验，因此它属于无私无欲的最高之
美，有如空谷幽兰，水中之月，夕阳余霞，晨雾朝露，玄妙
而空灵，短暂而恒久，如诗如画，如丝如竹。"② 也就是说，
义学作品之描写与日常性、现实性对抗的瞬景幻象，其根源
在于对死亡之超越、对恒美之诉求。

川端康成本人也表达过同样的意思，他在自传体小说
《故园》中讲："实在的影子既淡且薄，缥缈而去不知所向何
方。只能听到来自天上的歌声。"③ "幻象能使我得到幸福的
净化。"④

① 张石：《川端康成与东方古典》，上海古籍出版社2003年版，第64页。
② 颜翔林：《死亡美学》，上海人民出版社2008年版，第294页。
③ [日]川端康成：《天授之子》，李正伦等译，漓江出版社1998年版，第88页。
④ 同上书，第124页。

二 主题探讨

"川端文学"的虚无主题是明显的。有学者指出：佛教禅宗、虚无和死亡是川端小说中不可分离的三部分，不管是提及哪一方面，其他两个方面都若隐若现的有所体现①。的确如此，在"川端文学"中，孤独、悲哀、死亡、宿命、流转、梦幻这些精神元素是紧密纠结在一起的，它们共同铸就了"川端文学"的虚无色彩、彰显着"川端文学"的虚无主题。我们可以把"川端文学"的"虚无"划分为以下几类：

（1）表现人生的孤独悲哀

"川端文学"无疑是"哀"的文学。"带着永不消失的墓地气息写了他的成名作《招魂节一景》，正是从这融入生命的死亡记忆出发，他的笔指向了挣扎在死亡线上的社会底层……他的母题视界总也脱不开流浪的卖艺人和无家可归的艺妓、舞女，车站和旅馆是主人公长时间的停靠站，借助它，作家将时间拉回亘古不变的民族的悲愁哀怜中去"②，那孤儿的深广的寂寥化作淡淡的悲愁，深深地渗透在他的作品中，那里有少年失恋的凄楚、女人哀切的命运、老者衰颓的怔忡……

成名作《伊豆的舞女》描写悲凉的男主人公与纯情的小

---

① ［日］川端康成：《川端康成集·临终的眼》，东北师范大学出版社1996年版，第430页。

② 陈召荣：《流浪母题与西方文学经典阐释》，中国社会科学出版社2006年版，第361页。

舞女尽管心心相映、互相恋慕，但却郁结难言、最终分手的孤独与悲伤。

中篇小说《湖》通篇表露出一种无法愈合的孤寂感。主人公桃井银平的孤独感是由他生就一双像猿猴般丑陋的脚而引起的，因此他同这个社会产生了隔阂，由自我厌恶而产生一种失落感、屈辱感以及哀愁感。他企图通过肉体的这一部分的丑陋——猿猴般的脚——向往美和追求美。于是他就用他的丑陋的脚去追逐美貌的女性，寻找一种想象中的美，以统一美与丑，来解脱自我。他企图以这样一种复杂而荒诞的感情来治愈自己的心灵创伤。也就是说，企图"耽溺于少女而丧失自我"。然而，丑与美是永远对立而存在的，追逐女性并未能治愈自己内心的寂寞，也未能冲淡自己的孤独感，相反他被一个饱经风霜的中年丑妇所跟踪。他在这个世界上已不能获得拯救，绝望之中把希望寄托在来世，但愿来世脱胎换骨，变成一个美男子。川端康成想借此表明：人的孤独和寂寞是无法排除、无法解脱的。

小说《温泉旅馆》可以说是表现"哀"的具有代表性的作品。作品描写了温泉地方的女佣和艺妓们的生活。全篇从夏逝写到冬至，女人们则在岁月的凋零中走向凄楚的归宿。主人公之一阿清是一个从十六七岁就来到这深山的妓女，非人的生活夺去了她的健康，她唯一的安慰就是照顾艺妓馆里的孩子们。当生的期望将尽，她把希望和慰藉寄予了死。冬至来临，她真的死去了，然而她寄予死的渺小希望并没有实现，"名义上是葬礼，其实只有两个男人抬着一口用漂白布覆盖的棺材，估计这两个人是艺妓馆的老板和管账先生。棺材上放着两把铁锹……兴许是葬礼的装饰吧"。这个寄托于死的渺小的希望的破灭，把阿清的"哀"推到了顶点。她对自己的生已经绝望，但还是把残留的温暖奉献给人间，奉献给孩子，以求得冰冷的坟头的一丝慰藉。然而就是这一点儿希望也被寒冬的夜扼杀了，哀的冗长不仅贯穿了她的一生，而且也渗透在她的死中。

川端的代表作《雪国》描写已有妻儿的岛村在不到三年的时间里，三次来到雪国与美丽的山村艺妓驹子约会。尽管女主人公为生存拼命挣扎、为真爱大胆追求，但男主人公只是感到徒劳与悲哀。作品的结尾，岛村离开，叶子死去，驹子留在命运无可改变的悲伤里。川端康成这种仿佛不经意的情节安排和错落有致的细致描写，透露出作者对人生和命运的淡淡忧伤与无奈，展现出一种无缘无故、来无影去无踪的哀伤。

川端的另一重要作品《古都》的开篇，借两株近在咫尺却不能相见的漂亮的紫花地丁，就使人产生了无尽的哀愁，也预示了主人公千重子与其姐妹苗子与三个男青年之间的复杂情爱经历。川端康成采用白描的手法，将人物、情绪、生活情感等融入自然环境之中，以一种自然的灵气烘托出主人公极端无助和痛苦矛盾的微妙心理；特别是千重子和苗子两姐妹在团聚后又被迫分离时的情景描写，川端康成有意识地进一步融化了"文本"与"作者"之间的距离，把同情、哀怜等融化进故事悲哀、悲叹的朦胧意识之中，呈现出一种似是对两姐妹不幸境遇的深深同情和沉痛，又仿佛是独自感伤与忧郁的审美意识。

（2）表现生命的死灭无常

川端康成的大部分作品都是以某种方式哀叹逝去的生活，最明显的就表现在他对死亡的关注上。他的作品充满了关于死亡的各种故事、传言和轶事，充满了时间轮回和人不免一死的感叹。可以说，死亡的阴影始终笼罩着川端康成的文学创作。

在《山音》中，主人公信吾无时不被死亡的念头所困扰，作品中也常常闪回死亡的意象。譬如鸟山被妻子残酷虐待而死、水田在温泉旅馆里摔死、北本拔白发而死、划艇协会会长夫妻家中的情死、信吾的同学患肝癌而死，等等，作品通过这些死的形象来触发情节的发生或发展，展开以菊子为中心的各种人物的微妙的心理活动。可以说，支撑这部作品的基调就是死亡。

在《睡美人》中，如果说福良老人的猝死读者还能接受的话，那么，年轻的、强壮的、使江口慨叹"这就是生命"的黑皮肤姑娘的猝死则给人以强烈的生命无常的哀感。《河边小镇的故事》也阐发了川端康成的人生无常观。小说的女主人公房子的弟弟的死、深爱着房子的达吉的死都是在一种偶然的状况下发生的。房子的弟弟平时体弱多病，只因身患流感便离开人世。达吉舍身救助房子而受伤，假如他去看了医生，就可以避免破伤风的发生。其实，即使他不去看医生，也未必就一定要死亡，他的死纯属偶然。

《温泉旅馆》则写孤独凄凉的女主人公阿清，活着的时候就"经常幻想着自己的丧礼",满脑子净是棺材、坟墓,这不能不让人有人生无常之感。

(3) 表现宿命的不可抗拒

"他觉得自己作为一粒种子,把人种从过去传给未来。……所谓人种,如同各种矿物和植物一样,只不过是支撑这个宇宙飘荡着的某种巨大生命的小支柱罢了"①,意即个人只是承载和传递自身以外的某种强大的宇宙生命力的被动而盲目的存在罢了——这是川端康成所感悟到的人类最根本、也是最大的宿命,也是"川端文学"中一切"命中注定"思想的出发点。

命运像一张无形的网,网住了川端康成的生活,也网住了他笔下人物的命运,他笔下女性的命运总是被宿命般的阴影所笼罩。《雪国》中驹子的命运就如同风筝一样,只有沉浮之空间而没有归宿之陆地,无论她如何拼命地挣扎;如何把自己塑造成一个优秀且富有内涵的女性;如何把自己打扮成特别清洁的样子;但还是摆脱不了那种被有闲阶级当玩物的命运;摆脱不了受人玩弄和践踏的生活;摆脱不了沦落风尘女子的地位;摆脱不了岛村最终离去的决定。于是她便麻醉自己,醉了又醒,醒了又醉,过着放荡不羁的生活,也时常表露出烟花女子那种轻浮放荡的性格。累了,闭上眼睛,躺在岛村的怀里寻求暂时的慰藉;醒了,睁开眼睛,继续执著的追求,但最终也没有得到自己想要的那种结果,似乎这

---

① [日]川端康成:《川端康成文集·掌小说全集》,中国社会科学出版社1996年版,第115页。

一切都是徒劳。

《千只鹤》中太田夫人与菊治的爱情也好像是命中注定的，虽然他们的相爱似乎有悖于伦理道德，又为世人所鄙视，但还是挡不住太田夫人那秋雨般绵绵的思念之情。在茫茫人海中，与她心爱的人相遇、相爱，对一个女人来说，这已经足够了，她不会计较最终的结果，也不会计较旁人的眼光，更不会在乎社会的舆论，因为她相信这是冥冥之中上帝的安排，有时想逃也逃不掉。这是太田夫人命中的劫数。对于男主人公菊治而言，虽然没有面临死亡的威胁，但却陷入了已故父亲为他安排好的世界之中，他曾想挣脱束缚亲自去体验生活，到头来却再次印证了父亲的淫威。

《古都》里也流露了些许厌世的情绪和宿命的思想，作者不遗余力地宣扬"幸运是短暂的，而孤单却是永久的"①。

梅原猛说这个民族：当可能性难以变为现实性的时候，他们不在外在的敌对力量中寻找原因，也不认为这是自己的无能为力，而是一心把它看作是无常的命运②。有学者评论川端康成说："在他的文学中，几乎没有冤仇，没有报复，没有愤怒和怨恨，他承受着哀伤，玩味着哀伤，但不去探求哀伤的原因，而只是把它看作一种无常，一种宿命。"③

---

① 叶渭渠：《东方美的现代探索者——川端康成评传》，中国社会科学出版社1989年版，第157页。

② ［日］梅原猛：《美与宗教的发现（日文版）》，集英社1982年版，第149页。

③ 张国安：《执拗的爱美之心——川端康成传》，世界图书出版公司1994年版，第110页。

（4）表现万物的流转轮回

川端康成用抒情的手法写的中篇小说《抒情歌》，描绘一个被人抛弃了的女人，呼唤一个死去的男人来诉说自己的衷情。这对男女在过去与现在、生与死、此岸与彼岸对立的境界中彼此呼应，产生了奇怪的"精神交流"和"心灵交感"，女人从繁杂的人间世界，向天国、向来世的人寄托着她失去的爱。最后这个女人听到死去的男人从天国对她作了爱的表白，就企盼彼此都化成红梅或夹竹桃，让传送花粉的蝴蝶为他们相配。川端康成的这篇作品充满了东方神秘主义色彩，他借助同死人心灵对话的形式，反复宣扬轮回转世的思想："佛典所阐述的前世和来世的幻想曲，是无与伦比的难得的抒情诗"，"在这个世界上，再没有什么比轮回转世的教诲交织出的童话故事般的梦境更丰富多彩的了。这是人类创造的最美的爱的抒情诗"。这种"心灵交感"的佛教式的思考与虚无色彩，也贯穿在他的《慰灵歌》之中。

掌小说《喜鹊》借助小鸟的生生死死表达了生死相续、永恒轮回的思想："二十年间，我家后山的鸟儿生生死死，周而复始，不知繁衍了第几代了，它们飞到我家的庭院的树上啁啾鸣啭，飞到屋顶上啁啾鸣啭，夜间也是如此。但我却把它们看做是活了二十年的同一的鸟儿。"

在《空中移动的灯》中，他说："在古代，日本也和极乐往生的幻想一起产生了可爱的信仰：前世的公主是现世的乞丐，是来世的红雀，再转世变成山谷中白色百合。你怎样理解如此的轮回转生之说呢？我曾听说老子对庄子说，你是蝴蝶变的。说这的是老子，而庄子坦率地承认了这种说法。这非常有意思。我的心因此安然、静谧地扩展开来了。"

《初秋山间的幻想》可以说是川端康成轮回转世思想的集中体现。文中明确指出，"灵魂是不同于脑细胞或肉体的另一种存在"，"物质的根本或力量是不灭。……灵魂这个词，难道不是天地万物流动力量的形容词吗？灵魂不灭这种想法，可能是对生者的生命的执著，和对死者的爱的依恋"。进而间接表达了对来世观念的相信："有人信赖那个世界，愿意安详的离开这个人世间。这是一种对死的有意识的反抗。"在此基础上肯定了佛教的"轮回转生"说，认为：灵魂的轮回转世学说，不能断定就是迷信；"物质（应为灵魂）的轮回转世这句话，它包含着运动、畅通、不灭等精神"；并说"轮回转世学说好像在一片焦土上绽开的一朵鲜花那样可爱。倘使不是人投胎转生为企鹅或夜来香，而是夜来香同人变成一体，那就更合适了"。"轮回转生学说……是迄今人类的思想中最美好的东西之一"。

叶渭渠指出：从川端的《十六岁的日记》、《参加葬礼的名人》到《抒情歌》、《禽兽》、《临终的眼》等，都把焦点放在佛教"轮回转世"的中心思想——"生—灭—生"的问题上[①]。

（5）表现人生的虚幻如梦

川端香里男称川端康成"是往来于现实世界与梦幻世界

---

① 叶渭渠：《东方美的现代探索者——川端康成评传》，中国社会科学出版社1989年版，第218页。

的旅人"①。川端康成自己也曾言："我总是在做梦"②，还说
"梦是我的感情"③，自己"想在虚幻的梦中遨游，而后死
去"④。"川端文学"几乎每部作品都有梦幻描写。《走向火
海》、《锯与分娩》、《近冬》、《屋顶金鱼》、《母语的祈祷》、
《不死》等都是专门描写梦幻的。且不说"川端文学"中所
写梦幻的内容，梦幻方式本身就是川端康成摆脱现实、追求
虚幻的重要手段。正如有人所言：相对于现实世界，川端康
成崇奉、执迷的是形形色色的"幻境"。否定了非日常性、
非现实性，也就否定了川端的整个文学⑤。

中篇小说《湖》的构思、映像、情节发展和感情余韵都
如同梦幻一般。湖是联想与回忆的主要触发物，湖在银平母
亲的老家，是遥远的，作者借助湖把现实带到梦幻的世界，
又从梦幻的世界引回到现实中来。银平所思慕的几个女性仿
佛都是可望而不可即的遥远世界的人，因而引起他朦胧的悲
伤与哀愁，特别是飞蛾与萤虫，写得虚虚实实，犹如荡入恍
惚迷离之境，含有某种神秘的虚幻感。飞蛾在迷雾中的幻影、
萤火的照亮湖面，将人物的执著、感情和憧憬逐一象征化。

① 川端文学研究会编：《世界中的川端文学（日文版）》，おうふう株式会社 1999 年版，第 30 页。
② ［日］川端康成：《川端康成文集·美的存在与发现》，中国社会科学出版社 1996 年版，第 104 页。
③ ［日］川端康成：《川端康成文集·掌小说全集》，中国社会科学出版社 1996 年版，第 33 页。
④ ［日］川端康成：《川端康成文集·美的存在与发现》，中国社会科学出版社 1996 年版，第 95 页。
⑤ 魏大海：《川端康成：虚空与实在——有感于川端康成的一句自白》，载《外国文学研究》1993 年第 4 期。

《山音》更是在梦幻中展开的，特别是信吾的心理流程完全是游荡在九个梦境中，且是多色多彩的。譬如松岛之梦，梦见一个二十多岁的小伙子搂抱一个少女，可是醒来，少女的容貌、少女的肢体已了无印象，连触觉也没有了。譬如能剧面具之梦，梦见能剧面具在老花眼中幻影出少女润滑的肌肤，差点要跟它亲吻，可是醒来，这无生命的面具空幻成无形的菊子的化身。譬如蛋之梦，梦见两个蛋，一个是鸵鸟蛋，一个是蛇蛋，可是醒来却以为是菊子和绢子的胎儿，等等，都是通过梦幻增加非现实的幻想性，或者说是用梦的幻影突破时空的限制，让人物的思想情绪在过去和未来、现实和非现实的境界自由自在驰骋。信吾本为现实之人，却已半入他界，白昼他目睹芸芸众生、滋生无数幻想；夜晚他静闻万物之声，梦游仙地奇境。但一回到现实中，信吾便成为头脑混沌的孤独老人，眼前发生的事情可转瞬间忘却，往昔的事却铭刻心中。作品表现的就是这种现实的混沌与回忆的清醒交织在一起所产生的富有弹性的虚幻世界，并以此表现作家潜藏于深处的看透自然与死亡的虚幻感。

《睡美人》则不同于半现实半梦幻的《山音》，它构建的是一个完全梦幻的临近死亡的世界。主人公江口同信吾一样都是由于年老孤独而预感到死亡的接近，由于求生的无望便产生了丰富的幻象。

《抒情歌》描写了一个被人抛弃的女人，通过呼唤一个死去的男人来诉说自己的衷情。小说是由超现实主义架构而成的，而这种超现实主义是一种对超越虚无的肯定。或者说，

它反映的是佛教轮回转生的思想。女人对死者的回忆似乎超越了阴阳两界，两人彼此呼应，产生了奇怪的"精神交流"和"心灵交感"，从而使死亡变得亦真亦幻。

三 原因追寻

川端康成的虚无思想是一个纠结了孤独、悲哀、无常、死亡、宿命等精神元素的复合体，或者说由于川端康成虚无思想的具体表现是多样的，所以谈及其形成的原因也是互相渗透和交叉的。

如前所述，这其中有川端康成本人家世的衰微和个人成长道路的坎坷以及当时社会动荡的冲击对川端康成"虚无"思想的产生和形成的影响。当然也有大和民族基于自然感悟基础上产生的"物哀"思想，这是川端康成虚无思想产生和形成的又一个重要缘由。

然而，最根本、最内在的原因还在于日本传统文化中佛禅的"无常"、"色空"观念的全方位浸染及川端康成本人对这些观念的当然承秉。佛教自印度经中国传入日本后，似乎正好通合了这个民族"精神上作孤苦漂泊"、思维上"注重因缘、偶然性"① 的文化心理结构，因而很快就在日本国土上扎根生花了。出于佛教的无常观而否定现世幸福的日本式的虚无主义亦长久地作为日本人人生观的底色流传了下来。"日本人从中学起就学习这样无常观的说教，并被教导说：

---

① 刘士林：《景色与季节：川端康成散文的思想艺术特色》，载《东方丛刊》1992 年第 1 期。

这样的想法才是日本人具有代表性的人生观。不仅如此，日本文学思想中有一种主张甚至认为：文学本身就是为了向人们的心理注入无常观。"① 日本学者小松伸六也明确指出："在日本作家的传统中似乎有一种透过死亡和黑暗来观察人生的佛教思想。这可以上溯到歌唱'诸行无常、盛极必衰'的《平家物语》，把世俗的人和家庭喻为河中流水的《方丈记》，强调人世无常的《徒然草》和出家歌人西行、游吟俳人的无常感文学。"② 日本当代学者铃木修次则把日本传统文学的主题归纳为二，一是爱情，一是无常③。但爱情题材的作品多半所表现的仍是爱情无常，加之日本文学中，用爱情表现无常主题的作品数量居多，所以，可以干脆说：日本传统文学的主题就是无常。

然而，正如无常之觉悟并不等于无常本身一样，虚无之觉悟并不等于虚无本身。"悲剧意识并不停止于对死亡的沉思默想，反而以它为起点，超越为对人的无限性与有限性、感性与理性、生命与死亡等的生命体验，上升为对一个根本实在的寻求。"④ 日本心理学家南博对此有一段较为通俗的阐释：日本人的无常感的特征，是在以无常审视现世的背后，

---

① ［日］南博：《日本人的心理》，刘延州译，文汇出版社1991年版，第34页。

② ［日］进藤纯孝：《日本作家的自杀根源》，载《日本文学》1985年第4期。

③ ［日］铃木修次：《中国文学与日本文学》，吉林大学日本研究所文学研究室译，海峡文艺出版社1989年版，第89页。

④ 韦小坚、胡开祥、孙启君：《悲剧心理学》，三环出版社1989年版，第39页。

有一种绝对的东西①。可以说，这种"绝对的东西"就是大自然的"流转循环、生生不息"的启迪，就是佛教的"灵魂不灭"、"轮回转生"和禅宗的"万物一如"、"生死一体"的信念。正如日本学者梅原猛所言：日本人的"世界观可以说有以下两点：首先，第一点是众生都是平等的，同样具有生命。日本神道的基本是对生命的崇拜，而且认为一切生命都是平等的。……第二是纵然死了也一定会再生的生死循环思想。人、动物、植物都在彼此和现世之间反复不断地来回循环……总之，一切众生都同样是生命，而且生命都会死而复生，死后去了彼世还会回来。……这两种思想深深地扎根在现代日本人的心灵深处"②。"无常也就是变化，生死轮回，实际上这正是生命的状态，描绘着成长和衰灭的圆轮，提供着生存证明的想法，不管你是否意识到，它都存在于大多数日本人的心灵深处。"③"我们和大自然同根相连，永不休止地描绘着新生和消亡。"④ 这是川端康成个人体悟到的生死辩证和永生不灭，也是大和民族所理解的生命无限和宇宙永恒。

这种绝对的信念既来自大和民族的自然感悟，更来自日本传统文化中的佛禅思想。

---

① ［日］南博：《日本人的心理》，刘延州译，文汇出版社 1991 年版，第 37 页。

② ［日］梅原猛：《诸神流窜：论〈古事记〉》，卞立强、赵琼译，经济日报出版社 1999 年版，第 414 页。

③ ［日］东山魁夷等：《日本人与日本文化》，周世荣译，中国社会科学出版社 1991 年版，第 19 页。

④ 逸夫：《心灵的回声——我与自然》，四川民族出版社 1992 年版，第 88 页。

如前所述，自然风物的流转消逝给予了日本民族浓重的无常感受和虚无意识。但是，自然风物的死灭对日本人生命意识的启迪不纯粹是单重的、向死的、否定的，还是双向的、辩证的、向生的：如果说自然风物个体的变动不居、转瞬易逝，让日本人强烈感受到人之生命的短暂无常，那么自然风物在整体上的流转循环、生生不息，同时又疗救、弥合了大和民族生命意识上的这种短暂无常，让日本人感到了生命的永恒无限。正如东山魁夷所言：

> 一片叶子的凋落，意义是深远的，是与一棵树的整个生命休戚相关的，正因为一片叶子有生有灭，四季中的万物才能永远地生长变化。[①]

也就是说，个体的生命消亡了，人类的生命意志、宇宙的生命向力却不可逆转地无限绵延。"死亡是生命得以永远流淌的河床"[②]，这是泰戈尔阐发死亡之于生命价值和意义的著名论断。川端康成及其作品尽管缺少这样明晰而诗意的表达，但并不缺乏这样深刻而辩证的思悟。比如他在一篇散文中写道：

[①]　逸夫：《心灵的回声——我与自然》，四川民族出版社1992年版，第86页。

[②]　任厚奎、罗中枢：《东方哲学概论》，四川大学出版社1991年版，第450页。

坐在具有几百年、上一二千年树龄的大树树根上，抬头仰望，自然会联想到人的生命短暂。这不是虚幻的哀伤，而是一种伟大的精神不灭，同大地母亲的亲密交融，从大树流到了我的心中。①

由此可见，在川端康成的内心深处，人之生命的短暂无常、死灭虚无不应仅是一种"虚幻的哀伤"，而更是一种"伟大的精神不灭"。也就是说，个体生命之死灭虚无是一种生生不息之生命意志的要求，是一种永恒无限之宇宙精神的体现。

因受佛禅思想影响较深，川端康成对这一思想的表达除了借助体悟大自然之外，更多的则是借助佛理禅机。比如，当有人批评他的作品充满死灭和虚无时，他反驳道："有的评论家说我的作品是虚无的，不过这不等于西方所说的虚无主义。我觉得这在'心灵'上，根本是不相同的。"② "这种无，不是西方的虚无，相反，是万有自在的空，是无边无际无尽藏的心灵宇宙。"③ 一句话，川端康成的虚无是东方式的虚无，也就是说他的虚无既是指什么都没有，更是指什么都有。

川端康成在《初秋山间的幻想》和《抒情歌》两篇作品

---

① ［日］川端康成：《川端康成文集·美的存在与发现》，中国社会科学出版社1996年版，第272页。

② 同上书，第208页。

③ 同上书，第215页。

里对此作了虽不算明晰但却相当全面的表述，经过梳理和分析，我们发现体现为如下的一个思维演进过程："假定人类的灭亡、地球的毁灭总有一天会到来，这种幻想也不见得就是那么愚蠢吧。"① "从道理上说，人是知道地球会毁灭的。"② ——这是川端氏的"什么都没有"的终极忧虑、终极虚无。

在此基础上他便认可了"有灵观"、"灵魂不灭观"（或物质不灭），并指出有灵观是对死亡的抵抗、对永生的渴望："灵魂是不同于脑细胞或肉体的另一种存在"③，"物质的根本或力量是不灭。……灵魂这个词，难道不是天地万物流动力量的形容词吗？灵魂不灭这种想法，可能是对生者的生命的执著，和对死者的爱的依恋"④。

川端康成进而相信了佛教的"轮回转生"，接受了来世观念，感觉到这是对死亡的有意识反抗、是对人类内心死亡焦虑的化解，也就是对死亡的超越——"有人信赖那个世界，愿意安详的离开这个人世间。这是一种对死的有意识的反抗。"⑤ "死后变成一只白鸽，或一株白莲花。抱着这种想

---

① ［日］川端康成：《川端康成文集·美的存在与发现》，中国社会科学出版社1996年版，第17页。

② 同上书，第19页。

③ 同上书，第21页。

④ ［日］川端康成：《川端康成文集·伊豆的舞女》，中国社会科学出版社1996年版，第173页。

⑤ ［日］川端康成：《川端康成文集·美的存在与发现》，中国社会科学出版社1996年版，第20页。

法活着心中的爱是多么博大和坦荡呀。"① 所以他说："轮回
转世学说好像在一片焦土上绽开的一朵鲜花那样可爱。"② 川
端康成把轮回转生称为死亡的焦土上绽开的永生之鲜花，由
此一下子打通了有限和无常，感到了万物一体的不灭和永恒：
"由一元而多元，由万有灵魂而一神。"③ 这里"一元"是指
生命的最高本体——永恒不变的宇宙精神或宇宙生命力，而
"多元"则是指包括死亡在内的多种多样的生命存在形式。
前一句是说永恒的宇宙精神化生了万物，后一句意指万物又
统一于永恒的宇宙精神。也就是"万物一体"。所以他不仅
认为灵魂的轮回转世学说不能断定就是迷信④，而且反而从
中感到了永恒不灭的宇宙精神——"物质（或为灵魂）的轮
回转世这句话，它包含着运动、畅通、不灭等精神"⑤ ——
这是川端氏的"什么都有"的终极超越。

　　川端康成的思想从"什么都没有"的终极忧虑发端，最
后落脚于"什么都有"的终极超越，终于把握到了宇宙的无
限、万物的永恒。这是一个借助宗教哲学而进行的严密的辩
证思维过程，关涉宗教的、哲学的、美学的诸多因素，蕴涵
了川端康成丰富而深刻的生死痛苦的体验和在此基础上产生

---

　　① ［日］川端康成：《川端康成文集·伊豆的舞女》，中国社会科学出版社
1996 年版，第 173—174 页。
　　② ［日］川端康成：《川端康成文集·美的存在与发现》，中国社会科学出
版社 1996 年版，第 20 页。
　　③ 同上。
　　④ ［日］川端康成：《川端康成文集·美的存在与发现》，中国社会科学出
版社 1996 年版，第 21 页。
　　⑤ 同上。

的生命超越与自由的诉求。惟其如此，他才说："那古老的儿歌（佛法的儿歌）和我的心是相通的。"① "轮回转生学说……是迄今人类的思想中最美好的东西之一。"② "我感到佛教的各种经文是无与伦比的可贵的抒情诗。""佛典所阐述的前世和来世的幻想曲，是无与伦比的难得的抒情诗。""在这个世界上，再没有什么比轮回转世的教诲交织出的童话故事般的梦境更丰富多彩的了。这是人类创造的最美的爱的抒情诗。"③ 万物在物质形态上虚无，所以只有在精神观念上把握；生命在现实中失恒，所以只能在幻想中求永。正如川端康成本人在《初秋山间的幻想》一文中最后所言："我设想长夜之宴，然而这不可能，我便沉湎在长夜的幻想之中。"④ 的确，在川端康成看来，佛禅的"灵魂不灭"就是生生不息的生命向力，佛禅的轮回转世就是"生死不灭"的宇宙精神。

如果说川端康成本人家世的衰微和个人成长道路的坎坷以及当时社会动荡的冲击是其虚无思想产生的触媒，而且只是作用于其虚无思想的消极一面的话，那么佛禅的轮回转生和万物一体理念则促成了其虚无思想的最后形成，并更多地在积极方面起了作用。

---

① ［日］川端康成：《川端康成文集·美的存在与发现》，中国社会科学出版社1996年版，第84页。

② 同上书，第20页。

③ ［日］川端康成：《川端康成文集·伊豆的舞女》，中国社会科学出版社1996年版，第162—172页。

④ ［日］川端康成：《川端康成文集·美的存在与发现》，中国社会科学出版社1996年版，第21页。

四　意蕴阐发

生命的有限和死灭触生了人的"虚无"意识，人的"虚无"意识就必然蕴涵有对有限和死灭的超越。在《临终的眼》一文中，川端康成曾通过评论日本画家古贺春江的超现实主义绘画表达过这一思想：面对古贺的画，不知怎的，我有一种不断增加的隐约的虚无感。也就是说：画家超越现实的绘画内容触生了他对客观世界、现实人生的虚无感。但他同时断言：这种"虚无""是超越虚无的肯定，是与童心相通的"①。也就是说：虚无是对虚无的超越，这是一种类似童心般元初和纯粹的终极体悟。"是在人生经验尚未积累之前，在自我意识萌芽以前，无所执著、清静无为的精神世界，因此是最高的纯粹。正是这样的纯粹直接通向了永恒"②。可以说，川端康成的"虚无"既是对生命死灭的喟叹，也是对生命死灭的超越，因而也就是对一种永恒无限精神的追求。它以大和民族对自然风物的死灭感受为启迪，同时又接受了生生不息的大自然对这种死灭的弥合和超越；它以传统佛教的无常观为基质，同时又接受了佛教禅宗对于这种"虚无"的顿悟和化解。

佛教的"灵魂不灭、轮回转生"的生死观是指生命主体

---

① ［日］川端康成：《川端康成文集·美的存在与发现》，中国社会科学出版社1996年版，第83—84页。

② 周阅：《川端康成文学的文化学研究——以东方文化为中心》，北京大学出版社2008年版，第94页。

（灵魂）在不同的生命个体之间流转、生生不息，死亡不过是生命形式的转换而不是生命的结束。轮回转生是基于自然节律和宇宙循环的想象。以这一观念观照生与死就会发现，死亡不再是个体生命的终结，而是为个体生命提供了另一种生存的可能，"生与死这种人的能力无论如何也无法跨越的截然对立的限界"，因此而"变成了一个变化过程中相互衔接的两个阶段，在这里死不是通往永恒的沉寂，而是走向流转的生"①。其实，基于万物有灵观而产生的灵魂在不同生命形态中流转不息的信念，体现了人类试图超越死亡的原始心理本能。因为生死问题是人类的终极关怀之一，超越死亡成为人类亘古不泯的追求。死亡在现实中不可逃避，只能在心理上象征式地超越，轮回转生即是其超越方式之一。

禅宗的"生死一体"、"万物一如"的顿悟则是在此基础上得出的更高级的瞬间超越的方式。因为禅宗特别提倡在仔细观察和深刻思考事物时的一种对无形无限的"终极存在"的认知。所以，禅宗的"无"或曰"空"，并不是指什么都没有的状态，不是一般意义的不存在或否定，而是一种哲学意义上的"无"，也就是以"无"为最大的"有"。此时，"无"是同"有"相对立而存在的，是产生"有"的精神实质，是产生万事万物的源泉，是生生不息永恒不灭的事物之本体和最高实在。我国学者颜翔林曾撰文充分论证"虚无"

---

① 张石：《中日审美意识传统的相异点及其意义》，载《东方丛刊》1992年第1期。

这一哲学本体论的价值①；日本学者福岛庆道也正是在此意义上提出了"禅是无的宗教"② 这一著名命题。川端康成也明确指出："这种无，不是西方的虚无，是万有自在的空，是无边无际无尽藏的心灵宇宙。"③ 基于这种"万物皆空、一切本无"的宇宙观，禅宗建立了一个关于"梵我合一"的精致周密的世界观理论。禅宗认为自心就是人的自我本质。自心从实质上讲就是本真之心，也称本心，或叫净心，也就是佛性。因为禅宗认为人的本心是清净的，具有超越佛性的特点，自心即佛，佛即自心。人的内心就是一切：人世的苦乐、得失、毁誉及迷悟都在于自心，决定于自心；主客、物我、人己、今昨都是自心虚妄区分的结果；日月星辰、山河大地、万事万物都不过是小小本心幻化的产物。基于此，禅宗提出了其独特的解脱方式——自心觉悟。因为我心即佛，一切为我心之幻化，外界的一切都是虚存的，想求助于任何外在的力量来获得彻悟超越，只能是水中捉月、镜里寻头。自心觉悟有两种方法：坐禅渐修和心下顿悟。禅宗尤为推崇后一种，即在"以心观物"时，突然受到触发而有所升华，脑海里出现一片空白之后便立刻达到了梵我合一、物我一如、空心澄虑、本心清净的"无我"境界，在一刹那的顿悟中便可超越

---

① 颜翔林：《美即虚无》，载《湖南师范大学社会科学学报》1995 年第 6 期。

② ［日］福岛庆道：《禅是无的宗教》，高立译，河北教育出版社 1996 年版。

③ ［日］川端康成：《川端康成文集·美的存在与发现》，中国社会科学出版社 1996 年版，第 208 页。

一切有形的羁绊,上升到无形无限的永恒。用川端康成自己的话说就是:"法界则是一心,一心则是法界。草木国土皆成佛祭。"① 这种顿悟尽管在脑海里表现为一瞬间的闪现,但却具有"思接千载、视通万里"的思维品性,因而可以说它是感性的,但同时又超越了感性。从哲学上说,这正是感性向理性的深沉积淀所生成的一种对宇宙人生的整体直觉把握,是一种直接审察到的深邃,是一种灵感状态的思辨。

川端康成从本质上说并不是一个宗教信徒、哲学家,而是一个文学家,一个具有诗人气质的小说家。但这并不妨碍他在其文学创作中参禅悟道、体验生命、探索人生。其实,世界上所有的宗教和哲学原本就是变相的人学。川端康成的代表作《雪国》就潜行着佛禅的魂魄。这篇小说不仅透射出川端康成源生于佛教无常观念的浓重的"虚无"感念,而且还从禅悟的视角演绎了这一"虚无"从表层向深层的挺进和超越。

先看男主人公岛村,他依仗祖产闲散度日,精神非常空虚,没有任何人生目的,他研究西方舞蹈,居然没有看过一场西方舞蹈表演,仅仅"欣赏他自己空想的舞蹈幻影",他到雪国去考察所谓日本民间舞蹈,亦只是沉湎于男欢女爱的无聊消遣之中。他在实际生活中把自己看作是无意义的存在,认为"生存本身就是一种徒劳";他虽然喜欢驹子,也不过是通过肉欲的满足,以追求一瞬间忘却自我的非现实感。再

---

① [日]川端康成:《川端康成文集·掌小说全集》,中国社会科学出版社1996年版,第11页。

看女主人公驹子，这个心地纯洁、渴望上进、充满了青春活力的少女，执著地用其所有的力量去追求爱情、幸福，她的那种坚韧的毅力、真挚的感情看起来非常现实，但实际上却根本不可能实现。因为她把全部的希望寄托在满是"虚无"思想的岛村身上，她的努力虽然使得岛村有过心灵的颤动，但最终还是被他视为一种"美丽的徒劳"，她的追求注定只能化为一场空。至于三号人物叶子，本身就是虚幻如梦一般存在着，在本不是镜子的车窗玻璃上幻现，又在大火中化为乌有。

　　无疑，小说中的三个人物形象传呈给我们一种人生空幻若梦的虚无感，但在故事的结尾，作者又运用禅宗的顿悟法对其进行化解和超越，从而上升到一种形而上的层面，使作品秉具了禅机乃至哲学的内蕴。小说的结尾，岛村快要离开雪国时，发生了火灾，在无情的足以毁灭一切的大火中，他不仅没有想到死、毁灭，反而觉得"美丽的银河亮光很近，仿佛要把他托起来似的"；在看到叶子的身体，"在空中挺成水平的姿势时"，他"心头猛然一震，似乎没有立刻感到危险和恐惧，就好像是非现实世界的幻影一般"，在冲天的火光中，在"美丽得令人惊叹"的银河下，他亲眼目睹了一个年轻生命如何瞬间从生到死，他感到"在这一瞬间，生与死都仿佛停歇了"，人"由于失去生命而变得自由了"，"觉得叶子并没有死"，是"她内在的生命在变形"。也就是说，在那非生即死非死即生的一瞬，人物心灵的目光从生至死，从死至生，穿行其间，自由往返，因而也就打通了生死，破除了"执心",超越了二元,其心理过程正如禅师青原惟信讲述他开悟时的心态:"老僧三十年前未参禅时,见山是山,见水是水;及至后来,亲见知识,有个入处,见山不是山,见水不是水;而今得个休歇处,依前见山只是山,见水只是水。"① 对死的恐惧、对生的虚幻,却原来都决定于人小小的本心:一切皆为众生虚妄的产物,一切都是世人"执持"、"心动"的结果。刚才还心头一震,担心女人头部会不会朝下,腰膝会不会折曲,可当"驹子尖叫一声,用手捂住双眼时",岛村的"眼睛却一眨不眨地凝视着"——与其说他凝视着叶子的死亡,不如说他正凝视着自己的死亡;与其说他正在凝视着自己的死亡,不如说他正在远观着生命本身——顿悟就在这凝视的瞬间完成了:他悟到了人之生死就是生命之圈上的两个点,无始无终,无生就无死,死才可以生;悟到了人本无生死,死并非生的终结,"无"并非"有"的否定,生和死、有和无不过是生命存在的两种方式;悟到了只有肯定了死才能拥有生,才能在生的时候不会为死的影子所困扰,才能在死的时候不会因生的贪恋而却步!在这种"从死来认识生,从虚无来思考存在,最后达到一切皆抛"② 的认识中,不仅没有一丝的悲观、绝望,反而有一种顿悟之后摆脱生的魔界、进入自由佛界的喜悦感,一种超越了一切有

---

① 普济辑:《五灯会元》,蒋宗福、李海霞译,陕西师范大学出版社1996年版,第1052页。

② [日]进藤纯孝:《日本作家自杀的根源》,载《日本文学》1985年第4期。

形界限之后所体验到的内心平静感，一种达到了与天地融为一体的永恒超越感。

这种佛理禅机置换进小说中，就化为叶子死时的美丽如画——银河、火星辉映，呈水平姿势，飘然下落；就化为叶子死时的幸福如归——"毫无反抗"，昏迷无觉，仿佛向始点复归的自由落体；还化为岛村即将离开驹子时的平静坦然、无所住心、聚散随缘——"火光照亮了他同驹子共同度过的岁月"，他"感到离别已经迫近"；更化为作品中人与宇宙的相通相融、冥合如一——岛村觉得自己映入了银河，飘上了银河，银河"仿佛要把他托起来似的"，"浸泡着岛村的身体飘飘浮浮"……

其实禅所触及的正是个体生命的短暂与世界、宇宙的永恒之间的关系问题，禅的根本精神就是超越，超越贵贱、贫富、苦乐、忧喜、爱恨、是非、生死、物我、有无等一系列人类所面临的矛盾。超越的结果就是：在充分肯定人的主体地位的基础上，确立人的内在本性和超越佛性的终极合一，从而达到大解脱、大自由，把电光火石般短暂的有限化入万古不亘的永恒。用川端康成自己的话说就是："物我一如，万物一如，天地万物都将失去界限，融成了一个精神的一元论世界。"① 由此可见，禅既是一种人文理想，又是一种生命哲学，更是一种高超的生命艺术。这是禅悟的本质，也是川端康成"虚无"思想的根底。

---

① ［日］川端康成：《川端康成集·临终的眼》，东北师范大学出版社1996年版，第187页。

也正是从这个意义上，川端康成接受了佛教的轮回转世说，认为那就是生死不灭的本体超越境界，并发出"在这个世界上，再没有什么比轮回转世的教诲交织出的童话故事般的梦境更丰富多彩的"① 赞叹。的确，在川端康成看来，佛禅的"灵魂不灭"就是生生不息的生命向力，佛禅的轮回转世就是"生死不灭"的宇宙精神。人死灵魂不灭，物灭意志不亡，生死相续，轮回转换，生即死，死即生，为了要否定死，就不能不肯定死。也就是说，他认为生与死、生存与虚无都具有价值和意义，他甚至没有把死亡视作终点，而是把死亡作为起点。

日本学者羽鸟彻哉甚至认为：川端康成的宇宙观可以一言概括为"万物一如、轮回转生"② 。日本川端康成研究专家长谷川泉在谈及此点时也明确指出：从川端康成的作品中"可窥见生与死的微妙接点。轮回转世，具有把死当成日常小事的魔力。川端氏从年轻时代就倾心于轮回转世⋯⋯这是理解川端文学的关键因素之一。"③ 其实，这又何尝不是理解川端康成在其声名显赫、事业顶巅之时坦然自杀的关键因素呢？

禅悟的超越性，在时间是瞬间永恒，在空间则是万物一

---

① ［日］川端康成：《川端康成文集·伊豆的舞女》，中国社会科学出版社1996 年版，第 172 页。

② ［日］羽鸟彻哉：《川端康成的宇宙观》，载《外国文学研究》1999 年第 4 期。

③ ［日］长谷川泉：《川端康成论》，孟庆枢译，时代文艺出版社1993 年版，第 483 页。

体。按著名学者李泽厚的说法，禅追求的是一种审美式的人生态度（包括"审美式的视死如归"），它超利害、越时空、一寿夭、空物我、弥是非、齐善恶、同虚实、等今昨、泯主客，从而能让人与整个宇宙冥合为一，超越死亡，尽享自由，饱受愉悦①。这当然也就可能使人坦然地甚至是主动地去迫近自己的死亡，因为这中间有无限无形的"大美"在召唤。人是美的创造者，所以，美既可以说是人的特征，又是人的宿命。当明白了生命只是永恒宇宙的一个短暂过程，那么，在自己历经了创造美的奋斗，即将走到这个过程的终点之时，坦然地、无畏地去死，难道说不正是一个孤独、短暂的自我与一个浩大、永恒宇宙的合和吗？不正是自然界游离出来的一个"众多"向整一和谐的终极的一个主动的回归吗？川端康成的自杀确实涵有这些哲学、美学动因。正如有人所言："川端的自杀明显含有一种'生不如死'、'有不如无'、死可以生的审美意识，这恰恰是佛教无常观的审美意识。"② 川端康成本人生前的许多作品和言论也都能说明这一点。比如他在给自杀身亡的三岛由纪夫所致悼词中说："离开和超越思想与是非善恶，静静地礼拜默祷，乃是日本的美的精神的传统。"③ 而《信》和《临终的眼》中的两段，则简直就与"无差别"的禅悦境界毫无二致。前者写："近来总觉得不论

---

① 李泽厚：《漫述庄禅》，载《中国社会科学》1985年第1期。
② 孟昭毅、李立新：《禅与日本作家》，载《社会科学探索》1994年第4期。
③ ［日］川端康成：《川端康成全集（日文版）》，新潮社1981—1984年版，第（34）76页。

生也罢死也罢，不怎么像是有棱有角的固定形的东西，它没有具体或抽象的、没有现在或过去和未来的极其明显的界限。"① 后者言："我看不见生与死有什么棱角和固定的形式，我看到具体与抽象、现在和过去都没有明显的界限。"② 当人们今天从他的作品中读出浓重的佛理禅意时，应该明白：其实他早已领略了佛禅之深意在于还原自然的不分离，在于物我不二、万物一体，所以他才平静地走向大自然，消失于人间，在灭寂的生命中，寻求着一种超越和永恒。

　　总结而言，我们可以这样归结川端康成的"虚无"："川端文学"中的虚无思想是明显的；但其虚无思想是深刻的、复杂的，具体说就是矛盾的、双题旨的。一方面，虚无就是死灭，就是什么也没有；另一方面，虚无则是最高本质，意味着什么都有。而这后一方面又蕴涵着相互关联着的两层意蕴：虚无是最高本体，是对终极的把握，因而也就成了超越与自由的意识——因为虚无蕴涵着无限可能性。我们还可以梳理出"川端文学"从虚无到空幻的简明线条——死亡带来生命的有限及价值的虚无，虚无造成心灵上的悲哀和痛苦，悲苦需要精神的和审美的超越与化解。如果说佛禅的轮回转生是其精神超越方式，那么大自然的恒远幻美则是其审美超越。由此可见，川端康成的虚无是宗教的，同时又是哲学的，

---

　　① ［日］川端康成：《川端康成文集·掌小说全集》，中国社会科学出版社1996年版，第531页。

　　② ［日］川端康成：《川端康成文集·美的存在与发现》，中国社会科学出版社1996年版，第79页。

还是美学的。

有人敏锐地看到了这一点，指出："空无"并非川端的独创，"空无"是日本美学的精髓之一，是宇宙观而非人生观。"空无"并非空无一物。"空无"博大无比，包罗万象①，就像川端康成认为"白色是最富有的色彩"一样②。惟其如此，"虚无"就成了最恒阔的宇宙生命力③，"虚无"就成了对虚无的绝对超越④。我国学者颜翔林的论述更是精辟："艺术家对死亡意象的表现还显示向往虚无的美学特征。虚无作为精神最高悬浮状态，在逻辑上是先于存在的存在，先于本质的本质。虚无是纯粹意识对存在的怀疑和否定，是精神无限可能性对于现实性的介入和改造，对于现象世界永无止境地提问和解答。虚无，也是精神对现实功利和理性概念的顽强拒绝，它是精神自我的诗意活动和智慧活动。艺术家向往虚无和表现虚无，是因为他对死亡的怀疑和否定，他试图以绝对的相对主义逻辑，解构死亡的现实性法则，将世界归于空幻，指向'虚无'。……在艺术观念及其实践上，艺术家描摹生死的空虚轮回，人生如镜中月水中花，捉摸不定，唯有听从宿命和神秘意志的安排。艺术文本以情感逻辑否定世界的客观性，怀疑整个世界的存在意义与价值，遁入空洞

---

① 魏大海：《虚空与实在——有感于川端康成的一句自白》，载《外国文学研究》1993 年第 4 期。

② ［日］川端康成：《川端康成文集·美的存在与发现》，中国社会科学出版社 1996 年版，第 211 页。

③ 张石：《川端康成与东方古典》，上海古籍出版社 2003 年版，第 54 页。

④ ［日］川端康成：《川端康成文集·美的存在与发现》，中国社会科学出版社 1996 年版，第 84 页。

的玄思和迷幻的情绪，创造一个空诸一切的境界，这一境界当然无生无死，只有精神的自满自足和自我澄明，达到想象化的虚无境界。"正是因为死亡、虚无与审美的关联和相通，颜翔林甚至得出了"美即虚无"的结论。而且，他还明确指出能够达到艺术和美学的虚无境界的艺术家及作品少之又少，中国的庄子、西方的尼采、日本的川端康成等人大约可入这一殿堂①。

通过以上考察我们看到，川端康成的虚无意识由于诸种观念交互渗透、复合建构而多少显得复杂难辨，但其中明显贯穿着对生命本体、宇宙终极的参悟和思辨，这就是从肯定到否定、再到否定之否定。用川端康成自己的话来表述就是"空、虚、否定之肯定"②。这是川端康成虚无意识的基底，也是"川端文学"幻美风格的深层动因。

---

① 颜翔林：《死亡美学》，上海人民出版社 2008 年版，第 311 页。
② ［日］川端康成：《川端康成文集·美的存在与发现》，中国社会科学出版社 1996 年版，第 253 页。

第五章

"川端文学"自然审美境像的表层显现分析

我们已对"川端文学"的自然美意识进行了深层文化透视和情感内涵分析，基本上回答了在"川端文学"中自然何以为美的问题；本章将结合川端康成的艺术文本来具体分析"川端文学"自然美镜像的营构方式，也就是"川端文学"自然美的表现手法，主要解答在"川端文学"中自然怎样才美的问题。

自然美，作为人的主体心灵与自然界相互作用、相互交融的产物，历来包含有两种主要的审美倾向：一是把主体物化，或曰寓情于景；二是把自然山水人格化，或曰借景抒情。这两种倾向也可以说是文学作品中自然美创造的两种基本方式。"川端文学"自然美的营造，当然也不例外。但具体情况要比此丰富复杂得多，而且极富层次感和表现力。

前面提到，日本美学追求"物哀"。关于"物哀"，解释颇多。如前所述，笔者以为，"物哀"是日本民族对自然风物与人的情感之间的同形关系、感应关系的一种审美概括。"物"就是自然风景、自然风物；"哀"则指由自然景物诱发或因长期审美积淀而凝结在自然景物中的人的情思。"确切一点说，是多半充满倾向于感伤、孤寂、空漠而又有所希冀的一种朦胧的情感、意趣和心绪。"[1] 这样来理解"物哀"的内涵是符合日本民族的审美实际的。"川端文学"的自然审美无疑继承了这一点。所以，我们如果想对"川端文学"自然美营构的总规律作一概括的话，只能这样说：物化于情，

---

[1] 林少华：《谷崎笔下的女性》，载《暨南学报》1989 年第 4 期。

情化于物；哀中写景，景中抒哀；交互溶铸，双向建构。

第一节　　"物"的切入

如果以"物"为切入点进行考察，"川端文学"自然美境界的营构特色主要体现为下列几点：

一　季节感

追求"季节感"是日本文学的传统。"所谓季节感，不仅是指对春夏秋冬四季的循序推移的感受性，而且是对在日本文化土壤上酝酿而成的人与自然、人的感情与季节风物交融、内中蕴涵着苦恼、妖艳、爱恋情绪的理解性。"①

日本列岛地域狭窄，自然资源匮乏。在明治维新前，其社会生产方式、生产形态，属于封建农业社会，是典型的"亚细亚生产方式"。农业社会生产方式单一，节奏缓慢，春种夏管，秋收冬藏，日出而作，日入而息，四季节令对人们的生产方式、生活方式有极大影响。日本文化因此而被称作"稻作文化"。在明治维新后，日本虽然走上了近代资本主义工业化的发展道路，但是其工业却只能是"加工型"，仍然缺少开掘自然和征服自然的民族体验，精神上依然是"稻作文化"。加之日本在地理上四面环海、南北狭长，四季节令

---

① 叶渭渠：《东方美的现代探索者——川端康成评传》，中国社会科学出版社1989年版，第112页。

在时空上的推移和变化既细致又鲜明，因而培养了日本民族在审美上对季节变迁的敏锐感觉。这就构成了这个民族鲜明的"季节意识"，形成了这个民族强大的文学传统。古代日本的作家、诗人对四季均有表现，如清少纳言《枕草子》云："往昔徒然空消逝……扬帆远去一叶舟。人之年龄，春、夏、秋、冬"①；道元禅师有和歌云："春花秋叶杜鹃夏，冬雪皑皑寒意加"；日本古代诗歌的集大成之作《万叶集》中的大部分和歌也都是按季节编排的。叶渭渠先生说：日本人"表现在对四季的感受性上，显得特别敏锐和纤细，并且含有丰富的艺术性。……他们在对季节微妙变化的感受中育成优艳的爱，而这种爱又渗透到自然与人的内在的灵性中，从而激发人们咏物抒情的兴致；他们在四季轮回、渐次交替的过程中，纤细地感受着自然生死的轮回、自然生命的律动，这种对四季的敏感，逐渐产生季物和季题意识，影响到其后的整个日本文学的命运"②。

　　川端康成更是一个对季节变迁感应敏锐的人，以致当他在仲夏清晨被伯劳鸟的叫声惊醒时，会"不由感受到秋意"。他说："在一个季节里必然感受到下一个季节的来临。冬季总是孕育着春天。春天总是孕育着夏天。"③ 在"川端文学"中，季节意识是非常浓郁和鲜明的。除少数短篇外，川端康

---

　　① ［日］清少纳言：《枕草子》，于雷译，河北教育出版社 2003 年版，第 324 页。

　　② 叶渭渠：《日本文学思潮史》，经济日报出版社 1997 年版，第 9 页。

　　③ ［日］川端康成：《川端康成文集·美的存在与发现》，中国社会科学出版社 1996 年版，第 73 页。

成在他的中长篇小说中均涉及四季描写，其描写方式主要有以下几种：一是以季节为标题，如《古都》中的"春花"、"秋色"、"深秋的姐妹"、"冬天的花"；《山音》中的"冬樱"、"春钟"、"秋鱼"；《温泉旅馆》中的"夏逝"、"深秋"、"冬至"；《舞姬》中的"冬天的湖"等。二是直接描写季节症候，也就是各季的风物。在《山音》中四季风物的流变成为作品中一条非常重要的非情节线索。整个作品共16章，时间从夏天的8月到第二年秋天的10月，而时间的推移主要是以季节变化表现的：向日葵静穆地排列着花蕊（8月），狗尾草和胡枝子开着羞涩的小花（11月），枇杷吐出嫩绿的新芽（2月），梅花带着晚露开放（3月），樱花摇响沉沉古钟（4月），枫叶被清霜染得绯红（10月）……作者不仅用植物排列了一个色彩斑斓的时间序列和空间结构，而且还用动物温暖了这一时空，它们是绿叶上的蝉、胡枝子上的蝶、谷穗上的鸟和主人公信吾家的"居民"——狗、蛇、鸢……《雪国》中的季节感更是鲜明："登山的季节"是暮春；"滑雪的季节"或"积雪最厚的时节"是隆冬；仲夏是"枫叶嫩绿时分"；"枫红季节"和"飞蛾产卵的季节"是初秋。其三是侧面描写，即用家具、室内陈设装饰等隐喻季节。如在《千只鹤》中，菊治在茶室烧起茶炉，使读者领悟到这是冬季；《睡美人》中江口三次去客栈，壁龛上装饰画由山村红叶变为雪景，暗示季节由春夏转换到了深冬等。

季节的推移和变换，本来是大自然自身丰富多彩的显现，不过一旦和人的情感相联系，四季不同的山水草木就具有了

丰富的表情性特征。如中国古代画家郭熙就说："春山淡冶而如笑，夏山苍翠而如滴，秋山明净而如妆，冬山惨淡而如睡。"[1]

认为自然风物与人的心灵有感应关系的日本美学，对此更是深有体悟，并演变成其文学的传统。

"川端文学"中，季节的推移和变换多是通过对一些具体自然物的描绘来体现的。川端康成借引道元禅师的俳句："春花秋叶杜鹃夏，冬雪皑皑寒意加"——单个的自然物往往就是它所在的那个季节的代表。

就拿长篇小说《古都》来说，作者循着季节变迁的线索，又结合日本社会生活的四时行事：赏樱、葵节、祇园、鞍马的伐竹会、如意岳的大字篝火、时代节，展示古都时令的推移，大自然就像一段优美的旋律，一个流动的乐章，呈现出千姿百态的变化美。

春天万物复苏，百花盛开，因此花便成了作家表现春天美的代表了。《古都》第一部分就标示为"春花"。作品从寄生在大枫树上的紫花地丁开了花，引出京都的春天；然后不惜笔墨地描写樱花，把京都春天的自然美写到极致；最后写到竞相怒放的郁金香把京都装扮得更加万紫千红，春意盎然。

红花没有绿叶衬托，大自然的美就要单调得多。因此，作家对绿叶也情有独钟，"汽车在满目嫩叶的市街奔驰。古色古香的房子，看上去要比新建的楼房更衬托出嫩叶的勃勃

---

① 叶志海：《〈古都〉和〈边城〉艺术特色之比较》，载《国外文学》1990 年第 2 期。

生机","那时候,植物园里林荫道旁的樟树正在抽芽,就像花一般的美丽"等等。对绿叶的描写使京都的春天更加妩媚、艳丽,富有生气。

夏季的京都几乎是在祇园节等大大小小的庆祝典礼中热闹地度过的。除了树木的美、燃烧的彩云和凋谢的紫花地丁,作家几乎没有余暇详细地描写夏季的京都之美。

秋天的京都虽绚丽多彩,但是与春天毕竟不同。老枫树上的薛苔依然绿油油的,而紫花地丁的叶子开始枯黄了;山茶花比红玫瑰还要娇艳,而雷鸣骤雨中的杉林却变得令人望而生畏;色彩淡雅的宽大彩虹还未划出完全的弓形,而青莲院的大樟树树桠弯曲,相互盘缠充满着使人畏怯的力量。

最后一部分"冬天的花"和第一部分"春花"首尾呼应。寒冷的冬季万物凋零,作家却独具慧眼,发现了"冬天的花":"北山杉树的枝桠一直修整到树梢。在千重子看来,造成圆形残留在树梢上的叶子,就像是一朵朵绿色雅淡的冬天的花。"从中可以看出作家努力地发现京都四季不同的美,在变化中创造美,赋予春夏秋冬的自然以独特的美,表现作家对美的执著追求。

川端康成自己曾言:《古都》"从春天的花季开始,一起写到冬天的阵雨、雨雪交加时节结束"[①]。由此可以看出作家是十分自觉地在四季变化中来写京都的自然美的。九部分的作品,第一至第四部分是写春天,第五部分写夏天,第六到

①　[日]川端康成:《川端康成集·临终的眼》,东北师范大学出版社1996年版,第229页。

第八部分写秋天，第九部分是写冬天。

川端康成曾指出：以"雪、月、花"几个字来表现四季时令变化的美，在日本这是包含了山川草木、宇宙万物、大自然的一切的①。也就是说："风、花、雪、月"是四季的象征，而四季则是整个大自然的象征。这样看来，文学中追求"季节感"就像"俳句"追求"季语"② 一样，是对整个自然美的浓缩。一提到"风、花、雪、月"，就会想到四季时令变化的美，就会想到整个大自然造化的美。这种美的联想，某种程度上可以说是无指向性的，是深远的。这符合日本民族的冥想情怀。

"季节感"在"川端文学"中的美学意义还不止于此。"川端文学"在忠实再现四季自然本身美的同时，还将人的精神、感情、心绪熔铸其中，形成情景交融的优美境界，使物我难分、物我一致，将自然美提炼成纯度极高的艺术美。"在川端康成小说创作中，四季自然美以一种自然的灵气创造出一种特殊的氛围，与人的情感、人生经历相通，形成天人感应效应、情景交融的优美意境，使春夏秋冬自然美升华为艺术美，加强了艺术审美因素和表现力。"③ 如《古都》，作家是在京都春夏秋冬的大背景上，写千重子和苗子这对孪生姊妹悲欢离合的故事，这样就使得季节的变化与人物命运

① ［日］川端康成：《川端康成文集·美的存在与发现》，中国社会科学出版社1996年版，第203页。
② 是指一首俳句诗中必须要有暗示或象征季节的词语。
③ 张建华：《川端康成创作中的日本文化因子》，载《外国文学研究》2003年第5期。

之间具有了丰富而强烈的象征意蕴。川端康成的这种对待自然的态度尤其表现在《雪国》中描绘冬季的变迁上。他写雪国初夏、晚秋、初冬的季节转换、景物变化，及至映在雪景镜中人物的虚幻和象征，都是移入人的感情和精神，作为伴随人物感情的旋律来描写的。譬如岛村与驹子情感的萌发是在雪国初夏生机盎然的 5 月，此时满地绿意就是男女主人公初识激情的写照；第二次相聚则是在雪国岁末年初的隆冬，在一片清寒和静寂中透射出男女主人公前途的渺茫；第三次相聚是在雪国满山萧瑟的秋季，即将来临的风雪预示着男女主人公不得不分离。再譬如映着山上积雪的化妆镜中的驹子的脸，不仅以雪景烘托出驹子"无法形容的纯洁的美"，而且注入了驹子昂扬的感情。映着雪中暮景的车厢玻璃上叶子的脸，形容了叶子的妖艳和美丽，移入了对叶子纯洁情感的体味，并使叶子好像漂浮在流逝的暮景中，产生了一种虚幻的力量，把岛村深深地吸引住，从而唤回岛村对自然和自己容易失去的真挚感情，使人物乃至作家自身与自然完全合为一体，从自然中吮吸灵感，获取心灵的解救。这时，景物的变化和位移的过程，就是人物情感心绪的流程，而且随着时间的推进和景物的位移，使人物的主观感受在广阔的空间自由驰骋、带上冥冥的幻想。总之，贯穿于小说的严冬的暴雪、早春的残雪、初夏的嫩绿、仲秋的初雪等等，雪国四季的流转变化无不与人物的情感纠葛相吻合。在大自然的乐章中，跳动着人物内心世界起伏跌宕的音符。

"季节感"在"川端文学"中还有一个美学功能，这就

是无常、哀伤氛围的营构。日本人将自然与自己视为一体，因此自然界四季时令的迁移与变化，也常常被投影到人生与人世的变幻上。川端康成曾言："植物的命运和人的命运相似，这是一切抒情诗的永恒主题。"① 而日本古代诗人清少纳言在其名著《枕草子》中通过诗作把此点表述得更加明确："往昔徒然空消逝……扬帆远去一叶舟。人之年龄，春、夏、秋、冬。"②日语谚语"花有期，人有时"（意即好花不常开，好景不常在）更是这一思想情绪的写照。总而言之，"人的生命与花开叶落的自然活动、天体运行一样，与宇宙现象共生共死——这种把自然和人生合为一体的思想，相当普遍地扎根于日本人的心里"③。也就是说，花开叶落的季节流动感经过民族的历代审美积淀，已永远成为日本人生命无常感的固定象征，所以，文学中表现"季节感"就必然感时伤逝。"他们在四季轮回中，体会到'年年岁岁花相似，岁岁年年人不同'的叹息与悲哀，体验到个体生命有限易逝的矛盾和痛苦。"④ 在"川端文学"中，我们发现，或主人公或叙述者，在描绘自然风物随季枯荣的过程中，常常或多或少地流露出这样的伤感。如《古都》中，千重子对紫花地丁随季变

①　[日]川端康成：《川端康成文集·伊豆的舞女》，中国社会科学出版社1996年版，第162页。

②　[日]清少纳言：《枕草子》，于雷译，河北教育出版社2003年版，第324页。

③　[日]南博：《日本人的心理》，刘延州译，文汇出版社1991年版，第47页。

④　张建华：《川端康成创作中的日本文化因子》，载《外国文学研究》2003年第5期。

迁的伤感，《山音》中信吾对春去秋来、老之将至的无奈等。不用说，作者在通过具体自然风物来描绘季节变迁时，往往有意无意地也融入了自己深层精神结构中的无常、悲哀意识，这已不受限于作品中具体情境的规定，而是季节的流动和创作主体内心的无常情绪的交互感应。也就是说，很难分清是季节感诱发了川端康成的无常感，还是川端康成心中的无常感找到了自己的对应物。总之，"川端康成继承了18世纪本居宣长的物哀理论，表现了人与自然相生相通，人的命运与自然变化韵律暗合的观念"①。"川端文学"中的无常感无疑也少不了传统文学偏爱的季节流动感这个大背景②。也许正是在这个意义上，才有学者把"物哀"解释为"感伤自然"的吧。这里，川端康成又把其自然审美引向了冥思遐想，并和其关于大自然的哲思遥遥相对。自然抒描中的季节感，诱发心绪上的无常、哀伤，而且升华为文学作品中一种独特氛围的艺术美，这恐怕只有秉具"物哀"情怀的川端康成氏才能做到了。

总之，"季节感"不仅是"川端文学"自然美境界的有机构成因素，而且也是川端康成建构其整个独特美的文学世界的艺术手段。

---

① 张建华：《川端康成创作中的日本文化因子》，载《外国文学研究》2003年第5期。
② 夏刚：《日本文学中的意识流》，见柳鸣九主编《意识流》，中国社会科学出版社1989年版，第257页。

二　色彩感

大自然的美丽，往往首先是通过色彩作用于人们的知觉、触动想象的张力、引起人们审美的愉悦，而被强烈地感受的。所以说，色彩美是自然美的一个非常突出的方面。然而，大自然的色彩又是五彩缤纷、千变万化的。大自然丰富多彩、千差万别的一个重要体现，就在于各个具体自然风物色彩的不同。马克思说："色彩的感觉是一般美感中最大众化的形式。"[①] 这不仅是说色彩感是自然美诸形式要素中最普遍的要素，而且也是说，它是自然审美中最易引起美感的一种要素。不过，面对自然景色的丰富多样、千变万化，应该说，作家即便使出浑身解数也是无法穷尽的。但是，作家可以锤炼自己对大自然景色的丰富而敏锐的审美感受力，并凭借这种丰富而敏锐的审美感受力在文学创作中力现自然景色的丰富多彩和千变万化；另外，作家也可以从自己的审美趣味出发，选择最能体现自我审美理想的色彩，赋予自己笔下的大自然以个性的美。

尽管在川端康成看来"没有杂色的洁白，是最富有色彩的"[②]，但川端康成的文学依然是色彩的王国。因为他的色彩知觉是极其精微的。如在《禽兽》中，他这样描写菊戴莺的

---

①　马克思：《马克思恩格斯全集》，中央编译局译，人民出版社1958年版，第（13）145页。

②　[日]川端康成：《川端康成文集·美的存在与发现》，中国社会科学出版社1996年版，第211页。

色彩：

> 它的上身是橄榄绿色，下身是淡黄灰色，脖颈是灰
> 色。翅膀有两条白带，长羽毛的边缘是黄色。头顶有一
> 道粗大的黑线，还套着一道黄线，展开羽毛的时候，黄
> 线就明显地呈露出来，宛如戴上了一圈黄菊花瓣。雄鸟
> 的黄线带深澄色。

川端康成不仅能对色相中的基本色彩和惯用色彩进行精
微的分析，而且能极有层次地描绘出色彩的明度和彩度。在
《春天的景色》中他写道：

> 树木的幼芽也是如此。枫树或嫩芽的红、柿树嫩芽
> 的绿……对他来说，像初生的婴儿的颜色，是一个奇迹。
> 五天当中总有一天，山野的林木一旦构成色彩缤纷的喷
> 泉或阳伞，他也就不再赏景了。
> 　　这种时候，他总是茫然地望着房间的窗口。黑松的
> 芽像支铅笔。罗汉松的嫩芽像蜻蜓的翅膀在飞翔。
> 　　一天，以为是白色的羽虱飞满天，却原来是绵绵春
> 雨。他折回来取雨伞，不，是来叫千代子的。
> 　　"喂，去看竹林吧。"
> 　　被蒙蒙细雨打湿了的竹林，宛如一片绿色的长毛羊
> 群，正耷拉下脑袋在宁静地安息。

在这里，作者选用红和绿造成强烈的色彩对比，使山林呈现了生的力度，然后又用"新生儿的颜色"增强林木的彩度，让读者体验到春之声中孕含的生命的鲜润和光泽。而那白蒙蒙的雨，则使读者在色彩明度的减弱中感觉到竹林的生命由勃发走向休憩，从而孕育更广阔、更热烈的勃发的动态过程。

对自然风物、风景有着细腻精纯感受的川端康成，在以纤细的笔触力显自然风物、风景天然本色的同时，一方面用比喻、对比、拟人等手法，增强景物描写的色彩感；另一方面，又进行巧妙的色彩搭配和组合，不仅给人以鲜明的绘画着色之感，而且拓展了读者对于色彩想象的空间，引起极妙的美的遐想。

> 蝶儿翩翩飞舞，一忽儿飞得比县界的山还高，随着黄色渐渐变白，就越飞越远了。（《雪国》）

> 几乎擦着六乡河闪光的流水飞舞着的小鸟，也闪着银色的光。经常看到那红色车身的电车驶过北方桥。（《山音》）

> 县界上的群山，红锈色彩更加浓重了，在夕晖晚照下，有点像冰凉的矿石，发出暗红的光泽。（《雪国》）

> 山上罩满了月色。淡淡的晚霞把整个山容映成深宝蓝色，轮廓分明地浮现出来。（《雪国》）

以上是对自然风物、风景天然本色的准确捕捉。通过对比、比喻等手法来突出色彩感，这类例子在"川端文学"自然审美中不胜枚举：

> 银杏的街树还是嫩叶的时候，那中间穿过列队的红旗，只觉得很美。（《湖》）
>
> 一个女孩子穿着全新的红色法兰绒雪裤在白墙边拍球。确实是一派秋天的景象。（《雪国》）
>
> 在胡枝子的绿叶间忽隐忽现的蝴蝶翅膀美极了。（《山音》）
>
> 那对面的电车道上，屹立着银杏街树，黑色的树干在一簇簇嫩叶的下面显得特别醒目。黄昏的天空在树梢顶端笼罩上桃红色的雾霭。（《湖》）
>
> 在月色之下，水车上的冰柱闪着寒光。重峦叠嶂的黑黢黢的轮廓，恍如一把把利剑。（《温泉旅馆》）
>
> 也许是旭日东升了，镜中的雪愈发耀眼，活像燃烧的火焰。（《雪国》）

可以说，每一处写景都是一幅色彩鲜明的图画。青翠欲滴的绿山、鲜亮如血的红叶、晶莹眩目的白雪、寒气如刃的月亮、粉红如晕的樱花、似水欲倾的银河……绘画般鲜亮的着色，绘制出一幅幅质地可感的画面，极大地增强了自然审美的表现力。

也许是由于色彩感最易引起读者的审美联想吧，"川端文学"即使是在那些寄托人物感情、象征人物命运的景物描写中，也着力突出色彩感。而且，我们注意到，作者此时所

营构的"色彩世界",已超出了自然物的天然本色,而是运用色彩的搭配和组合,给我们绘制的一个"超现实"的色感境界。例如:

> 汽车驶过下游模型般的白桥,川流不息的红色,仿佛把沿着街道一直伸向远方的开阔的山峡也吞噬了。(《春天的景色》)
>
> 大街上,月光下,信吾仰望天空,忽然感到月亮溶于火焰之中。(《山音》)

最令人称绝的就是他在小说《雪国》中,把驹子悲哀的命运和纯美的印象进行糅合,写夜空里的"月儿皎洁得如同一把放在晶莹的冰块上的刀"。此时的色彩绘制已不再像绘画着色般质地可感了,而是存在于想象中,具有一定的幻美性质。它不仅是作品中人物情感命运的象征,而且是作者审美旨趣、冥想情怀的体现。这样,色彩感又极其自然地成为服务于川端康成精神探索的一种艺术手段。

据资料记载,川端康成很少采用通常的表示颜色的名词,而是以他自己与众不同的感觉来描绘色彩。如《雪国》中"吊在客栈房檐下的装饰灯上落着六七只黄褐色的大飞蛾",紧接着的段落中写濒死的秋虫贴在纱窗上,"伸出了它那像小羽毛似的黄褐色的触角"。这两处都译为"黄褐色",但前一处原文是"玉蜀黍色",即玉米色;后一处原文为"桧皮色",即桧树树皮的颜色。川端康成的色彩过于独特,使翻译者不得不采用意译。又如"土坡上围着一道狗尾草的篱笆。狗尾草绽满了淡黄色的花朵"。这里作者原来是用"桑染色"来表现的，所谓"桑染色"是用桑树的汁液染出的颜色。所以，"川端文学"中的自然抒描不仅色彩鲜明，具有极强的色彩感，而且又清楚地显示出其鲜明的个性特征。

当然，"川端文学"在追求色彩感的过程中，也些许透露出了日本民族那种固有的在自然审美中注重纯形式的审美玩味的倾向。这一点和日本民族的唯美、风雅品性暗合，表现在"川端文学"的自然色彩审美中，则体现为优雅感和纤细感。

优雅，是"川端文学"自然色彩审美的一个重要组成部分。在"川端文学"中，作家总是选取优美、纯净、和谐、雅致的色彩点染着大自然的美景。如在《古都》第一部分里，作家是这样为千重子家庭院的春色精心着色的：

> 当千重子发现紫花地丁开花时，在院子里低低飞舞的成群小白蝴蝶从枫树干飞到了紫花地丁附近。枫树正抽出微红的小嫩芽，白蝶群在那上面翩翩飘舞，白色点点，衬得实在美极了。两株紫花地丁的叶子和花朵，都在枫树干新长的青苔上，投下了隐隐的影子。

在这里紫色、白色、微红色、新绿色和谐地融为一体，表现了作家优雅的审美情趣。作家在第三部分描绘京都绿叶之美时，用城市的幽雅洁净相映衬：

京都作为大城市，得数它的绿叶最美。特别是时令正值春天，可以看到东山嫩叶的悠悠绿韵，晴天还可以远眺新叶漫空笼翠。树木之清新，大概是由于城市幽雅和清扫干净的缘故吧。

诸如此类的描绘在《古都》里还有很多，如"松木的蓊郁清翠和池子的悠悠绿水，也能把垂樱的簇簇红花，衬得更加鲜艳夺目"，"现在不是杜鹃花期，但它那小嫩叶的悠悠绿韵，把盛开的郁金香衬托得更加娇艳"等等。这无不体现作家在色彩方面优雅的审美取向，使自然的色彩更加清新、和谐。

"川端文学"的自然色彩审美还以纤细著称。川端康成在《美的存在与发现》中，写道："风雅，就是发现存在的美，感受已经发现的美，创造有所感受的美。"① 在《花未眠》中他又慨叹："自然的美是无限的。人感受的美却是有限的。"② 为了发现自然的美，川端康成凝视自然，见人之未见，哪怕是最细微之处。他总是非常敏锐地将景物色彩的细微不同和变化捕捉住，然后细致地着色，创造出作家有所感受的美。在《古都》"祇园节"里有这样一段描写：

夏季昼长，尚未到夕阳晚照的时分，还不是一抹寂寞的天色。上空燃烧着璀璨的霞红。睿山和北山兴许是

① ［日］川端康成：《川端康成文集·美的存在与发现》，中国社会科学出版社1996年版，第239页。
② 同上书，第152页。

抹上了那种颜色，变得一片深蓝了。

　　若不是细心观察，对色彩光照感受力极强，川端是不会发现绿色群山在霞红的辉映下竟会变成一片深蓝，更不会描绘出如此细腻的色彩的。在"冬天的花"里，作家写天下起雷阵雨后，北山村四周的山色天空的色彩变化更是色彩描写的华彩乐段。他在冬季天色本来就灰蒙蒙的底色上，细致入微地把大自然中雨雾、雾霭、雨雪三种不同的天气变化通过"反而显得更加清新"、"渐渐失去了它的轮廓"、"笼上一层淡灰色"和"还掺着一些白色的东西"四个层次的色彩变化，在动态中将其描绘出来，产生了不同寻常的艺术效果。

二　画面感

　　川端康成小时候喜爱美术，曾决心当画家。长大后他虽然走上文学创作的道路，却深谙美术创作的技巧，这从他评论许多画家的文章和东山魁夷悼念他的文章《巨星陨落》中便可略见一斑。我国学者孟庆枢在其所撰《川端康成与美术》一文中指出："少年时代的川端就对美术情有独钟。父亲（荣吉）和祖父（三八郎）都喜欢文人画，从至今还保存的他们给康成的临帖画可见一斑。这对少年时代的川端康成具有重要的熏陶作用。川端康成在大正四年（1915年）的日记记有这方面的影响。少年时代川端的个人理想经历了想当大政治家到大画家到大文学家的变化。当然，对美术的执著与他自身的观察的敏感性密切相关，失去所有亲人而形成的

'孤儿根性'是育成这种极度敏感的内因。"① 川端康成美术
方面的修养对他在文学作品中再现自然美可以说是助益无限，
这主要体现在他能够通过形象生动的画面再现自然美，使得
"川端文学"中的自然抒描具有一种鲜明的画面感。

　　文学是语言的艺术，但是优秀的作家总是能超越文字的
羁绊，在作品中将语言文字幻化成直观的视觉的美。《古都》
可说是用语言文字描绘出来的京都春夏秋冬四季风景的绝美
画册。在第一部分"春花"中，一开头作家便采用写生画的
方法，用二百多字把千重子家庭院里大枫树高矮粗细、树姿
树貌以及树干的两个小洞分别寄生的一株紫花地丁形象地描
画出来，构图古朴、典雅：

　　　　千重子发现老枫树干上的紫花地丁开了花。

　　　　"啊，今年又开花了。"千重子感受到春光的明媚。

　　　　在城里狭窄的院落里，这棵枫树可算是大树了。树
　　干比千重子的腰围还粗。当然，它那粗老的树皮，长满
　　青苔的树干，怎能比得上千重子娇嫩的身躯……

　　　　枫树的树干在千重子腰间一般高的地方，稍向右倾；
　　在比千重子的头部还高的地方，向右倾斜得更厉害了。
　　枝桠从倾斜的地方伸展开去，占据了整个庭院。它那长
　　长的枝梢，也许是负荷太重，有点下垂了。

　　　　在树干弯曲的下方，有两个小洞，紫花地丁就分别

---

　　① 　孟庆枢：《川端康成与美术》，载《南京师范大学学报》2006 年第 1 期。

在那儿寄生。并且每到春天就开花。打千重子懂事的时候起，那树上就有两株紫花地丁了。上边那株和下边这株相距约莫一尺。

而对京都之春的代表——红色垂樱，作家先是绘出了一幅樱花盛开的大写意画：

连低垂的细长的枝梢上，都成簇成簇地开满了红色八重樱，像这样的花丛，与其说是花儿开在树上，不如说是花儿铺满了枝头。

然后作家又描绘了樱花充满生命气息的动态美：

这也是有名的樱树。它的枝桠下垂，像垂柳一般，并且伸张开去，千重子走到樱树荫下，微风轻轻地吹拂过来，花儿飘落在她的脚上和眉上。

最后，川端康成又写出红色垂樱倒映在水里哀艳动人的凄美。在这一部分的末尾，川端康成还将视角移到清水寺，居高临下绘出了一幅京都暮色苍茫的全景图，于中又生宏阔大气，可以说，作家由局部到整体，描摹出了令人心醉的京都春景图。

像这样的画面，在《古都》的每一部分里都能见到。比如嵯峨山中掩映在竹林中的尼姑庵、植物园里的樟树林荫道、

喷泉四周竞相怒放的各色郁金香、京都郊外美丽无比的松林、亭亭直立的北山杉林、夏空上燃烧着的彩云、秋季南山寺民居道旁成溜的胡枝子白花、冬季北三村的村景等等，川端康成用极富视觉效果的生动画面，再现了一年四季京都无与伦比的自然美。

四　动态感

动与静，作为一对范畴在自然风物中普遍体现。虽说大自然中的动与静对立而又统一，互相依存而又互相渗透，但对于川端康成来说，好像更喜欢"动"——动者为动、静者也为动。这一追求与日本传统文学中写景注重静寂的倾向形成鲜明对照，透露出现代人不同于古人的骚动不安的主体心灵结构。

"川端文学"写景极少静态描摹，而是在动态中展示自然之美，伴随着人物思想感情、心理活动，通过比拟、暗示、象征、移情等手法，极力显示自然景物的内在律动。另外，季节的流动更是动态感的体现。

在描绘自然风物外在性状的同时，揭示其内在的生命能量、生命活力，这本身就能使静物给人以动感：

野山茶树，是棵树干上积蓄着力量的老树。（《山音》）

黑松的树叶在昏暗的空中摇曳，显得强劲有力。（《睡美人》）

梅花弓形的雄蕊，宛如一轮新月，冲着蓝天把箭放射出去似的，将小小的花粉头向雌蕊扔去。(《春天的景色》)

大樟树的枝桠以奇异的弯曲姿态伸展着，而且互相盘缠，仿佛充满着一种使人畏惧的力量。(《古都》)

披上一层层薄雪的杉林，分外鲜明地一株株耸立在雪地上，凌厉地伸向苍穹。(《雪国》)

通过自然物之间的相互作用、相互影响，使景物描写化静为动：

正在说话的时候，发黄的叶子不断地飘落下来。因为没有风，叶子没有飘动，直接掉下来的。(《山音》)

电车的窗子上忽然映进了红色的花，是石蒜。开在线路的土堤上，电车一通过，花也摇动起来。(《山音》)

电车窗的亮光，在夜晚的林荫树茂密的枝叶间移动着。(《湖》)

以此为基础，运用比喻、拟人、感觉移入等手法，增强景物描写的动态感，这比动者为动更高一筹，因而在"川端文学"自然审美中，更是普遍至极。我们这里仅举几例：

据说，夏天在不忍池畔还可以听见荷花绽开发出的清爽的声音。(《上野之春》)

　　晨曦早早造访竹林，黄昏则捷足先登来到了杉树间。
此时正是白昼。竹叶宛如一丛丛蜻蜓的翅膀，同阳光嬉
戏作乐。（《春天的景色》）

　　黑松的芽像支铅笔。罗汉松的嫩芽像蜻蜓的翅膀在
飞翔。（《春天的景色》）

　　这两棵松树像要拥抱在一起似的，相互探出上半身。
树梢已经快要抱在一起了。（《山音》）

　　这是一幅严寒的夜景，仿佛可以听到整个冰封雪冻
的地壳深处响起冰裂声。（《雪国》）

　　灯火在寒峭中闪烁，好像在啪啪作响，快要崩裂似
的。（《雪国》）

　　待岛村站稳脚跟，抬头望去，银河好像哗啦一声，
向他的心坎上倾泻下来。（《雪国》）

　　移情、象征等手法也给"川端文学"的自然抒描带来一
定程度的动感。因为给自然景物注入人的情感心绪，或用自
然景物象征人物的命运、容貌、心理等，这自然而然就使自
然景物具有了像人一样的内在律动：

　　北山杉树的枝桠一直修整到树梢。在千重子看来，
呈圆形残留在树梢上的叶子，就像是一朵朵雅淡的冬天
的绿花。（《古都》，象征苗子纯美、坚强的生命）

　　犹如一条大光带的银河，使人觉得好像浸泡着岛村
的身体，漂漂浮浮，然后伫立在天涯海角上。（《雪国》，

注入了岛村无常、空幻的感念和心理活动)

动态感的写景，既有技巧，又有意兴；既有表现，又有审美。这是审美与表现的统一，情趣与技巧的统一。

不言而喻，动态感的实现是和川端康成对大自然风物观察体味之纤细分不开的。正因为体味之细致，才能把握自然界内藏的脉动。像下面这样的写景，很难分清楚它们是属于纤细感，还是属于律动感：

还没到八月初十，虫子还在啼叫。甚至还有像是穿过树叶之间的缝隙掉下来的露水珠的声音。(《山音》)

海鸣般的声音是山上的风雨声，不仅如此，还有那风雨尖端摩擦的声音，也渐渐地靠拢过来。(《山音》)

因而可以说，纤细感和律动感同时存在于"川端文学"的自然审美之中。

应当指出，文学描写上对纤细感的追求，也是日本审美的一个传统："他们通过微小的景象表现出生活中生命的情趣，也通过捕捉事物刹那间的印象来表现对生命本质的感悟，抒发对生命的怜爱。""日本人对于自然美的玩赏，是很有一种微妙的情趣的。"①

"川端文学"自然审美中对动态感的追求，又是和他的

---

① 戴季陶：《日本论》，海南出版社1994年版，第173页。

文化精神追求一脉相承的。我们已经阐述过，在川端康成的
文化心理根底，是把自然物作为富有灵性的生命体来看待的，
这可以说是大和民族生命崇拜意识在川端康成心理上的投射。
自然风物不只是身外的、异己的物体，而是成了似乎具有记
忆、可作见证、善于启示、可以对话、可以交心的生命体。
这种视自然物为活物的态度，自然而然就变成了景物描写中
对动态感的追求。这里，动态感的追求，也像其他自然美的
营构一样，万流归一地指向了川端康成的深层精神结构。

五 朦胧感

众所周知，在日本人的民族性格中，存在有含蓄、暧昧
的一面。他们生活中的语言表达是含蓄、暧昧的，作为其语
言之艺术的文学，在表达上也具有含蓄、暧昧的总体风格。
"川端文学"当然也不例外。正如有人所言："读者在阅读川
端文学的过程中常常有一种将完未完、似了非了的感觉。由
此折射出川端其人及其文学的一个特点，也是日本民族的一
个典型特征——暧昧。"[1] 另外，从美学的角度讲，自然美本
身就具有不确定性。不管审美主体投射上什么或塞进去什么，
大自然都无言而纳。而日本民族的审美情趣有一种淡化社会
功利、注重个人内心感悟、愉悦自我的倾向[2]。这种倾向在

---

[1] 周阅：《人与自然的交融——〈雪国〉》，云南人民出版社 2002 年版，
第 224 页。
[2] 王确：《主情的审美世界——谈日本人的美意识》，载《外国问题研究》
1992 年第 4 期。

文学艺术的表现上，必然造成"己昭人昏"的朦胧氛围。"川端文学"自然审美上的朦胧感，除了受到以上因素的影响外，还体现出创作主体一定程度的精神自觉。川端康成曾说："我从事艺术这行，就是不甚明了的事，我也能使自己明白。"但他又说，"也许我不知道，观察自然和人生往往是不甚明了的……于是，我渐渐懂得对事物不甚明了，本身就是一种幸福"。"对不懂自然和人生却感到幸福"①。所以，川端康成不大在意评论家分析自己的作品，也不太情愿解说自己的作品，说自己"对任何批评从不曾抗议过"，并认为"作品宛如一切生物，是无穷无尽的谜"，作者"解说自己的作品终究是限制自己作品的生命"②。这一切体现了川端康成企图通过艺术来把握浑涵神秘的宇宙人生而又把握不了；企图通过美来实现对现实人生的超脱而又超而不脱的复杂心境。因而有时免不了就会产生还不如把一切都归之于朦胧模糊的心情。体现在自然审美中，就是朦胧感。就表现方法来说，可归纳为下列四点：

其一，他经常化繁为简，对具体景物进行抽象含混的玄思，如下面关于秋虫的一段就很典型：

随着秋凉，每天都有昆虫在他家里的铺席上死去。

---

① ［日］川端康成：《川端康成文集·美的存在与发现》，中国社会科学出版社1996年版，第146页。

② ［日］川端康成：《川端康成文集·文学自传》，中国社会科学出版社1996年版，第98页。

硬翅的昆虫,一翻过身就再也飞不起来了。蜜蜂还可以爬爬跌跌一番,再倒下才爬不起来。由于季节转换而自然死亡,乍看好像是静静的死去。可是走近一看,只见它们抽搐着脚和触觉,痛苦的拼命挣扎。这八铺席作为它们死亡的地方,未免显得太宽广了。

岛村用两只手指把那些尸骸捡起来准备扔掉时,偶尔也会想起留在家中的孩子们。

有些飞蛾,看起来老贴在纱窗上,其实是已经死掉了。有的像枯叶似的飘散,也有的打墙壁上落下来。岛村把它们拿到手上,心想:为什么会长得这样美呢?(《雪国》)

这分明是一段关于生命与死灭、悲与美的玄思。遣文造句,虽算明白,但寓意却是浑涵不清的。乃至后来他在绘制满目秋色、夕辉晚照映衬下飞蛾翅膀上一点"透明的淡绿色"这一景画时,连画面也朦胧了。

其二,他一方面精选自然物象,进行粗线条勾勒;另一方面却赋予其宽泛深奥的象征意义。因而深奥莫测的象征和暗示,也造成了其景物描写上的朦胧感。

如《舞姬》中以波子家挡雨板上朦朦胧胧地落下冬日的枯萎的梅枝的影子,创造出淡淡的哀愁气氛来象征这个家庭的衰败和崩溃。

中篇小说《湖》中对家乡湖景的描写也因为充满了暗示和象征(乡愁情绪、母亲形象、恋人眼睛、情欲渴念等)而成为一种朦胧的镜像糅合。

其三，在此基础上，川端康成又经常把不同的物象和联想突然组合，更加增强了景物描写的朦胧感：

> 这些火星子迸散到银河中，然后扩展开去，岛村觉得自己仿佛又被托起飘到银河中去。黑烟冲上银河，相反地，银河倏然倾泻下来。喷射在屋顶以外的水柱，摇摇曳曳，变成了朦朦胧胧的水雾，也映着银河的亮光。（《雪国》）

这里，迸散的火星、飘浮的黑烟、倏然的银河、摇曳的水柱、朦胧的水雾，被突然组接在一个画面中，使人无法一下子廓清它们之间的相关性，而只产生一种朦胧模糊的感受印象。但它又的确很好地象征了人物那种恍惚、空蒙的心境，构成一种蕴藉含蓄的艺术美。这是手段和目的的高度统一，是物象和境界的溶渗和升华。

其四，作者经常把自己或人物的忧郁和感伤情绪渗透在景物描写中，加以浓化和渲染，造成幽深朦胧的境界。这可以说是"川端文学"对景物所进行的直接朦胧化处理。

> 茶室前那棵大夹竹桃，开满白花，远看只是朦胧一片白。夜色深沉，天树之分，已难于辨别了。（《千只鹤》）
> 山林一片悠悠绿韵之中，浮现出牧场草原柔和的色彩，披上黄昏的薄暮，好像梦一般。（《神津牧场纪行》）

《春天的景色》中的"疑是白羽虫漫天飞舞,却原来是绵绵春雨","被蒙蒙细雨打湿了的竹林,宛如一片绿色的长毛羊群,正耷拉下脑袋在宁静地安息";《雪国》中"对过杉林那边,飘浮着不计其数的蜻蜓,活像蒲公英的绒毛在飞舞","远处的重山叠峦迷迷蒙蒙地罩上了一层柔和的乳白色",如此等等描绘,都是有意识地用暮色、梦境、春雨、叠峦等造成朦胧的意境,把自然物的性状、色彩朦胧化,盘托出主体迷惘悒郁的心境。

《伊豆的舞女》中"我"在途中与舞女邂逅,在他们之间萌生的悲悯的爱本身就表现在若明若暗之间,也是朦朦胧胧的,如烟似雾,而作者对漫空飘洒的蒙蒙细雨的意象绘制,正好使人物复杂的感情和起伏的意绪融入自然之中。

应该说,川端康成的暧昧和朦胧不是漂浮在语言表面的迷雾,而是一种能够使作品更加深化、不断吸引阅读者目光的艺术手法。有人曾这样评价"川端文学"的暧昧和朦胧:当川端"不断地展开细部的时候,他也在不断地隐藏着什么。被隐藏的总是更加令人着迷,它会使阅读走向不可接近的状态,因为后面有着一个神奇的空间,而且是一个没有疆界的空间,可以无限扩大,也可以随时缩小。为什么我们在阅读之后会掩卷沉思?这是因为我们需要走进那个神奇的空间,并且继续行走"[①]。

总而言之,这些手法的运用常常使"川端文学"的自然抒描笼罩在一种朦胧、幽玄的氛围里,造成一种蕴藉、含蓄

---

① 余华:《温暖和百感交集的旅程》,新世界出版社1999年版,第3页。

的艺术美，让读者的想象在广阔的空间自由驰骋。无疑，朦
胧美是构成"川端文学"总体幻美情调的重要因素。

六　空灵感

"川端文学"写景，极少全方位的客观展现，而是努力
捕捉自然风物的突出特征。即便如此，也并不细描，而是在
素描淡写的基础上，抑实扬虚、无限远延、极力幻化，主观
上追求一种空幻邈远、迷蒙隐约的意境氛围；客观上造成一
种空灵飘动、融思畅神的美感效应。

> 在雪天夜色的笼罩下，家家户户低矮的屋顶显得越
> 发低矮，仿佛整个村子都静静悄悄地沉浸在无底的深渊
> 之中。(《雪国》)

——这是利用视觉上的错觉，把景物存在的空间伸展到无限，
让实存的景物带上空浮感。

> 对过杉林那边，飘流着一群蜻蜓。黄昏快降临了，
> 它们匆匆地加快了飘流的速度。……像被什么东西追逐
> 着，又像急于抢在夜色降临之前不让杉林的幽黑抹去它
> 们的身影。(《雪国》)

——这是突出景物的漂流，然后进行冥想，让人的远思遐想
代替景物的存在，完成虚化。

对岸陡峭的半山腰上开满了芭茅的花穗，摇曳起来，泛起耀眼的银白色。虽说白得刺眼，可它却又像是在秋空中翱翔的一种变幻无常的透明的东西。（《雪国》）

——突出景物的色彩和摇曳，刺激读者对色彩进行幻想，接着用比喻直接把实物幻化。

火势烧得更旺了。从高处望下去，辽阔的星空下，大火宛如一场游戏，无声无息。（《雪国》）

——拉开空间距离，使近物远化。

啊，银河！岛村也仰头叹了一声，仿佛自己的身体悠然飘上了银河当中。银河的亮光显得很近，像是要把岛村托起来似的。……茫茫的银河悬在眼前，仿佛要以它那赤裸裸的身体拥抱夜色苍茫的大地。……岛村觉得自己那小小的身影，反而从地面上映入了银河，缀满银河的星辰，耀光点点，连一朵朵光亮的云彩，看起来也像粒粒银沙子，明澈极了。而且，银河那无底的深邃，把岛村的视线吸引过去了。（《雪国》）

——这段描写，既飘又远，且充满幻觉。

以上诸例，在手法上，可以归结为：飘浮化、空虚化、幻觉化、玄远化。此外，作者还在景与人的互拟中，大量使用容易产生空灵感的词语，捕捉空蒙渺远的感觉，这不仅使景物描写透射出一种空灵之气，而且也使人物带上了某种梦幻色彩：

> 叶子近乎悲戚的优美的声音，仿佛是某座冰山的回音，至今仍然在岛村耳边萦绕。（《雪国》）
> 一旦沉默，我那安定下来的心就变成一泓平静而清澈的泉水，哗啦啦向远方滑去。（《篝火》）

有人做过统计，仅在《雪国》中，作者反复使用"象征世界"、"梦幻世界"、"遥远的世界"、"虚无缥缈"、"漫无边际"、"非现实"、"幻影"、"虚幻"之类词语就达 13 处之多。

此外，作者还常在梦幻境界、自由联想等意识流动过程中写景，制造象外之象、境外之境，这也带来一定程度的空灵感。如《雪国》中对应着黄昏景色和早晨雪景的两个镜像的绘制，就透射出一种飘飘忽忽、朦胧虚幻的审美氛围。这时，在"川端文学"自然审美中，朦胧感和空灵感又是相通并存的。

日本著名美学家今道友信指出：艺术上的最高沉醉，是通过物而实现了对物的突破①。"川端文学"的自然审美，无疑是强烈地渗透着这一追求的。如果说"川端文学"自然抒描上对某些特色的追求，如"季节感"、"色彩感"等还多局限于纯粹审美的意义，那么，对空灵感的追求，则指向了其

---

① ［日］今道友信：《东方的美学》，蒋寅等译，生活·读书·新知三联书店 1991 年版，第 133 页。

关于生命及宇宙本体的终极思维，即对有限的突破、对无限的向往，也就是生命的救助之途——艺术超越。"生命通过艺术而自救"①。日本古典名著《源氏物语》中有这样一段话："四季风物中春天的樱花、秋天的红叶，都可赏心悦目。但冬夜明月照积雪之景，虽无色彩，却反而沁人心肺，令人神游物外。"② 如果说"赏心悦目"还是一种纯审美的效应，那么"神游物外"则是超越精神的体验了。"川端文学"自然审美中神游物外的空灵美，就是创作主体超越体验在文学作品中的实践和表现。

以上分析，我们分了六点，但"川端文学"自然美境界的营构，在手法上经常是交互并用的。如下面一段：

> 这是一幅严寒的夜景，仿佛可以听到整个冰封雪冻的地壳深处响起冰裂声。没有月亮。抬头仰望，满天星斗，多得令人难以置信。星辰闪闪竞辉，好像以虚幻的速度漫漫坠落下来似的。繁星移近眼前，把夜空越推越远，夜色也越来越深沉。县界的山峦已经层次不清，显得更加黑苍苍的，沉重地垂在星空的边际。（《雪国》）

---

① ［德］尼采：《悲剧的诞生》，陈伟功、王常柱编译，北京出版社 2008 年版，第 7 页。

② ［日］紫式部：《源氏物语》，丰子恺译，人民文学出版社 1980 年版，第 42 页。

这段描写，既点出了季节，又有色彩对比，且富有动感，但又空灵朦胧。"川端文学"自然美镜像的营构，虽运用了诸多手法，但这些手法都极富层次感，且逐层递进，最后又都指向了创作主体的精神追求。这些特点同样体现于下面我们以"哀"为聚焦点而对"川端文学"自然美镜像所作的分析之中。

第二节　"哀"的聚焦

如果以"哀"（情）为聚焦点进行整理，对于"川端文学"自然美镜像的营构特点，我们则可以从下列几组关联体中加以辨析：

一　景与环境

文学作品中的环境，有自然环境、社会环境等。其作为作品中人物活动的背景和场所，对刻画人物形象、揭示作品的主题意蕴，有着至关重要的意义。"川端文学"中的环境构成，很少以社会生活、日常物事作为核心。即使有所涉及，也是轻描淡写、几笔带过。而主要是以大自然为背景，把人物置身于自然风景之中，展现人物的内心世界，强化作品的情感意蕴。"川端文学"那种浓郁独特的抒情基调也由此奠定。

这首先体现在作品的整体构思上，即不是以中心人物的

观光旅行为构思的基点，就是以季节的流动为谋篇布局的主线，或者是两者的结合。

《伊豆的舞女》就是以主人公"我"的旅行为构思的基点，在自然环境中展开故事、渲染主题的。"我"在旅途上和舞女及其家人邂逅相遇，结伴而行。于是，"我"和舞女的物事接触、情感交流，都是在美丽的大自然怀抱中，以自然风物为媒介而生发、升级："我们"在各自对风景的赞叹中体味对方的情爱心理，又在旅途中的相互照拂中，感觉这种情感的加深。随着旅程的延伸，"我"和舞女之间那种朦胧纤细的恋情也逐步深化和浓化。这里，自然风景不仅成为爱情的代言人，而且以其纯洁恬美的氛围很好地衬托了人物情感的纯真美好。相比之下，旅途停宿时，一些生活场景的描述就缺乏这种美学功能，因而作者常常是几笔带过。

在《雪国》里，作者则是把男主人公岛村的三次旅行和雪国初秋、严冬、初春的季节流动结合交叉，以寒气逼人、冰清玉洁的雪的世界为背景，很好地把握了女主人公那"悲美"的内心世界，并借此把这种准确的审美把握传递给了读者。

其次，体现在具体环境的创制上，即常把人物身处自然环境之时，作为展现人物情感心理特征的关键时刻，而很少把这一任务放在家庭关系、日常生活中来完成。

《古都》就是一个典型的例子。作品不仅以四季为框架进行谋篇布局，而且多在四时行事之时，对人物进行刻画。四时行事，是指日本民族一年四季例行的庆典活动，主要有观花、赏月、葵节、盂兰盆节等，活动内容均与大自然有关。

《古都》中写千重子身处祗园节热闹的鼓乐声中，却更向往
北山的杉林：

> 比起典礼的伴奏和节日的喧闹来，还是重山叠峦那
> 悠扬的音乐和森林的歌声更能渗进千重子的心坎。她仿
> 佛穿过北山浓重的彩虹，倾听那音乐和歌声……

借此，千重子那种柔静孤寂、多愁善感的内在性格显露无遗。

最后还体现在即使写生活居住环境，也极力突出自然风
物，用以暗示人物的性格和心理。如描绘苗子的居住环境时，
有意突出门前结着红色果实但显得杂乱无章的野生南天竹，
一方面象征苗子生命健康充实；另一方面，暗示苗子当时既
想让千重子看看自己的简陋住室，但又不想因此连累姐姐的
复杂心理。

把大自然当做人物活动的背景和环境，其意义不只在于
可以把自然风物信手拈来，作为人物情感的触媒、心绪的象
征，更主要在于自然环境自身所具有的风貌特征此时起着从
整体上渲染和规定作品抒情基调的作用。比如有人在谈到
《雪国》时指出："白雪弥漫的山村，给作品披上一袭洁白的
外衣，给读者以清冽纯净之感，这也是构思上讨巧取胜之
处。"① 此话就是就此而言的。

---

① 高慧勤：《雪国·千鹤·古都（前言）》，漓江出版社 1985 年版，第
7 页。

二　景与情节

"川端文学"中，情节的叙述常常伴随着对景物的描写，景物不仅起着联结人物关系、铺展故事情节的作用，甚至还能诱发人物的感情。如中篇小说《湖》，整个故事由幻想、幻听、联想、回想构成，时间倒叙，由近及远，空间交叉混合，但最终都以湖为中心。小说的构成、映像、情节发展和感情余韵都是梦幻一般，而湖是联想与回忆的主要触发物。湖在主人公桃井银平母亲的老家，是遥远的，作者借助湖把现实带到梦幻的世界，又从梦幻的世界引回到现实中来。如此这般，写景自然就成了情节推动的有机因素。情节是性格的历史，但是川端康成似乎要让人们相信：自然景物有时也是性格的有机组成。因为川端康成小说中出现的背景及景物已不仅是人物活动的空间范围，而是人物情感和心理的对象化，也就是把景物人格化。这些人格化的自然物不仅是作者用来观照人物命运发展的对象物，而且是人物自身个性特征的象征物。因而具有极为重要的美学功能。

在《古都》里，作者独具匠心地将故事情节的展开、人物形象的塑造完美地同古都的风物时令结合在一起，用写景来牵动情节，同时又把景物人格化，借景来塑造人物、表现感情，形成了一种独特的艺术魅力。

小说以四季为框架，把千重子和苗子的悲欢离合放在同一平面上，让故事情节随着四季景物的变化有秩序地深入展开：春天的苦苦思念，夏天的不期而遇，深秋的北山相约，隆冬的不告而别。小说首章"春花"，是从千重子家庭院中的老枫树上上下两株紫花地丁开花的印象情景开始的，千重子发现这两株花之后，不无感叹："上边和下边的紫花地丁彼此会不会相识、会不会相认呢？"作者在这里还没有道明千重子感慨的含义，只是说明千重子为这两株紫花地丁的生命所感动，引起了"无限孤寂"的感伤情绪。在"北山杉"一章再现这两株紫花地丁时，作者又借千重子的嘴说出："我也像生长在枫树干小洞里的紫花地丁"来象征千重子的命运，并将她对紫花地丁生命的惆怅色彩渗透到人物的心间，她发出的感慨不仅起到了故事情节铺展和人物感情流动的诱发作用，而且构成苗子登场后的微妙心理伏线。到了"祇园节"一章再一次出现同一物象时，千重子凝望着它，噙着眼泪遐思："上下两株小小的紫花地丁大概是千重子和苗子的象征吧！""以前不曾见面而今晚是不是已经相认了呢？"这才点明了上下两株紫花地丁的隐喻意义。这对孪生姐妹经过春夏的几次欢聚，到了深秋即将悲离，在"深秋的姐妹"一章最后一次（第四次）出现这两株紫花地丁时，它们的叶子"都已经开始枯黄了"。这简洁的一笔浓重地渲染了千重子与苗子即将悲离的感伤情调和沉痛心绪。可以说，此时的紫花地丁已经不单纯是物象的存在，而是与人物的心灵、精神以及人物命运、性格相通了。景物的变化和位移的过程，就是故事情节展开的过程和人物情感心理的流程，人物性格的发展从忧到喜，又由喜而悲，完全融进自然，和景物一体化了，从而给人以强烈的艺术感染力。

三 景物与人物

把自然风物、景物的美和人物形象的美融为一体，用大自然的美来表现人物的美，尤其是女性美，这在"川端文学"中是相当普遍的。川端康成曾说："女人比男人美……是永恒的基本的主题。"① 所以"川端文学"除几部描写自家身世的作品外，无不以女性为主人公。而运用各种艺术手法，表现女性的形体美（外在美）和情感美（内在美），可以说是"川端文学"的一贯追求。"川端文学"展现女性之美，很少正面直接描绘，而多是结合自然风物之美——或对比、或比拟、或烘托。因而，自然风物、景物在"川端文学"中常作为女性美的象征性、暗示性表述出现。此外，作者不仅以自己对景物美的想象去补充人物之美，而且还充分启动读者的想象来增强人物的美感。

《雪国》中，借助自然景色对驹子的外在美可以说从各个方面进行了工笔画式的描绘。写她的肤色美：

> 在她的脖颈上淡淡地映上一抹杉林的暗绿。（暗示）
> 她没有施白粉……娇嫩得好像新剥开的百合花或是洋葱头的球根。（比喻）
> 月光照在她那艺妓特有的肌肤上，发出贝壳一般的光泽。（衬托）

---

① 高慧勤：《雪国·千鹤·古都（前言）》，漓江出版社 1985 年版，第 7 页。

写她的身姿美：

从刚才她站在杉树背后喊他之后，他感到这个女子的倩影是多么的袅娜多姿。（暗示）

写她的秀发美：

也许是旭日东升了，镜中的雪愈发耀眼，活像燃烧的火焰。浮现在雪上的女子的头发，也闪烁着紫色的光，更增添了乌亮的光泽。（衬托）

额发不太细密……没有一根茸发，像黑色金属矿一样乌亮发光。（比喻）

写她的容貌美：

盈盈皓月，深深地射了进来，明亮得连驹子耳朵的凹凸线条都清晰地浮现出来。（暗示）

写她的服饰美：

她提着衣襟往前跑，每次挥动臂膀，红色的下摆时而露出，时而又藏起来，在洒满星光的雪地上，显得更加殷红了。（对比）

下面这个例子则更为典型——囊括了以上所有方面，但

又用笔极省：

> 姐姐是那样漂亮的美人，梳着天真的河童发，穿着
> 红色元禄袖打扫花盆上的积雪的姿态至今仍然浮现在眼
> 前。清冽明亮，漂亮极了。信州很冷，吐出的气都是白
> 的。（《山音》）

这段描写既有冬天这个大环境加以烘托，又用雪作背景，显示其服饰美、暗示其肤色白；还用"打扫"的动作引人想象少女的身姿；最后又用"吐出的气都是白的"象征青春少女周身所透射出的芳冽气息。这样，通过读者的想象，一个娇美亮丽、婀娜多姿、声息动人的青春少女形象一下就跃然纸上了。

在《古都》中，真一和千重子是青梅竹马一起长大的伙伴，真一心中暗恋着千重子。当他俩到平安神宫赏樱花时，作品借助真一对樱花的赞叹描绘了千重子的美丽："不论是垂下的细枝，还是花儿，都使人感到十分温暖和丰盈"，"我过去从没想到樱花竟然这般女性化，无论是它的色彩、风韵，还是它那娇媚的润泽"。这里作家虽然没有在作品中具体描写千重子的容貌、体态，但是通过真一借樱花对千重子的赞叹，可以想象出千重子似樱花般的美，而樱花也因千重子的忧愁、纯真情感的融入更加楚楚动人。

用自然景物之美来展现人物内在的心灵美，更是川端康成所长。如果说《古都》中的紫花地丁是千重子的象征，那北山杉又何尝不是苗子心灵的写照呢？

"北山的杉林层层叠叠，漫空笼翠，宛如云层一般。山上还有一行赤杉，它的树干纤细，线条清晰，整座山林像一个乐章，送来了悠长的林声……"苗子就生长、劳动在这里。她仿佛是北山杉的精英，也像北山杉一样挺拔、秀丽、生机勃勃、温良纯朴。而她对不曾见面的孪生姐姐的思念和关切之情缕缕难拂，浓郁得一点也不亚于北山杉的"漫空笼翠"。千重子在祇园节听到的"悠扬的杉林的音乐"就是苗子对千重子的幽幽挂念。及至后来姐妹相认后，在杉树下躲雨，这一象征意义就更明确了。作者在写了苗子扑在姐姐身上为其挡雨之后，有一段写景：

> 的确，北山杉树的枝桠一直修整到树梢。在千重子看来，呈圆形留在树梢上的叶子，就像是一朵朵雅淡的冬天的绿花。

无疑，作者是在喻示千重子和苗子的手足之情犹如杉树一样优雅、纤细和微妙，更以杉树的坚挺、秀丽，象征苗子纯良、正直的心灵美。

四 景与情

毫无疑问，日本人的审美是主情的，而且是"情借景生"，有人概括为"感兴自然、悯物宗情"①。笔者以为还应

---

① 王确：《主情的审美世界——谈日本人的美意识》，载《外国问题研究》1992 年第 4 期。

再加上一条，这就是"情因景达"。这不仅包含有"一切景语皆情语"的含义，而且还有着"唯景才足以情达"的含义。把丰富多彩、千差万别、瞬息万变的大自然作为主体世界外化和对象化的自由天地，人物情感世界的复杂、微妙借自然风物的丰富、纤细得以尽现；而通过心物合致、情景交融的意象和境界所生成的象外之象、情外之韵，来实现对感情的加深和远延——日本文学对"余情"、"幽玄"的追求，不能不说是日本美学对世界的一种贡献。

"川端文学"很少直抒感情，而多是移情于景，以景述情。此类例子真是不胜枚举。我们仅以《伊豆的舞女》中对"雨"的描绘为例，进行说明。

作品开头写"骤雨白亮亮地罩在茂密的松林上，以迅猛之势从山脚下向我追赶过来"，仿佛连雨点也在催促着"我"去追赶舞女。雨点把"我"和舞女联结，表现了"我"要去会见舞女的急如火焚的心境。夜雨听鼓声，以缠绵的雨引起"我"对舞女的无限情思。在夜雨中"我"听见鼓声，知道舞女还在宴席上，心胸就豁然开朗；鼓声一息，"我"就好像要穿过黑暗看透安静意味着什么，心烦意乱起来，生怕今夜舞女会被人玷污。作者在这里充分运用夜雨、鼓声来烘托"我"的内心情感变化，使"我"尽情地从心灵深处发出咏叹，表现了"我"对舞女的关注之深沉、爱恋之真切。作者之所以选择"雨"来作为核心物象，是因为雨连绵不断，与缠绵的情思非常和谐；雨透明晶亮，象征"我"和舞女纯洁的心、无瑕的友情。更因为雨与泪相连，泪雨如注，易于抒

发悲哀之情。"我"和舞女邂逅的全过程本来就很少语言，
以语言情更是少见，而是最大限度地把人物的感情心绪对象
化、物化，完全是情借景生，情因景达。

"川端文学"非常重视创制意象，追求"余情"和"幽
玄"。所谓"余情"，就是"不诉诸于语言表现，给人回味、
想象、感动"；"所谓幽玄，乃存于心中而不言于言表也"①。
总而言之就是要深远微妙。要想余情幽玄、深远微妙，在表
现手法上就要采用托物寄情以及与其类似的象征手法，也就
是通过丰富的自然景物、自然风物来建构意蕴、表情达意，
日本学者把这称之为"植物美学观"和即物主义（拟物主
义）的表现手法②。如果说，意境、意象的创制在东方文艺
中还比较普遍的话，那么通过象外之象、情外之韵来增加作
品的余情美和幽玄美，则更多体现了"川端文学"自身的特
点。叶渭渠在《川端康成评传》中指出：川端康成"不是一
般意义上的寓情于景或触景生情，而是含有更高层次的意味。
即他将人的思想感情、人的精神注入自然风物之中，达到变
我为物、变物为我、物我一体的境界"③。此时，不管是
"我"还是"物"都超越了自身存在，而成为一种象外之象、
情外之韵，也就是说，成了一种既深且远的、浸润人心的

---

① ［日］正彻：《正彻物语（日文版）》，和泉书院 1982 年版，第 58 页。

② ［日］今道友信：《东方的美学》，蒋寅等译，生活·读书·新知三联书
店 1991 年版，第 92 页。

③ 叶渭渠：《东方美的现代探索者——川端康成评传》，中国社会科学出
版社 1989 年版，第 112 页。

"余情"和"幽玄"。

如《古都》中，对以紫花地丁和北山杉为核心的意象创制，其艺术效果与其说紫花地丁和北山杉分别是千重子和苗子性格的象征，还不如说它们是人物内心情绪在自然界引起的一种感应。它们在作品中多次出现，不仅联结故事情节、暗示人物命运，而且诱发人物的情感，甚至让人觉得自然景物仿佛是在主动呼唤人的情感一般。自然随着情感流动，情感随着自然变化，情景不仅氤氲一体，而且各失其"身"——情已不再是原情，景亦不再是原景，而只是成为密集浓郁的艺术氛围的元素，淹没于无限深邃的意象之中。这些意象的外延，不仅加深了意象的内涵，而且延伸了情感表现的空间，在读者心中掀起了起起伏伏的情感波澜，这些情感的余波荡漾开去，就像空谷回音，久久不能平息，极大地催生着余情幽玄之美。

五　景物与心理刻画

在人类意识的海洋里，心理活动是属于深层次的，很难显现。而且，现代心理学又揭示出人类深层心理流动的无意识性、非理性性。惟其如此，心理现实主义的直接展示方法，就显得力不从心。而借助变幻无穷、本身具有不确定性的自然风物、自然景物，运用隐喻、暗示、象征、联想等手法，对人物的心理活动给予由表及里的全方位立体展示，就显得非常重要了。"川端文学"中的主要人物形象都有复杂而细腻的心理活动，因而"以景写心"对川端康成来说，既顺理

成章，也得心应手。在"川端文学"中，景物的述描往往成
为人物复杂心理活动的象征和暗示。用景的移动来启动意识
的流动，又用意识的流动来衔接情节。在《雪国》中，岛村
这个人物几乎是依靠心理描写的手段来刻画的，如在作品中，
读者经常可以看到"岛村心想……"、"岛村默默寻思……"、
"他又陷入了遐思"这类字眼。而心理描写又多借景物展示，
因此某种程度上也可以说是景物描写最后完成了对岛村形象
的刻画。正是通过景物所展示的心理，我们才得以窥到人物
及作者的深层精神结构。

作品开首名句："穿过县界长长的隧道，便是雪国。夜
空下一片莹白，火车在信号所前停了下来。"这寥寥数语既
点出男主人公岛村已经到达雪国，又写出了雪国的自然景象；
接着又写远方"那边的白雪早已被黑暗吞噬了"的自然状
态，给人一种冷寂、凄怆的感觉，不仅是岛村事隔一年又前
往探望驹子时，那种急于见到驹子又担心驹子另有新欢的局
促不安心理的暗示，也是驹子不祥未来的象征，因而对情节
的发展也是有力的铺垫。

接着写到映在车窗玻璃上的白雪、山火和叶子映像的重
合叠印，暗示了自己对叶子惊人美的渴慕心理，但又无缘亲
近。于是自然而然就联想到了委身于自己的驹子那美丽的容
颜在镜中和早晨雪景的叠印，并启动其意识向首次来雪国和
驹子幽会交欢的情节流动。岛村意识流动的此次转换，既衔
接了情节，又蕴藏着下列心理活动：叶子尽管美艳无比，但

却无缘接近，于是只好凭借回忆与驹子交欢时的情景来聊以自慰；通过这种回忆，自己对驹子"肌肤的渴念"更强烈了，而且仿佛也给自己那种感伤虚幻的情怀找到了依托，因而心理上也呈现出一种喜悦亢奋的状态。作品接下来有一段景物描写，就是岛村这种心态的写照：

> 从陡峭的山腰到山顶一带，遍地盛开着芭茅，白花花地一片银色，好像倾泻在山上的秋阳一般。啊！岛村不由得动了感情。

但是在到了目的地，受验了驹子的身心之爱后，他那种感物伤时的虚幻情怀又冒出来了——从映在化妆镜中白花花的雪景里，看见了驹子红彤彤的脸，又勾起了他对映在车窗玻璃上的景色和叶子的回忆。而这面镜子既是岛村的绘景，也是其虚构的虚幻美的象征。因而这第二次的意识流动则暗示了下列深层心理：岛村对驹子既依恋又背离，对叶子则是既感到渴念又感到虚幻。岛村本来想把同驹子的男欢女爱当作自己虚幻情怀的一种实实在在的依托，可是一旦受验，在现实中又感到无所依附，只有转向叶子。然而，叶子所象征的"美"必定存在于虚构的幻想世界，是永远可望而不可即的。小说最后还以银河的渺远空浮、叶子死时的飘飘欲坠，对这一深层意识进行暗示。

这就像生命对永恒的追求、人类对终极的探寻一样，同样是只能趋近而不能到达。有人指出："在川端康成笔下，

驹子和叶子是相辅相成的，一个代表'肉'、一个代表
'灵'。"① 换句话说，一个代表着生命的有限，一个象征着精
神的永恒。岛村这个人物形象就是作者深层精神结构中这两
个方面相互冲突的产物。尽管川端康成曾在《雪国》的后记
中声明："岛村不是我……与其说我是岛村，还不如说有些
地方像驹子。"② 可笔者觉得，在岛村身上不是没有作者的影
子的。作品在灵与肉的冲突中对这个人物所做的心灵透视，
实际上就是作者自身就这一问题进行精神探索的艺术写照。

日本著名社会心理学家南博在其论著《日本人的心理》
一书中说：人类生活中"只有肉体是真实的"，唯独通过肉
体"才能感到自己活着"——这一心理普存于日本人的内
心③。这说明了日本人生命追求的一个极端：肉欲、好色。
岛村对驹子"肌肤的渴念"就包含有这个因素。但是，"日
本人又特别地注重自我的心理平衡和更加纯粹的精神渴
求"④。这则代表了日本人生命追求的另一个极端：彼岸和终
极。肉欲的实现，只是生命对瞬间"实在"和沉醉的体验，
它不仅不会替代生命本体对无限精神和永恒美的追求，而且
还会使生命自身对"灵界"的向往更加强烈，更加难以遏

---

① 高慧勤：《雪国·千鹤·古都（前言）》，漓江出版社 1985 年版，第
8 页。

② ［日］川端康成：《川端康成文集·独影自命》，中国社会科学出版社
1996 年版，第 123 页。

③ ［日］南博：《日本人的心理》，刘延州译，文汇出版社 1991 年版，第
121 页。

④ 王确：《主情的审美世界——谈日本人的美意识》，载《外国问题研究》
1992 年第 4 期。

制。那生命的短暂"实在",其实也就如梦境一般无足轻重了:

> 尽管远离了驹子,岛村还不时惦念着她,可一旦来到她身边,也许是完全放下了心,或是与她肉体过分亲近的缘故,总是觉得对肌肤的依恋和对山峦的憧憬这种相思之情,如同一个梦境。

《雪国》中,岛村总是形容叶子的声音美得"空灵",是纯粹的声音。说她映在车窗玻璃上的倩影是来自"修远的世界",是"造化的默示",这其实就是把叶子当作了纯粹精神和永恒美的象征了。然而,灵的境界、无限精神,必定是可望而不可即的,因而显现在岛村的意识中,只能是既无法遏制自己对叶子的强烈渴念,又感到无边的徒劳和虚幻。

很明显,岛村的心灵历程和我们前面所分析的川端康成的精神构成是一致的。也就是说,岛村的精神探索在心理根底上是以生命对无限的追求、精神对终极的探索为内驱的;而他所表现出来的伤感和虚幻则源于他对灵与肉不能统一的无奈,源于他对无限和有限不能弥合的喟叹,是一种灵魂的深度痛苦。作品也曾就此点做过暗示——岛村说他很清楚驹子为何痛苦,而驹子恐怕一点也不理解他的痛苦。可以这样说,驹子的痛苦是生活的、际遇的;而岛村的痛苦是生命的、本体的。就连作者本人后来也不得不肯定这一点。在日本新潮社16卷版的《川端康成全集》的《后记》中,川端康成曾这样写道：

> 对《雪国》的作者我来说，岛村是一个让我挂念的
> 人物。我觉得岛村几乎没有写出来，但这也值得怀疑。
> 驹子的爱是写出来了，但岛村的爱写出来了吗？岛村的
> 内心沉浸着爱而不得的悲哀与悔恨。①

由此可以证明，作者对于岛村内心那种深层次的痛苦和悲哀
是有明确意识的，而且也想把它表现出来，只是最后成文时
在用笔上略少于驹子罢了。至此，我们可以认为岛村的虚无
悲哀就是川端康成所体验到的生命悲剧意识的艺术表现。人
类生命中的悲剧意识不仅引出了人对自己孤独命运的体认，
还引出了对这种命运的抗议以及试图超越它的种种努力。岛
村这一形象的意义不仅在于给我们展示了这一灵魂的深度痛
苦，而且还在于作者通过其心理流程暗示人们应持有对这种
痛苦的自觉。叶渭渠在《川端康成评传》中指出："川端康
成的虚无颓废的倾向。带有一定的自觉性。""是含有某种反
抗意味的"②。为了超越这种痛苦而进行的努力，对岛村来
说，就是作品中他神游物外的美的幻想；对川端康成来说，
就是其艺术创造本身——通过文学创作，创造永恒的艺术美，

①　[日]川端康成：《川端康成全集（日文版十六卷本）》，新潮社 1948—
1954 年版。

②　叶渭渠：《东方美的现代探索者——川端康成评传》，中国社会科学出
版社 1989 年版，第 173 页。

升华一切、超越一切，这就是川端康成精神探求的最后归宿。

同样，我们以"哀"（情）为聚焦点所分的这五个方面，在"川端文学"中也常常是交互渗透的，这从我们举例之相互交叉就可以看出来。不过我们也明显可以看到，"川端文学"自然美的营构在方法上是逐层深入的，并由此形成了"川端文学"自然美的多个价值侧面。

叶渭渠指出："川端文学"是"从精神和技法两个方面来具现日本文学的特质"的①。凭借上面的大量分析，我们既可以把其"精神"概括为"物哀"，也可以把其技法概括为"物哀"。不是吗？就其"精神"内容来说，"川端文学"以自然感悟为起点，以没入自然为终点，这中间包含着"生命崇拜的文化底蕴"、"生命悲哀的哲学思索"、"生命救助的美学追求"，投射到具体作品中，就相应地显现为：亲和自然的季节主题、悲叹人生的哀伤基调、超然物外的幻美追求。就"技法"表现来说，"川端文学"既以物人感应为手段，又以物人感应为目的，紧紧抓住物的气象和人的心态之间的交互流动，并以此对其作品进行全面渗透，使客观与主观两相融溶而又变化无穷，呈现出朦胧而清晰、明丽而隐没、纤细而空灵、简约而畅达、幻美而哀婉的丰富多样的审美品格。

精神的"物哀"和技法的"物哀"这两个方面的丰富内涵构成了"川端文学"独特的美的世界。这个世界尽管充满

---

① 叶渭渠：《东方美的现代探索者——川端康成评传》，中国社会科学出版社 1989 年版，第 79 页。

了象征，充满了暗示，充满了梦幻，并因此显得有点朦胧玄奥、虚无缥缈，但它所具有的价值和意义却是明晰的，也是实在的。

第六章

《雪国》的女性审美与自然审美

　　《雪国》是川端康成1968年获得诺贝尔文学奖的代表性作品。关于这一作品的题旨，历来众说纷纭。本章试图从女性审美和自然审美的角度，对这一世界名著复杂深奥的主题意蕴作一人文学意义上的触及和探讨，以期作为一个个案来佐证和照应本书的整个论析体系。

　　《雪国》的女性审美和自然审美都是极富魅力和人性深度的。可以说，象喻表述、理想倾注和哲思蕴含是作者实现女性深度化审美的三种途径；人文精神渗透、物哀情怀灌注、超越体验追求、终极精神归返则是其自然审美的四个深层内涵。

　　川端康成曾讲过这样两句话："女人比男人美……是永恒的基本的主题"①；"在小说家当中，我这号人大概是属于喜欢写景色和季节的"②。的确，在《雪国》中，这两个方面的描写都是相当突出的。作者对两位女主人公惊人美的准确捕捉和拓深展现，不仅使她们的这种美超越了文字的局限、永活于读者的美思妙想之中，而且还极大地增强了作品的内在情感意蕴和整体美感效应。《雪国》中的景物描写，更是丰富多样，内涵复杂深奥，充满了象征、暗示、幻想等内容。《雪国》主题最后直指女性与自然的双重拯救，而自然拯救是最后的、最高的拯救。

────────────

　　① 高慧勤：《雪国·千鹤·古都（前言）》，漓江出版社1985年版，第7页。

　　② ［日］川端康成：《川端康成散文选（下）》，叶渭渠译，中国广播电视出版社1999年版，第23页。

第一节 《雪国》的女性审美

《雪国》女性深度化审美的首要体现，就是对女性之美进行象喻式拓深展现。让自然美作为一个象喻系统介入对女性美的艺术营造，这不仅能拓深女性美的表现空间，还能远延女性美的存续时间。

让我们先来看一个例子：

镜子里白花花闪烁着的原来是雪。在镜中的雪里现出了女子通红的脸颊。这是一种无法形容的纯洁的美。

也许是旭日东升了，镜中的雪愈发耀眼，活像燃烧的火焰。浮现在雪上的女子的头发，也闪烁着紫色的光，更增添了乌亮的色泽。

这是作品中表现女主人公驹子之美的一个著名段落："晨景之镜"。尽管极少具体描绘，但驹子给人的感觉却是纯美之极、亮丽无比。在这里，景因人愈美、人借景更丽。景色自身不仅被提炼成为纯度极高的艺术美，而且还强化了人物的美感度和美的存在。像这种以自然景物为依托、运用比拟、烘托、暗示等手法对驹子之美进行象喻式拓深表现的例子在作品中比比皆是：

盈盈皓月，深深地射了进来，明亮得连驹子耳朵的凹凸线条都清晰地浮现出来。（暗示驹子面容柔美姣好）

驹子浓密的黑发在阴暗山谷的寂静中，反而显得更加凄怆了。（不直接写她秀发浓密乌黑，而是用寂黑的山谷进行衬托）

在她的脖颈上淡淡地映上一抹杉林的暗绿。（通过色彩的对比暗示她肤色洁白）

月光照在她的肌肤上，发出贝壳一般的光泽。……娇嫩得好像新剥开的百合花或是洋葱头的球根。（运用烘托和比喻写她肌肤娇嫩柔滑）

从刚才她站在杉树背后喊他之后，他感到这个女子的倩影是多么的袅娜多姿。（暗示她身段娇柔多姿，这是通过杉树的衬托显示出来的）

她提着衣襟往前跑，每次挥动臂膀，红色的下摆时而露出，时而又藏起来，在洒满星光的雪地上，显得更加殷红了。（通过对比、衬托写其服饰艳丽动人）

可以看出，以上描写均是借助景与人的相互象喻，营构出纲缊浓郁的艺术氛围，强化了女性审美的力度。这比起直接具体的正面描绘，更能带给人们艺术的余韵和遐想。除去上述手法，作品还在对人物的内心情感和外在美质进行准确、全面把握的基础上，进行大量的整体象征和意象重构，因而自然景色在作品中还常常作为女性美的象征性、意象性表述而独立出现。作品常以色彩的巧妙搭配和物象的突然组合来绘制幻美的意象空间，显示出作者那种既要以自己的联想来增强人物的美感，又要充分启动读者的想象的艺术匠心。

最典型的例子就是作者把驹子冰清玉洁、哀怜可人的女性美进行糅合，绘制出夜空里的"月儿皎洁得如同一把放在晶莹的冰块上的刀"这一境像空间。这一象征性和幻想性写景，既神传出驹子那种纯净而悲美的内质和外表，也催生着读者无限的审美遐想，使景色和人物都超越了自身，而成为一个恒远的美学触媒，取得了化暂为久的奇效。

罗兰·巴特指出："日本归根到底是一个符号的王国，在这块充满……种种象征的领土上，细节就代表着整体……所崇拜的物体如此重要，以致真正的人反而变得轻浮了。"① 也就是说，有些时候人只是作为美意识的象征而存在——是一种理想、一个幻想、一件触发美学遐想的导体。今道友信曾言："艺术上的最高沉醉，是通过物完成的向物的突破。"② 这其实道出了艺术审美的一个本质特征：艺术是最高自由状态的美的创造和体味，它最能体现人类心智的永不满足，尤其是人类永不满足的美感。而女性美则在人类的审美中有着极为特殊的意义：虽然权力的宝剑握在男子手中，但美的桂冠却戴在女性头上。在文学创作中，对女性美进行艺术遐想则尤能激发审美主体的激情和美感。因为女性美一旦和审美

---

① ［荷］伊恩·布鲁玛：《日本文化中的性角色》，张晓凌等译，光明日报出版社1989年版，第67页。

② ［日］今道友信：《东方的美学》，蒋寅等译，生活·读书·新知三联书店1991年版，第133页。

主体（创作主体和接受主体）的情感和理想融为一体，就很容易成为至美的象征。而只有在至美的境界中才能解脱有限事物的相对性，使之上升到自由和无限。认为人生即艺术甚至艺术支配人生的川端康成，喜欢在审美观照中进行无限遐想，这是理所当然的。这体现了他那种在广袤无垠的内心世界追求人生最高境界的渴望。

其次，《雪国》的女性审美还倾注了创作主体关于女性与爱情的至美理想。很少有人像川端康成那样在作品中把女性描写得至善至美而又富有献身精神的了。很明显，这是一种对于女性与爱情的至美理想追求。这种超越世俗人生、向指理想境界的最高女性原则的确立，与川端康成个人的生命体验、心路历程有着深刻的内在联系。

川端康成自幼就成了孤儿，因而养成了内向羞怯的性格、多愁善感的脾性。川端康成自己称之为"孤儿根性"。童年时代，他经常被人当做怜悯或轻视的对象，所以内心一直渴望得到人间的温暖和友爱，并为此执著憧憬、常耽幻想。正如他自己所言：由于家中没有女人，对于女性与恋爱自幼便有着莫明其妙的渴念与幻想[1]。可见，在作者的心灵根底，女性与爱情很早就具有了生命救助的意味。及至成人，这种深层的精神渴求则在其女性与爱情的体验中进一步得到强化：23 岁时，他得到了一位姑娘的爱，两个人还订了婚约。川端康成对此倍加珍视，视若生命。可是，一个月后姑娘却突然

---

① ［日］川端康成：《天授之子》，李正伦等译，漓江出版社 1998 年版，第 16 页。

毁约。这初恋的伤痕和体验从此更是深深融渗进他的心灵，构成一方永远无法填充却永远渴望填充的精神虚空，这一恒定的心理态势显现在文学创作中，就演化为川端康成关于女性与爱情的永恒的主题和永恒的幻想。

当时川端康成就这样讲过："我这样做（指他为了排遣痛苦而出外旅行），并不是要把她忘却，而是为了坐在火车里，犹如腾云驾雾，使现实感变得朦胧，以求创造出有关她的美丽的幻想。"① 及至后来，他越发感到："恋爱超越一切，成为我的命根子。"② 因此，川端康成总是喜欢把女性和恋爱作为自己文学遨游的主要内容。在这类作品中，他不仅凭借自己的艺术想象把女性写得美丽至极，而且对她们的恋爱也揉进了自己的感念和渴望，以此进行升华和理想化处理。

且看川端康成对女主人公驹子的描写：

> 玲珑而悬直的鼻梁虽嫌单薄些，在下方搭配着的小巧的闭上的柔唇却宛如美极了的水蛭环节，光滑而伸缩自如，在默默无言的时候也有一种动的感觉。如果嘴唇起了皱纹，或者色泽不好，就会显得不洁净。她的嘴唇却不是这样，而是滋润光泽的。两只眼睛，眼梢不翘起也不垂下，简直像有意描直了似的，虽有些逗人发笑，

---

① ［日］川端康成：《伊豆之旅（日文版）》，中央公论社 1981 年版，第 213 页。

② ［日］川端康成：《川端康成文集·美的存在与发现》，中国社会科学出版社 1996 年版，第 93 页。

却恰到好处地镶嵌在两道微微下弯的短而密的眉毛下。
颧骨稍耸的圆脸，轮廓一般，但肤色恰似在白陶瓷上抹
了一层淡淡的胭脂。脖颈低下的肌肉尚未丰满。她虽算
不上是个美人，但她比谁都要显得洁净。

　　玲珑而悬直的鼻梁，虽显得有点单薄，但双颊绯红，
很有朝气，仿佛在窃窃私语：我在这里呢。那两片美丽
而又红润的嘴唇微微闭上时，上面好像闪烁着红光，显
得格外润泽。那樱桃小口纵然随着歌唱而张大，可是很
快又合上，可爱极了，就如同她的身体所具有的魅力一
样。在微弯的眉毛下，那双外眼梢既不翘起，也不垂下，
简直像有意描直了的眼睛，如今滴溜溜的。带着几分稚
气。她没有施白粉，都市的艺妓生活却给她留下惨白的
肤色，而今天又渗入了山野的色彩，娇嫩得好像新剥开
的百合花或是洋葱头的球根；连脖颈也微微泛起了淡红，
显得格外洁净无瑕。

作者不仅把驹子写得美艳动人，而且还赋予了她无限丰富的
情感世界。驹子心地纯洁、渴望上进、充满青春活力，但又
无法摆脱艺妓生涯。惟其如此，从这个女子身上所迸发出来
的恋情爱意，才别有一番动人之处。她不在乎男主人公岛村
已有家室，全身心地爱着他。真情地给他讲自己的理想，主
动和他订立心灵之约。对岛村的敷衍，她虽曾哭过，还耍过
脾气，但转瞬就是万般柔情——这一阵强似一阵扑面而来的

浓浓爱意，不仅在读者心中掀起层层情感的涟漪，就连怀抱虚无思想的岛村有时也不能不感到心灵的颤动。

哲人有言：感情中沁人最深的，莫过于恋情。这是因为每一次真正的爱情都会是一次感情的历险，都让人有如死过一次又获得新生。如果说在人生中，强烈的永久的激情来自理想的爱情，那么在艺术中，最美丽的女性当是恋爱着的女性、最动人的情愫当是女性的恋情了。尤其是驹子那种拒绝一切功利的爱恋，就更增添了她女性美的魅力。作者不仅对驹子不思图报的纯真感情极力渲染，而且还借她之口说："能够真心去爱一个人的，唯有女人才做得到！"这实际上就包含有作者出于深层心理中初恋痛苦的补偿需求而对女性所做的理想化处理。那恒美的初恋——最初的、也是永远的心灵震颤，不仅给了川端康成涌泉般的艺术灵感，而且还使他在艺术创作中能永享这份震颤。在女性和恋爱的艺术畅想中，川端康成既可以追怀自己失去的爱情，而尤为重要的则是要通过爱与美来成就自己的人生和艺术：川端康成笔下的女性与爱情已超出了痛苦的个人体验，融入了作者对至纯至真至善的爱与美的向往之情，从而上升为一种人类普遍的精神渴求，呈示出涤荡人性污浊、进行爱之拯救的深层意蕴。作品中驹子超越一切功利目的的、至纯至真的爱，对负累现实的芸芸众生、碌碌凡夫不能说没有净化和升华作用。

此外，在《雪国》中，作者同时又把爱情和性欲看成是一种生命力的象征，以此表现自己对人的存在和生命本义的探求。日本人有一种普遍心理，即生命唯有通过肉体才能感

到活着①，但同时又特别注重更加纯粹的精神渴求②。这实际
上就是人类自身永远无法摆脱的难题：灵与肉的对立和冲突。
在日本人看来，灵与肉既是生命本义的两个重要方面，同时
也是生命力旺盛的标志。厨川白村认为：精神与物质、灵与
肉、理想与现实之间，有着不绝的不调和，不断的冲突和纠
葛。所以生命力愈旺盛，这冲突这纠葛就该愈激烈③。这灵
肉二元对立在人性深处所引起的震颤，是否就是生命的本真
呢？川端康成把这一拷问和思索投射于艺术，通过作品中人
物性爱关系的悖论建构给予了体现。

依仗祖产闲散度日的岛村，精神非常空虚。所以，当他
在雪国结识了艺妓驹子时，就一下子为驹子那种充满生命活
力和野性气息的少女美而倾倒，因而三番五次到雪国和驹子
幽会，通过"对驹子肌肤渴念"的满足，来寄托自己空虚的
情怀，体味生命之实在。然而正是在这种情欲的满足之中他
感到了不满足，正是在这种"实在"的体验之中，他觉出了
梦境般的虚幻：

尽管远离了驹子，岛村还不时惦念着她，可一旦来
到她身边，也许是完全放下了心，或是与她肉体过分亲

---

① ［日］南博：《日本人的心理》，刘延州译，文汇出版社1991年版，第
121页。
② 王确：《主情的审美世界——谈日本人的美意识》，载《外国问题研究》
1992年第4期。
③ 鲁迅：《鲁迅全集（13卷）》，人民文学出版社2005年版，第29—
30页。

近的缘故，总是觉得对肌肤的依恋……这种相思之情，如同一个梦境。

在和驹子相处的过程中，岛村还认识了叶子，一个迥异于驹子的、美丽的女性：她纯朴内向，在有些冷漠的外表之下，跳动着一颗比驹子更有献身精神和更富爱意的心灵。比起驹子的美来，她的美是内在的，更具有精神性。如果说驹子代表"肉"，那么叶子则象征"灵"。因而与对驹子具体而微的工笔画式的描绘不同，作者对叶子女性美的表现多似抽象的写意画，作品总是形容她的声音美得"空灵"，充满余韵，是"纯粹的声音"，实际上就是把叶子当成"纯粹的美"、"纯粹的精神"的象征了。这也正是岛村所反复感受到的那种叶子不同于驹了的"奇异的魅力"。岛村一方面为叶子所深深吸引，同时又无法割舍和驹子的肉体关系，于是只得彷徨于两人之间。因而时常是拥抱着驹子的肉体，渴念着叶子的灵秀；对驹子既依恋又背离，对叶子既渴望又远拒。

可以说，人物关系上和人物心理上这种类似哲学悖论的矛盾结构，内在地建构了作品的情感世界，其所呈现的形而上意蕴，使文本超越了人生如梦的悲叹，在某种程度上表达了人类生存的困惑及现代人"灵肉冲突"的矛盾本性。作品中女性美的内涵也由此得以丰富和拓深：超越了情与欲的层面，融入了现代的哲学意识，具有了哲理象征的内涵。

第二节 《雪国》的自然审美

川端对自然美之偏爱，由其民族深刻的文化背景所规定。人们把日本文化概括为"稻作文化"或"象征文化"是颇为准确的。它源自于对日本民族与大自然关系的深刻考察：

> 对于以农耕生活为基础的民族来说，不用说季节的变迁与生活有着密切的关系，接受大自然的恩惠而生活的意识也很浓。特别是对身处丰富的自然环境之中，经常满怀崇敬之情来观察四季变化状况的人们来说，对自然产生亲切感是理所当然的。①

如果说东山魁夷先生这段话回答了大和民族何以对大自然有着一种特别亲近感的社会历史缘由，那么川端康成下面这段话则指出了其中的文化心理根源：

> 广袤的大自然是神圣的灵域……凡是高岳、深山、瀑布、泉水、岩石，连老树都是神灵的化身。这种民俗信仰，现在依然作为传统保存了下来。②

---

① ［日］东山魁夷等：《日本人与日本文化》，周世荣译，中国社会科学出版社 1991 年版，第 22 页。
② ［日］川端康成：《川端康成文集·美的存在与发现》，中国社会科学出版社 1996 年版，第 264 页。

两位大家都道出了日本文化的一个重要内涵：亲和自然、崇拜自然。但这还不是问题的实质。依据马林诺夫斯基的论述，我们得知：把自然物作为神灵来崇拜的"神灵自然观"的核心，"实在是根据人性所有的根深蒂固的情感这个事实的，实在是根据生之欲求的"①。亲和自然就是亲和生命；自然崇拜，就是生命崇拜。"自然崇拜"不仅形成了大和民族敬爱自然的深层文化心理，而且还造就了这个民族把一切自然物都作为活物来亲近、来理解、来接受的情感思维特点。感受自然不仅成为他们进行精神内省的重要方式，而且成为他们文化活动的重要内容：风行日本的茶道、花道、盆景和园林艺术正是这一人文精神的物化显现。川端康成作品中的自然描写，无疑也是渗透着这一文化精神追求的，如《雪国》中彰然鲜明的"季节感"描写、生气灌注的动态写景等，无不与大和民族这一文化精神追求遥遥通合，其中所蕴涵的丰富生命意识和深厚人文积淀，使作品的自然审美具有了非同一般的深度和厚度。

感悟自然，同样也是日本美学的基础。日本学者柳田圣山以樱花为例进行说明：樱花是美的，一天早晨突然开放、刹那间又纷纷飘落，"与其因为飘落而称无常，不如说突然盛开是无常，因无常而称作美，故而美的确是永远的"②。这

---

① ［英］马林诺夫斯基：《巫术、科学、宗教与神话》，李安宅译，中国民间文艺出版社1984年版，第33页。

② ［日］柳田圣山：《禅与日本文化》，何平等译，译林出版社1991年版，第51页。

样，在日本人看来美就与无常相连、与悲哀相通了。他们在观察自然界生命的同时，对其自身的生命也进行观照和思索：草木之花结实，同人之荣兴——这种把自然和人生合为一体的思想，相当普遍地扎根于日本人的心理①。因而从自然风物的生长状态来体悟人生和美学，植物的盛衰荣枯当然就积淀为审美意识。这就是日本民族传统的美学思想：物哀。

"物"是指自然万物，"哀"则是指人的各种情感意绪，有感伤、也有渴念。感伤发端于生命短暂的哀叹；渴念则是哀叹中的憧憬、无望中的希望。日本人从自然物的随季荣枯引发出对生命短暂无常的哀叹；又在把这种生命哀叹投射于自然物的过程中，感到天物的哀怜、人生的欣喜，并获得一种"物人同命"的心理平衡和"天人合一"的生命超脱。可以说，"物哀"就是大和民族以"生命短暂的悲哀"为情感基调的对于大自然的全息而广达的审美感悟。在它的奥蕴里，既有着日本民族关于生命欣喜、哀怜的丰富感受，也有着他们对生命如花开花落般短暂无常的浓重悲叹，以及在此基础上产生的关于生命超脱的恒美幻想。"物哀"之所以成为日本美学和文学的最高原则和境界，就是因为它浓缩了大和民族关于生命与死亡、此岸与彼岸、瞬间与永恒、有限与无限的丰富深邃的生命体验，"融化了日本式的安慰和解救"② 的

---

① ［日］南博：《日本人的心理》，刘延州译，文汇出版社1991年版，第47页。

② ［日］川端康成：《川端康成文集·美的存在与发现》，中国社会科学出版社1996年版，第148页。

思想追求。

《雪国》中的自然描写和自然感悟，同样充满了这种"物哀"精神。所以，作品中的自然美，除了作为女性美的象征性表现以外，又有了自己相对独立的价值和意义。作品中关于秋虫和银河的描写就潜含着浓厚的"物哀"情调：

> 有一只飞蛾，好像贴在纱窗上，静静地一动也不动，伸出了它那像小羽毛似的黄褐色的触角。但翅膀是透明的淡绿色，有女人的手指一般长。对面县界上连绵的群山，在夕辉晚照下，已经披上了秋色，这一点淡绿反而给人一种死的感觉。只有秋风吹来，它的翅膀就像薄纸一样轻轻地飘动。

作者在此有意突出满目秋色、夕辉晚照下飞蛾翅膀上一点"透明的淡绿色"，说它"给人一种死的感觉"——这种从艳丽的自然色彩美一下迫向死亡的感念，只有那种思想在瞬间穿越了从生到死全过程的人才会有。

下面一段描写则从对秋虫濒死状态的观察直接进入"生命与死灭"、"艳美与悲哀"的"物哀"式玄思和冥想：

> 随着秋凉，每天都有昆虫死去。只见它们抽搐着腿和触觉，痛苦地拼命挣扎。这八铺席作为它们死亡的地方，未免显得太宽广了。
>
> 岛村用两只手指把那些尸骸捡起来准备扔掉时，偶

尔也会想起留在家中的孩子们。岛村把它们拿到手上，心想，为什么会长得这样美呢？

对银河、星空景象的描写，由于融进了三位主人公的生离死别，"物哀"情调就更加明显。岛村和驹子即将分手，而叶子突然在一场大火中丧生，这时作品穿插进星空和银河的写景：

> 火势燃烧得更旺了。从高处望下去，辽阔的星空下，大火宛如一场游戏，无声无息。
> 犹如一条大光带的银河，使人觉得好像浸泡着岛村的身体，漂漂浮浮，然后伫立在天涯海角上。这是一种冷冽的孤寂。

当叶子的身体"在空中成水平的姿势"像个玩偶似地瞬间从楼上坠落地面时，岛村看到了"叶子的腿肚子在抽搐"，这不由得使他想到了秋虫临死前的挣扎，"一种无以名状的痛苦和悲哀向他袭来，使得他的心房激烈地跳动着"。寥廓永恒的星空，在此强烈地引发出人对自己"不能与天地同一存在"的"冷冽的孤寂"和"短暂即逝"命运的体认，表现了现代人灵魂的深度痛苦与悲哀。"秋虫意象"和"银河意象"在《雪国》中多次出现，已成为作品整体意象的重要组成部分，因而在建构整个作品的"物哀"内蕴和"悲美"风格方面，发挥着重要的美学功能。

作品中关于"暮景之镜像"的绘制，从另一面体现了"物哀"精神，这就是：以哀叹生命为发端、以生命超脱为内驱的、对超现实的幻美境界的冥想与暗合。"物哀"既是审美态度，又是审美方式。作为审美态度，它偏重于以一种空漠伤感的情怀去悯物宗情，因而它容易使人在现实中产生伤逝感时的悲叹。作为审美思维方式，它的重点既不在"物"也不在"哀"（情）；不在你"想什么"、"怎么想"，而在于"想"本身，也就是脱然无累、自由无羁的"神与物游"。此刻的"物"，只是无限美学遐想的起点和触媒，而任凭审美本身自由飞翔。因而它又很容易把人导入超现实的虚幻境界。可以说，"物哀"体现了日本民族那种强调在自由心态基础上进行审美观照和审美创造的较为纯粹的美意识。正如川端康成所言："离开和超越思想与是非善恶，静静地冥想默祷，乃是日本美的精神的传统。"① 在随心所欲的幻思冥想之中，求得心理平衡、化解人生负累，进而还能使沉重的"生命悲叹"变得轻盈如梦，在瞬间成就永恒：

> 黄昏的景色在镜后移动着。……而且人物是一种透明的幻象，景物则是在夜霭中的朦胧暗流，两者消融在一起，描绘出一个超脱人世的象征的世界。
>
> 在遥远的山巅上空，还淡淡地残留着晚霞的余辉。……只有身影映在窗玻璃的部分，遮住了窗外的暮

---

① ［日］川端康成：《川端康成全集（日文版三十卷本）》，新潮社1981—1984年版，第（34）76页。

景，然而景色却在姑娘的轮廓周围不断地移动，使人觉
得姑娘的脸也像是透明的。……这使岛村看入了神，他
渐渐忘却了镜中的存在，只觉得姑娘好像漂浮在流逝的
暮景之中。

　　这当儿，姑娘的脸上闪着灯光。……她的眼睛同灯
火重叠的那一瞬间，就像在夕阳的余辉里飞舞的妖艳而
美丽的夜光虫。

不难看出，作者在这里想要着力勾画的，正是一个超现实的、
永恒的幻美境界。在这一美的幻境里，女性美和自然美既是
审美本身，又是美学触媒。在此，一切融合为一，一切被美
升华同时也升华为美。美丽纯情的女子和美丽无瑕的自然共
同绘制了这纯美的瞬间，正是在这纯美的一瞬，心灵感到了
最深刻的颤动，体验到了人生最具魅力之处；生命超脱了所
有的负累，享受到最充分的自由。有限升华为无限、瞬间成
就了永恒。因为景与人此刻高度融合所体现的境界，已超出
其自身在经验中所能提供给人们感官和理解力的范畴，而成
为一种超感性境界趋向永恒精神境界的暗示和象征。以悲叹
生命短暂为内核的人类忧患意识，并未停留于对死亡的沉思
默想，而是寻求各种超越方式来实现生命的永恒。超越，可
以说是生命的本质特征，也是生命的最高追求。作品所营构
的这一超现实的、永恒的幻美境界，就是审美主体超越意识
的体现。是岛村的超越，更是川端康成的超越——艺术创造
的恒美超越了生命的有限。正如尼采所言："生命通过艺术

而自救"①；川端康成自己则说："在文艺殿堂中找到解决人的不灭，而超越于死。"② 在这里，美被抬到了最高位置，也标明了它最高的意义。在世界越来越物质化、生命越来越感官化的趋势下，川端康成却始终标举"美"的旗帜，体现了艺术家超人的胆识和深刻的思想。

第三节　《雪国》的双重拯救主题

《雪国》既充满象喻，又相当深刻。因此，日本学者橘正典颇有见地地指出：《雪国》是一部"纯观念的虚幻小说"③。笔者以为，这部小说所蕴涵的核心观念就是灵魂的拯救与净化。与前文分析相对应，《雪国》的主题思想既表现为女性拯救，又表现为自然拯救。

女性拯救与自然拯救是通合的，因为女性与自然无论外在品貌上还是内在精神上都有通合之处——外在品貌上的美丽、纯洁、恬静、柔和；内在精神上的生命意识、母性品征等。"生命意识"主要是指她们都称得上是生命的摇篮，因为女性是人类生命的主要孕育者，正如托尔斯泰所言"女性

① ［德］尼采：《悲剧的诞生》，陈伟功、王常柱编译，北京出版社2008年版，第7页。
② ［日］川端康成：《川端康成全集（日文版三十七卷本）》，新潮社1981—1984年版，第（32）414页。
③ 张国安：《执拗的爱美之心——川端康成传》，世界图书出版公司1994年版，第114页。

是人类的母亲"；而大自然不仅本身拥有多种生命形式，又
是人类生活资料（尤其是衣食）的最终提供者，人们平常所
言"大地负载万物"、"大地母亲"指的就是这个意思。所
以，亲近自然就是亲近生命，崇拜自然就是崇拜生命。不过
对于日本民族而言，"崇拜自然"同时又包含着崇拜自然的
人性的意味。日本学者中村元指出："日本人倾向于一如原
状地认可外部的客观的自然界，与此相应，他们也倾向于一
如原状地承认人类的自然的欲望与感情。"① 集中体现就是
"性爱崇拜"，所以日本民族视"性与爱"为人的旺盛生命力
的标志，而"性爱"又与女性相关，所以女性也就与"生命
意识"相通合了。"母性品征"是指女性与大自然都具有给
予、包容、祥和、温存等母性品格。惟其如此，人们用来指
代女性的第三人称"她"同样也用来指代大自然。弗洛姆
说："母亲是我们的家，我们来自那里，母亲是大自然，是
土壤，是海洋。"②

　　女性与自然的相通相融在《雪国》中体现为以下几点：

　　首先，"连作品中两位女性人物的名字也是由动物（驹
子）和植物（叶子）命名的，女性不过是自然之物"③。也
就是说，驹子和叶子在某种程度上是大自然的象喻。

　　其次，男主人公岛村对女性的爱欲冲动是伴随着对大自

---

　　① ［日］中村元：《东方民族的思维方法》，林太、马小鹤译，浙江人民出
版社 1989 年版，第 238 页。

　　② 何显明：《飘向天国的驼铃》，上海文化出版社 1990 年版，第 15 页。

　　③ 张艳萍、王山太：《从川端的女性意识——〈雪国〉之我见》，载《唐
都学刊》2004 年第 1 期。

然的审美活动的。有人这样分析："岛村认为自己的所作所为是徒劳的，生活态度消极。即使如此，岛村依然在寻求自我，喜欢登山，接近自然。他第一次来到雪国登山休闲之后，便产生需要女人的欲望。在温泉旅馆结交了艺妓驹子，被驹子的洁净、美貌、勇敢所打动，满足了一个男人的自尊。……此后，便接二连三地来到雪国，领略大自然风景的同时又与驹子幽会，他感悟到一旦离开驹子就会频繁地想起她，来到驹子的身边就觉得安心泰然，对驹子的肉体的渴望和对大山的向往是同样的魂牵梦绕。"①

再次，文本中多次写到女性之纯洁和自然之纯洁的通合。如女主人公驹子给岛村留下的最初也最深刻的印象是——洁净得出奇，岛村却以为这是自己刚刚看过初夏的群山的缘故。

最后，作品中的"暮景之镜"、"晨雪之镜"等则是女性美和自然美交融所营构的至纯至美境界的象征和暗示。

川端康成曾明确表示："女性与自然一样常常是有生命力的明镜，是新的源泉。"② 总而言之，大自然的生命力让岛村对生命力旺盛的驹子产生爱欲；美丽纯情的女性（驹子和叶子）是大自然的精灵，美丽无瑕的大自然是女性的化身；女性与自然交融所营构的境界往往是至纯至美的化身，是永恒无限精神的象征和暗示——这些可以说是《雪国》文本中

---

① 张艳萍、王山太：《从川端的女性意识——〈雪国〉之我见》，载《唐都学刊》2004 年第 1 期。

② 孟庆枢：《爱的渴望、祈祷、形变与升华——川端康成作品世界探微》，载《东方丛刊》1994 年第 3—4 期。

女性与自然通融一体的集中体现。惟其如此，在作品中，女性拯救与自然拯救是同步进行的，但自然拯救高于女性拯救，自然拯救是最后的拯救。

一　女性拯救

日本学者长谷川泉在《川端康成论》一书中指出："我们每个人无论谁，都是富有恶业和原罪的，对此人们依据佛教和基督教努力向彼岸进发。但是救济的办法就在身边，靠艺术救济，靠女性救济。艺术作品以其美、女性以其爱，可以拭去横亘在人类存在深处的罪恶感。"① 作为"心灵的漂泊"者的岛村，在作品中就历经了由色欲到情爱、由"肉"到"灵"、由"即"到"离"的被女性拯救和自我救赎的心路历程。

作品中的两位女主人公驹子和叶子都是象征性的人物，她们对男主人公岛村都具有拯救意义，这就是她们的纯洁和顽强触动并影响了世俗而空虚的岛村。两位女主人公对岛村的拯救意义在内涵上有着不同的侧重点：岛村从驹子那里更多得到的是人生的充实和生命力的再注，从叶子那里主要得到了心灵的净化与精神的救赎。

在作品中，驹子形象主要象征充满活力的肉体生命，体现着一种顽强的生命意识，简言之就是象征着"肉"的理念。具体说来又有如下几个方面：

---

① ［日］长谷川泉：《川端康成论》，孟庆枢译，时代文艺出版社1993年版，第65页。

其一，象征"纯洁无私的精神"。驹子的纯洁无私在精神理念上给了岛村很大的触动。驹子给岛村留下的最初的印象也是最深刻的印象是——"洁净"：

> 女子给人的印象洁净得出奇，甚至令人想到她的脚趾弯里大概也是干净的，岛村不禁怀疑起自己的眼睛，是不是由于刚看过初夏的群山的缘故。

后来又多次写到"她比谁都要显得洁净"，"显得格外洁净无瑕"。正是驹子的洁净，使得岛村在初见之下曾经力图避免同她之间发生客人与艺妓之间通常所发生的事情。"洁净"这个词被川端康成毫不吝惜地重复使用于驹子身上。作品还写到，在日常生活中，驹子总是勤快地打扫房间，而且"神经质地连桌腿、火盆边都擦到了"；在住处的墙壁上她"精心地贴上了毛边纸"，所以"墙壁和铺席虽旧，却非常干净"；平时，就是要洗的衣服也都叠起来，还因此被人取笑过；跟岛村说话时，也不忘随时捡起脱落的发丝；一旦看见烟灰掉落下来，就悄悄地用手绢揩净，然后给岛村拿来一个烟灰缸；连睡觉时的被褥床单也希望铺得整整齐齐。驹子把这些生活细节上的习惯称作自己的"天性"，其中的深层含义就是，无论驹子过着一种怎样的生活，在本质上她仍然是一个洁净的女子。

驹子外表的洁净象征着她心灵的洁净，正如她自己对岛村说的："只要环境许可，我还是想生活的干净些。"所以在

作品中，"洁净"这个关键词不仅是指驹子的身体和生活习惯，更重要的还是指她的生存姿态和内心世界。驹子明知与岛村的恋情是徒劳的，但依然爱着他。这种爱，不是肉体的交换，而是爱的无私奉献，是不掺有任何杂念的、女性的自我牺牲。通过这一形象川端康成"褒扬了女性无私的自我牺牲精神"①。从东京来到雪国的岛村，在驹子身上看到了与都市人极端膨胀的个人主义完全不同的为他人献身的精神。这才是驹子内在的洁净。

其二，象征"生命的热情与活力"。"驹子"这个名字本身就是生命活力的象征。有学者指出：川端康成往往利用名字来寄寓自己的某些意图或思考。"驹"字在日语和汉语中都是"小马"之意，这个名字就是借助称谓来暗示马与少女的同一关系。马与少女的组合可以将马的力量赋予女性，因此最适宜于表现蕴藏在女主人公精神深处的强大生命力②。另外，从总体上看来，驹子这一形象是笼罩在热烈的红色色调之中的，浑身都焕发着青春与活力。"岛村正陷在虚无缥缈之中，驹子走了进来，就像带来了热和光。"《雪国》中的这句话并不仅是一个场景或细节描写，它是对岛村与驹子这两个人物形象生命状态的暗喻。岛村既没有目标又没有追求，他迄今为止的生命以及未来的人生就是一场虚无，而驹子的

---

① 张艳萍、王山太：《从川端的女性意识——〈雪国〉之我见》，载《唐都学刊》2004年第1期。

② 周阅：《川端康成文学的文化学研究——以东方文化为中心》，北京大学出版社2008年版，第316页。

出现，的确是在他的生活中投入了热和光。驹子红扑扑的脸颊在小说中不时闪现。有时，她的"眼睑和颧骨上飞起的红潮透过了浓浓的白粉"，使她在"雪国之夜的寒峭"中仿佛"给人带来一股暖流"。室内的光线明亮时，她的"绯红的脸颊"异常清晰，以至使"岛村对这醉人的鲜艳的红色，看得出了神"。岛村以为如此通红的脸蛋，一定是被冻成这样的，但驹子说："不是冻的，是卸去了白粉。"每当她"用冷霜除去了白粉，脸颊便露出两片绯红"。也就是说，这鲜艳的红色，正是驹子的本色。当她靠在岛村怀里时，岛村的感觉是："多温暖啊。"而且，她总是"一钻进被窝，马上就感到一股暖流直窜脚尖"。正如驹子自己所说，她"天生就是温暖的"。在岛村看来，驹子"简直像一团火"，驹子也毫不讳言地说自己是"火枕"，会把岛村"烧伤的"。在雪国的严寒与素白的映衬下，红色的灼热的驹子显得格外艳丽动人，正如作品中所写的那样，"山中的冷空气，把眼前这个女子脸上的红晕浸染得更加艳丽了"。川端康成把驹子红红的脸颊和一片雪野同时叠映在一面镜子之中，以红白的强烈色差，象征着严峻生活中驹子执著的生命。正是这份执著震撼了岛村，使得这个空虚的人感到了什么是真实：

　　岛村闭着眼睛，一阵热气沁进脑门，他这才直接感受到自己的存在。随着驹子的激烈呼吸，所谓现实的东西传了过来。

可以说，驹子的整个精神世界就凝结在她纯洁的追求和炽热的身体上。

其三，还象征着"认真而执著的生活态度"。驹子虽然仅仅是生活在偏僻山村里的一个弱女子，但她却能够真实地面对自己。岛村第二次到雪国，驹子的感情已经陷得很深。在岛村离开的前一天晚上，虽然已经快十一点了，但驹子硬要到冰天雪地的寒夜中去散步，并"带着几分粗暴"地把岛村从被炉里拖了出去。回来之后，她先是无精打采，一声不响，接着一会儿说"我要回去了"，一会儿又说"不回去了，就在这里等到天亮"，反反复复，驹子复杂的心情在矛盾的言词间尽现无遗。她清楚地知道岛村是不属于雪国的，这场感情终将无果，但面对就要离去的岛村，又是那么难舍难分，无法自持。她毫不隐瞒地对岛村说自己"心里难过"，并且重复了多次。当他们终于第三次见面时，已经是第二年的秋季了，驹子依然没有忘记当初的心情，率真地对岛村说："我不再给你送行啦，真说不上是什么滋味！""我没想到送行竟会那么难受啊。"驹子从不欺骗自己，也不欺骗别人，对于自己的感情，驹子的内心是光明磊落的。她直言不讳地对再度失约的岛村述说自己怎样如约返回雪国，怎样望眼欲穿地等候。岛村说："来封信告诉我不就成了吗？"驹子立即语气激烈地反驳道："才不呢。我才不干这种可怜巴巴的事。那种给你太太看见也无所谓的信，我才不写呢。那样做多可怜啊！我用不着顾忌谁而撒谎呀！"驹子的坦荡与朴素，使虚伪的岛村自惭形秽，不由得"低下了头"。

尤其难能可贵的是沦落风尘的驹子能够坚持爱自己所爱。
她师父的儿子行男死后，岛村曾揶揄地说要去看看她"未婚
夫"的坟墓，这令驹子大为恼火，她"陡然地跷脚站起来，
直勾勾地盯住岛村，冷不防地将一把栗子朝他脸上扔去"，
严厉地斥责岛村把自己当傻瓜来作弄。行男这个人物在小说
中没有正面亮过相，仅仅是一个道具。关于他与驹子的关
系小说叙述得很模糊，只是通过按摩女之口说他跟驹子订过婚，
并且按摩女也是"听说"的，因此实际上并不清楚两人到底
是否有过婚约，但驹子对行男没有爱情，这一点是很清楚的。
所以，岛村那种不负责任的说法才惹恼了驹子，接下来两人
之间有这样一段对话：

"这座坟同你有什么关系值得你去看呢？"
"为什么这样认真呢。"
"对我来说，那着实是一件正经事。不像你那样玩
世不恭。"
"谁玩世不恭啦？"他有气无力地嘟哝了一句。
"那么，你为什么要说是我的未婚夫呢？以前不是
跟你讲得很清楚了吗？不是未婚夫嘛，你忘记了？"

从这段对话可以清楚地看到岛村和驹子对待感情的不同态度。
对岛村来说，不必要那么认真，而对驹子来说，则"着实是
一件正经事"。面对驹子，岛村连搪塞也是无力的，满把的
栗子把岛村的脑袋砸得生疼，驹子的认真和倔强也以这有力

地一掷显示给了岛村。驹子为岛村付出了全部，但她的行为绝不同于一般的烟花女子。她之所以不断地前往岛村处过夜，是情之所至，不能自已，而不是出卖肉体。川端康成刻画了"一位性格鲜明、敢爱敢恨、自强不息的女性形象"①。

　　川端康成在铺陈故事的时候，精心设计了许多情节来体现岛村与驹子的反差。比如，在伸手不见五指的凌晨三点钟，驹子醉醺醺地爬上坡道来见岛村就是因为"说过要来就来了嘛"。她的信守诺言与前后文中岛村的几度失约形成了强烈的对比。作为艺妓，驹子在忙于应酬各种宴会时总不忘抽空来看岛村，每次都是在早上七点和半夜三点这样不寻常的时间，足见她的感情多么"非同一般"，而且即使无法抽身时，驹子也想方设法让别人捎信过来。这与在东京无所事事，闲极无聊才到雪国来会见驹子借以消遣的岛村又是何等的不同。岛村去溪流尽头观赏红叶，路过驹子的家，那时驹子听见车声，立即断定是岛村，便跑到外面来看，而岛村却连头也不回。驹子既要赴宴，又要做工赚钱，但只要被唤到岛村投宿的客栈，必定去看岛村，连去浴室的时候也总是顺便过去。每次她都一五一十地把转了哪几家客栈、去了什么样的宴会等琐事细细地向岛村说一遍。可是岛村却是"什么都心不在焉了"，所以，驹子诘问道："有朝一日连对生命也心不在焉了？"可以说，这一反问充分点明了两个人人生观和生命状态的不同：驹子认真、坚强、热情、执著、充实；岛村敷衍、

---

　　① 张艳萍、王山太：《从川端的女性意识——〈雪国〉之我见》，载《唐都学刊》2004 年第 1 期。

轻浮、麻木、冷漠、无聊、空虚。

可以说，孤独、冷漠和虚无是岛村人生观的根底，麻木、空虚、无聊是他生命状态的特征，所以，他对人生不抱什么希望，对他来说一切都是徒劳。他想要逃避社会，为此来到雪国，但仍然无所事事，几乎丧失了自我，没有什么能够引起他的热情，作品中到处弥漫着岛村散发出来的无力感和虚无感。但是，在岛村与驹子的交往过程中，随着岛村对驹子了解的深入，驹子对他的无私的性爱、驹子在苦难中所表现出的坚强，不断触动着岛村那颗麻木而冷漠的心，使他逐渐有所感悟和自省，并最终获得了拯救。可以说，《雪国》中岛村对驹子的了解过程就是岛村的自我观照的过程和自我醒悟的过程，岛村正是通过这一过程使自己在精神空虚中寻求到了归宿和拯救。我国青年学者周阅在论及此点时指出①：从主题来看，《雪国》并不是那种落入俗套的负情小说。比如：无为徒食的上层人物为了调剂百无聊赖的生活，偶然踏访雪国，在那里遇见了漂亮的年轻姑娘，受其美貌的吸引而与之密切来往，并一时兴起再度造访，但最终将其抛弃。《雪国》的内容绝非这种简单的"始乱终弃"的既定模式所能概括，其中的关键就在于岛村这个让川端"惦念"的人物，由于他的在场，使得人物关系复杂化了，同时也使小说的主题更为深刻。仅从作品的构成来看，岛村所占的比重也是相当大的。历来关于岛村只是一个"虚像"的观点已经成

---

① 周阅：《人与自然的交融——〈雪国〉》，云南人民出版社2002年版，第224页。

为不可推翻的定论，然而，在这虚像的内部却有着令人深思的东西——岛村是一个自省式的人物。岛村之所以受到驹子的吸引，是因为他从驹子的生存方式中发现了自己的弱点，驹子身上的闪光之处，正是岛村所暗暗追求或者说潜意识中所憧憬的东西。如果岛村仅仅是因为驹子对自己的爱而受到触动的话，小说就太过平凡了。令岛村感动的，不仅有驹子对自己深深的依恋，更有驹子对已经认定的爱情的执著，有驹子对恩主不浮于言表的情义，有驹子对生活本身的真挚的爱情，这才是川端通过这篇小说所肯定的东西，作者表达的是超越于异性之爱的人性的爱。

首先，驹子在明白自己对岛村的感情之后，无论多少次遭受到对方的冷漠，也不动摇。她有面对自己的勇气，也有忠实于自己的力量，因此她从不欺骗自己，在现实面前也绝不闭上眼睛，每天写日记就是驹子这一性格的一种象征，"不论什么都不加隐瞒地如实记载下来"。正是驹子的这种品质感动了岛村，因为岛村清楚他自己是不具备这种勇气和力量的。驹子愿意不顾一切地去爱岛村，她的"充满真情实意的口气，使坐食祖产的岛村感到非常意外"。听到驹子热情如火的"心声"，岛村"嘟哝了一句"："如今这世道嘛。"这是岛村对驹子的敷衍，连他自己也"觉得这话分明是虚假的，不禁有点寒心"。正如驹子对岛村说过的，"唯有女人才能真心实意地去爱一个人啊"。在驹子这种"真心实意"的对照之下，岛村感到了自己的虚假，感到了自己没有真心实意地爱一个人的能力，也没有这样的资格，岛村的"寒心"

是针对自己的。其次，驹子为了挣钱给三味线师父的儿子治病，出来当了艺妓。她一直不忘当初自己被卖到东京时，只有少爷一个人来送行，并且还记在了日记里。这件事对岛村来说"总觉得难以相信"。不仅如此，驹子明明知道师父的儿子"已经是快死的人了"，却坚持为他支付医疗费用。最后，驹子在艰难的生存环境中，始终追求着一种有意义、有目标的生活。从少女时代驹子就开始记日记，有时赴宴回来得很晚，写到一半就睡着了，但记日记的习惯一直坚持着，没有间断过。她没有钱，"自己买不起日记本，只好花两三分钱买来一本杂记本，然后用规尺划上细格，也许是铅笔削得很尖，划出来的线整齐美观极了，所以从本子上角到下角，密密麻麻地写满了小字"。另外，驹子还在旧报纸或成卷的信纸上练字，即使到了深夜，她也点着蜡烛看书，有时岛村一早醒来，驹子已经端坐在桌前读书了。与此相比，"岛村格外感动的是：她从十六岁起就把读过的小说一一做了笔记，因此杂记本已经有十册之多"。即使是生活在文化氛围十分浓厚的城市女子，也不一定会有这样的追求。岛村内心虽然觉得"感动"，但表现出来的态度却十分轻蔑——"光记这些有什么意思呢？""完全是一种徒劳嘛"。面对这样的评判，驹子的反应是"满不在乎"。从这里我们可以再次感受到驹子是一位不轻易动摇自己目标的女性。不仅如此，作为一个山村艺妓，驹子还练就了一手出众的弹奏三味线的技艺，能够弹奏极需文化素养的长歌，而且她是在师父中风、连话也说不清的情况下，未经人指点，全靠乐谱自己练成的。因此，

岛村由衷地赞叹："良家女子倒不算什么，艺妓在这偏远的山沟里还能这样认真练习，乐谱店的老板知道了也会高兴的吧。"当驹子准备弹琴时，"岛村突然被她的气势压倒了"，等驹子开始演奏之后，岛村"感到自己已经没有力气，只好愉快地投身到驹子那艺术魅力的激流之中，任凭它飘浮、冲击"。极少直言的川端康成，行文至此或许是情不自禁，写下了一大段赞美驹子琴艺的话：

> 这种孤独驱散了哀愁，蕴含着一种豪放的意志。虽说多少有点基础，但独自依靠谱子来练习复杂的曲子，甚至离开谱子还能弹拨自如，无疑需要有坚强的意志和不懈的努力。

岛村听驹子弹琴的场景是小说的一个高潮。在时而激昂时而优雅的琴声之中，驹子的形象浮雕般地清晰起来了，她身上焕发出来的爱与生命之光，不仅冲击着岛村，也冲击着读者。

小说中遍布岛村的心理活动，读者经常可以看到"岛村心想……"、"岛村默默寻思……"、"他又陷入了遐思"这类字眼。这种时候就是岛村受到触动，或者说反省自己的时候。在听驹子弹奏三味线时，"突然间，岛村脸颊起了鸡皮疙瘩，一股冷意直透肺腑。在他那空空如也的脑子里充满了三弦琴的音响。与其说他是全然感到意外，不如说是完全被征服了。他被虔诚的心所打动，被悔恨的思绪所洗刷了"。驹子的琴声让岛村汗颜，而如果没有自我反省，是不会感到汗颜的。

是驹子让岛村有了"悔恨的思绪",换言之,驹子在不知不觉中改变着岛村。"他可怜驹子,也可怜自己",可怜驹子的是原来的岛村,可怜自己的是现在的岛村,即受到了驹子感化的岛村。驹子给这个漠然的幽灵般的空壳里注入了爱的光和热,使之有了些微生命的迹象。

对任何事情都热衷不起来的岛村,面对驹子积极的生存态度感到意外、吃惊甚至不可思议。于是,随着他越来越深地被吸引到驹子的生活与精神内部,他注视的目光和思考的方式都慢慢地改变着,在这一改变的过程中,倾注着川端康成的心血。通观全篇,岛村似乎由雪国故事的客观叙述者逐渐转换成了故事的主人公,他从与己无关的圈外走入了共同体悟的圈内,并且开始反思。岛村喜欢雪国的绉纱,爱用它来做夏季贴身的单衣。这种绉纱在雪中缫丝、织布,在雪水里漂洗,在雪地上晾晒,从纺纱到织布,一切都在雪中进行。以往,雪国的绉纱对于岛村来说只是质地良好、舒适凉爽的织物,是高级消费品,他并不曾把这东西和雪国环境以及生活在雪国的人联系起来。但当他来到绉纱产地时,他注意到了纺纱女工的生活:

在雪里把精力倾注在手工活上的纺织女工,她们的生活可不像织出来的绉纱那样爽快。……

这样呕心沥血的无名工人,早已长逝。她们只留下了这种别致的绉纱。夏天穿上有一种凉爽的感觉,成了岛村他们奢华的衣着。这事并不稀奇,但岛村却突然觉

得奇怪。难道凡是充满惩治爱情的行动，迟早都会鞭挞
人的吗？

岛村觉得"奇怪"，这说明他在思考，不思考的人是不会觉
得奇怪的。岛村感到奇怪的，不仅是驹子和纺织女工们的生
活，也包括他自己迄今为止的想法。在冰封雪冻的日子里，
纺织女工们"把挚爱之情全部倾注在产品上"。也许正是因
为这样，雪国的绉纱在炎热的夏季才令人觉得格外凉爽，这
一点恐怕过去一直生活在东京的岛村从来没有想到过吧。不
仅如此，岛村还由凝聚在绉纱中的女工们的"挚爱"联想到
了驹子的"挚爱"：

> 倾心于岛村的驹子，似乎在根性上也有某种内在的
> 凉爽。因此，在驹子身上迸发出的奔放的热情，使岛村
> 觉得格外可怜。

岛村的思绪由绉纱到驹子，接着继续扩展开去：

> 而且驹子越是寂寞难过，岛村对自己的苛责也就越
> 是严厉，仿佛自己不复存在了。这就是说，他明知自己
> 寂寞，却仅仅一动不动地呆在那里。驹子为什么闯进自
> 己的生活中来呢？岛村是难以解释的。岛村了解驹子的
> 一切，可是驹子却似乎一点也不了解岛村，驹子撞击墙
> 壁的空虚回声，岛村听起来有如雪花飘落在自己的心田

里。当然，岛村也不可能永远这样放荡不羁。

岛村对驹子的态度已经不同于以往。初到雪国时，岛村对驹子是轻蔑的、无礼的，曾经让驹子去为他找艺妓。离开雪国后，岛村既没有如约给驹子写信，也没有信守诺言给驹子寄书，再次见面时他并没有为此道歉或解释，甚至"连瞧也没瞧她，一直往前走"，而且还突然伸出左拳，竖起食指说："它最记得你呢。"这是极端无礼的举动。第二次离开雪国时明明约好二月十四日再来，却又是杳无音信，让驹子空空等候。岛村对驹子一直没有发自内心的歉意和自责。但是，第三次来到雪国时，面对同以往一样深夜醉酒后跑来的驹子，他感到"所谓现实的东西传了过来。那似乎是一种令人依恋的悔恨，也像是一颗只顾安然等待着复仇的心"。当他因为"好女人"的说法惹哭了驹子时，听到驹子的哭诉也开始觉得"有许多事情他是问心有愧的"。而最后离开雪国之前，岛村已经在"苛责"自己了，这是一个相当明显的变化。这时候他已经承认，驹子"闯进"了自己的生活中来。这说明，过去在他心目中毫无地位的驹子如今有了一点点位置。他感到自己总是"一动不动地呆在那里"，这是他在反省自己的冷漠和空虚。看到驹子的一往情深，岛村觉得她"似乎一点也不了解"自己，自己终归是要离开这块异乡的土地的，"不可能永远这样放荡不羁"。岛村对驹子有了一丝不易察觉的责任感。

因此，《雪国》中岛村的形象不是一成不变的，他在变

化，无论变化的程度如何细微，都是不容忽视的。而改变着
岛村内心世界的最为重要的因素，就是驹子以及生活在雪国
的普通人们满怀挚爱的生命追求。正如川端康成自己所说，
他是"怀着对爱情的感谢之情来写的。在《伊豆的舞女》里
直率地表现了这一点，在《雪国》中则表现得深入了一些，
曲折了一些"①。这是理解小说主题的一个关键。

在纯洁的雪国的背景之下，驹子火一般炽烈的感情被映
衬的尤为鲜明。驹子的执著追求所表达的正是作者内心深处
对爱与美的渴望。可以说，《雪国》是作者倾诉感情的作品。
川端康成曾在《雪国》的后记中坦率地说：

> 《雪国》中的故事和感情等等也是想象比实际的成
> 分更多。特别是驹子的感情，实际上就是我的感情，我
> 想，我只是想通过她向读者倾诉而已。②

在作品中，叶子的形象主要象征具有终极超越意味的空
灵境界，体现出一种恒远的审美意识，简言之就是象征彼岸
"灵"的境界。正如有人所言："叶子是植物性的灵，驹子是
动物性的欲，叶子是驹子的灵性，驹子是叶子的肉身。"③

虽说在作品中叶子与驹子同样留给了读者"洁净"的印

---

① ［日］川端康成：《川端康成文集·独影自命》，中国社会科学出版社
1996 年版，第 128 页。

② 同上书，第 123 页。

③ 李满：《〈雪国〉人物岛村的禅学文化心理分析》，载《外国文学研究》
2003 年第 2 期。

象，但是，与驹子不同的是，叶子的"洁净"是更为完美的、纯粹的、未掺杂任何瑕疵的，她不仅有着"纯粹的肉体"，而且还具有"纯粹的声音"。因此日本有的研究者把叶子称为"处女的存在（精神的存在）"，驹子则相对地成为"性的存在"①。可以说，与驹子作为一个充满活力的生命肉体的象征不同，叶子则是一个更加纯粹的审美精神的象征。作者写她的身体洁白得令人难以置信，说她的容貌仿佛存在于幻境，写她的声音好像是天外来音，美得"空灵"，是纯粹的声音。说她映在车窗玻璃上的倩影，是来自"修远的世界"，是"造化的默示"，最后又安排了一场大火让其离开了她所生活的世俗世界，这一切描写其实就是把叶子当作了纯粹精神的象征性形象来塑造了。"叶子被作者安置在一个非现实的接近宗教般神圣的位置，她仿佛是驹子清洁、徒劳与献身的结晶……因此，在叶子身上似乎看不到现实生命的痕迹，开头映现在玻璃上的叶子，同最后坠落于火海中的叶子，是同一个透明的精灵。"②

可以说，在与驹子相识之前，岛村好像一具没有灵魂的行尸走肉，仿佛一副四处飘荡的空肉皮囊，正是驹子执著的性爱和顽强的生命意志感化了他，使他得到了人生的充实和生命力的再注，获得了一次拯救。但驹子的拯救不可能是最

---

① ［日］橘正典：《来自异域的旅人——川端康成论（日文版）》，河出新房书社 1981 年版，第 105 页。

② 周阅：《人与自然的交融——〈雪国〉》，云南人民出版社 2002 年版，第 119 页。

后的拯救，因为此时他和驹子都还处在一种无所皈依、迷茫漂泊的状态，所不同的是驹子是生活上的漂泊，岛村是心灵上的漂泊。正如作品中所言："岛村很清楚驹子为什么痛苦，但驹子却一点也不了解岛村痛苦的原因。"但就在与驹子交往的过程中，岛村接触到了更加清纯的叶子，驹子越来越骚动不安的世俗欲念使岛村将目光逐渐转向了恬静纯粹的叶子，叶子所象征的纯粹、空灵、恒远的精神继驹子之后又一次更深刻地震撼了岛村，使岛村从叶子那里得到了心灵的净化与精神的救赎。

虽说叶子对岛村的吸引是与驹子的变化同步的，但在岛村三次走访雪国的过程中，他内心的天平日益由驹子向叶子倾斜。从一开始岛村就有求于驹子的身体，但最初的拘谨使他绕了一个大圈子——让驹子替自己另找一个艺妓。再次相见的夜里，彼此都有些客气，驹子一度拒绝之后还是跟着岛村去了温泉，这时岛村很想"放声大笑"。然而，这一切的新鲜与兴奋在第三次都消失了。这时对岛村来说，"或是与她的肉体过分亲近的缘故"，总觉得对肌肤的依恋"如同一个梦境"。伴随着对驹子官能感觉的淡薄，叶子的精神浮升起来，岛村如同一个摆在驹子和叶子之间的砝码，逐渐滑向叶子。

对驹子来说，叶子仿佛是一种无形的"重荷"。首先，叶子从没赴宴陪过客，这对于一直想摆脱艺妓处境的驹子来说自然成为一种压力。同时，叶子对岛村的吸引虽然不是有意为之，但却时时折磨着驹子，因为岛村毕竟是驹子倾注了全部感情的对象。所以，当岛村谈及在火车上看到叶子无微不至地照顾行男这件事时，驹子一下子"变了脸色"。她避而不答岛村的问题——叶子是不是行男的妻子，反而再三反问岛村"这件事你昨晚为什么不告诉我？为什么不说一声？"直追问得岛村"好像觉得被击中要害似的"。在驹子家里，她向岛村介绍了许多关于行男的情况，但对于陪伴行男治病归来的叶子却"依然只字未提"。叶子的每一次出现都更加激起了岛村的好奇心，而越是这样，叶子给驹子内心带来的沉重感就越是强烈。所以驹子总是回避提及叶子，其实她是在回避把自己同叶子并置在岛村面前，在这一点上，她缺乏自信和勇气。那是因为驹子没有叶子漂亮吗？显然不是。只能说叶子比驹子更具有吸引力。作者的暗示意义是相当强烈的。岛村告诉驹子，叶子曾托付自己要好好待驹姐，这时驹子的反应复杂而微妙：

"真傻。可是，这样的事，你何必要对我宣扬呢？"

"宣扬？奇怪，我不明白，为什么一提到那个姑娘的事，你就那么意气用事。"

"你想要她？"

"瞧你，说到哪儿去了！"

"不是跟你开玩笑。不知道为什么，我看见她总觉得将来可能成为我的沉重包袱。就说你吧，如果你喜欢她，好好观察观察她，你也会这样想的。"

驹子甚至有些自暴自弃地对岛村说："每当想到她在你身边会受到你疼爱，我在山沟里过放荡生活这才痛快呢。"这样说的时候，驹子咚的一声撞在挡雨板上，而那里是驹子自己的家。可见，叶子是压在驹子心头的一个多么沉重的包袱。小说的最后，驹子眼睁睁地看到叶子在火场坠落，她拖着艺妓那长长的衣服下摆，在被水冲过的瓦砾堆中跟跟跄跄地跑过去把叶子抱起来，"仿佛抱着自己的牺牲和罪孽一样"，这一句充分体现了驹子此时此刻复杂的心理和感情。

叶子的整体形象是冰冷的，充满了寒意，仿佛来自彼岸世界。叶子的出场不同寻常，好像并不是现实中的人物。她首先以"站长先生，站长先生！"的呼唤声出场，虽然她所呼唤的站长就在火车近旁，但她的声音却"仿佛向远方呼唤"，这暗示着叶子如同一个远方的来客。那"声音久久地在雪夜里回荡"，于是，叶子在出场伊始就给人一种梦幻般的感觉，而且这是雪夜中的梦幻，因而笼罩在一片寒冷的氛围之中。接着，作为具体形象的出现方式更为奇特——叶子的一只眼睛映在黄昏的车窗玻璃上，同时"一束从远方投来的寒光，模模糊糊地照亮了她眼睛的周围"，这又增添了一份神秘与缥缈。这里，作者用"寒光"再次加强了叶子出场时的寒意，几乎要令读者瑟缩了。叶子仿佛是在冰天雪地、暮色苍茫之中飘然降至人间的，映在玻璃上的叶子成为一个透明的人物，使岛村"就像是在梦中看见了幻影一样"。叶子与驹子这两个人物都以反射的影像出现过，但叶子的出现是在夕阳西沉的昏暗之中，而驹子出现时镜中总有明亮耀眼的光线，作者以这样的方式为她们分别渲染出幽暗与明媚两种截然不同的氛围。

叶子第二次出现也首先是声音，这次也同样"像是从什么地方传来的一种回响"，而这种特殊的带有"回响"的声音总让人觉得叶子是从不知何处飘忽而来。行男快要断气前，叶子匆匆赶来找驹子，这是叶子第四次上场，她"近乎悲戚的优美的声音，仿佛是某座雪山的回音"。作者不惜笔墨，反复地强调冰雪的环境和回荡的音色，可谓用心良苦。叶子的结局同出场一样出人意料——在雪中坠身火海，这样，叶子又回归到了彼岸。川端康成在叶子身上所花的笔墨也主要集中在开篇和结尾，这两个部分是塑造叶子的关键场景。

对于叶子的外貌，小说中没有具体的描写。除了声音之外，叶子留给读者的深刻记忆就是她那美丽而冷峻的眼睛，这双眼睛使叶子"对别人似乎特别冷漠"。岛村到驹子家时第二次见到了叶子。"但是，叶子只尖利地瞅了岛村一眼，就一声不吭地走过了土间。岛村走到外面，可是叶子那双眼神依然在他的眼睛里闪耀。宛如远处的灯光，冷凄凄的。"值得注意的是，叶子的目光同她的声音一样，每次都仿佛那么遥远。岛村和驹子去给行男上坟的时候，叶子又突然闪现在寒碜的、光秃秃的、没有鲜花的坟地里：

　　然而，地藏菩萨后面那低矮的树荫里，突然现出了叶子的上半身。刹那间，她像戴着一幅假面具似的满脸严肃的神色，用熠熠的目光尖利地对这边睃了一眼。岛

村冷不防地向她行了一个礼，就在原地站住了。

　　同样"尖利"的目光，同样不可思议的出场，竟使岛村有些不知所措了。驹子刚跟叶子搭了半句话，"突然吹来一阵旋风，像要把他们刮跑似的，她和岛村都缩成一团"。其实这是列车从他们旁边擦身而过。但作者先写了旋风，然后再写列车，这就在真相未明之前营造出一种阴惨惨的气氛。接着又回响起了那必不可少的声音，叶子在呼喊车上的弟弟，"这是大雪天在信号所前呼喊站长的那种声音。像是向远方不易听见的船上的人们呼喊似的，话音优美得近乎悲戚"。川端康成对叶子的整体使用的是简笔，而对她的局部——声音和眼睛，则使用了繁笔。难怪有人说："叶子所具有的只有刺人的视线和美丽的声音，可以说，她没有肉体。"[①] 惟其如此，反而使叶子这个人物形象异常突出和重要，"她明眸闪烁，具有穿透力的目光、严肃的表情使岛村内心深感内疚和自责"[②]。"岛村每次来找驹子，一想到叶子也在这家旅店里，就不免有些紧张"。

　　叶子直到第六次出场才终于跟岛村有了直接的交流，读者也直到此时才得以在近处看见叶子。这次她是为驹子送信来的，岛村接过驹子的折叠字条对叶子说："谢谢，你来帮

　　① ［日］橘正典：《来自异域的旅人——川端康成论（日文版）》，河出新房书社1981年版，第105页。
　　② 张艳萍、王山太：《从川端的女性意识——〈雪国〉之我见》，载《唐都学刊》2004年第1期。

忙了?"叶子只"嗯"了一声,同时"在点头的一瞬间,用她那双尖利而美丽的眼睛睃了岛村一眼",这目光令岛村"感到狼狈不堪"。在同岛村的交谈中,叶子的脸上"充满警惕","她那副过分认真的样子,看起来仿佛总是处在一种异常事态之中"。这是一个山村少女本能的防卫心理,由此也更加突出了叶子的纯洁。小说中虽然没有明确地介绍叶子的身世,但她同驹子一样艰苦地生存于严酷的雪国,只是一个弱小的女子,这一点,从她迫不得已央求岛村把自己带到东京去当女佣就可以看出来。正因为她与驹子同样处境悲凉,所以她才多次拜托岛村好好对待驹子,在叶子冰冷的外表之下有一颗温热善良的心。当她恳求岛村善待驹子时,她的声音和目光都与历次不同了:

> 叶子好像呼喊站在面前的人似的,目光闪闪地盯着岛村说:"请你好好对待驹姐。"

这时,叶子的声音一反以往那种"向远方不易听见的船上的人们呼喊",也不再像"雪山的回音",而是"好像呼喊站在面前的人",这是一百八十度的大转变。同时她的目光也不再是"尖利"的,而是"闪闪"的,闪耀在叶子眼睛里的是同情的光。但是,叶子从头至尾都没有改变她那冰冷的形象,当她走出房间时,"岛村感到一股寒意袭上心头"。

叶子的形象在小说一开篇就无比美丽地映在了车窗玻璃上,但是当火车到达雪国之后,叶子似乎一下子就在人们毫

无察觉中消失了。岛村去雪国的目的是见驹子，叶子只是他在火车里偶然看见的一个女子，岛村到了雪国，注意的中心也就自然而然地转移到了驹子身上，此后故事一直纠缠于岛村同驹子两个人。当叶子第二次突然出现时，小说已经翻过了整整 30 页（按中文版）。就在读者快要把叶子遗忘的时候，她的声音突然唤醒人们忆起了几乎沉没到人们记忆底层的那张美丽的脸，而这次叶子的身影也是一闪而过，只留下了看不见也抓不到的声音在空中回响。这个声音再次打破岛村的遐思时，小说又翻过了 10 页，也就是说，在前 50 页中，叶子一共只出现了三次。在《雪国》的通篇也只出现了八次：火车上护送行男、在驹子家里照料行男、给驹子送三味线和乐谱、为临终的行男来找驹子、在路旁打红小豆、给行男上坟、替驹子给岛村送纸条、冰天雪地中坠身火海，几乎每次都出其不意、闪闪烁烁，就像烟雾弥漫中的灯塔。有趣的是，就是这样一个扑朔迷离的形象，她的名字却先于驹子出现——在小说的第一页就通过别人的搭话清晰地点明了叶子的名字。而作为实像的驹子的名字，却是岛村第二次去雪国时才从客栈侍女那里打听到的，那时，已是春去冬来，小说也已过了四分之一多的篇幅。

川端康成试图把叶子塑造成一个彻底的、绝对的洁净的象征，但由于叶子的过于纯粹，几乎完全成为一个观念上的人物，有时甚至显得过于抽象。小说中反复出现的"优美得近乎悲戚"的声音正是叶子的形象，它虽然虚无缥缈，但却像精灵一样回荡在雪国的各个角落。这样的叶子与依照实际原形塑造出来的驹子一虚一实，两相对照，成为《雪国》中一明一暗的两条重要筋络。两相比照，可以说，驹子是不安的、躁动的，就像她的居所，"仿佛悬在半空中"，"总是不安稳"；而叶子则是宁静的、安稳的，就像她穿的雪裤，"特别硬挺，十分服帖，给人一种安稳的感觉"。有人认为"叶子是川端塑造出的一个母性形象的代表"，"叶子的母性是完美无缺的"①。所以，如果说驹子是火热的，那么叶子就是恬静的；驹子是世俗的，叶子是空灵的；驹子是负累的，叶子是超越的；驹子是有限的，叶子是恒远的。红色的驹子与白色的叶子在互相映衬对比中虽能达到一种暂时的平衡，但最终是不可替代的，就如同"肉"不能取代"灵"、"此岸"不能取代"彼岸"、"瞬间"不能取代"永恒"。

川端康成在叶子身上着墨最多的是她的结局。小说最后在一场大火中结束了，超越的生命——叶子回归到空灵的世界，现实的生命——驹子仍然活在现实的世界。其实，叶子作为一个纯粹的生命体早就难以忍受俗世的生活，在"雪中火事"的结局中，她终于奔赴了清静之境，而驹子和岛村的情念也在此刻得到了惩罚和净化。英国学者洛奇曾在《小说的艺术》一书中探讨过火的象征意义："火时常被用来喻指情欲，特别是性欲。它给人温暖和舒适，同时也烧毁一切。宗教，特别是基督教，关于精神净化和永恒的惩罚的概念，

---

① 张艳萍、王山太：《从川端的女性意识——〈雪国〉之我见》，载《唐都学刊》2004 年第 1 期。

通常也用火来形容。"① 在《雪国》里，驹子一再被形容为火，火的隐喻昭示了驹子的两面性：给人温暖和舒适感，同时也烧毁一切；火的隐喻也昭示了岛村对驹子的肉欲的双重意义：既是生命的充实和升腾，又是精神的消迷和沉坠。小说结尾的大火几乎包蕴了火的所有象征意义。可以说，正是由于岛村放纵情欲，又不肯承担责任，加之驹子内心的情爱之火无法平息才招引出这场毁灭性的大火，它不仅毁灭了美丽清纯的叶子，也毁灭了驹子的理想和希望。因为叶子体现着驹子超越现实困境的理想，她在火中丧身象征着驹子理想的破灭，所以小说才说驹子抱着濒死的叶子"仿佛抱着自己的牺牲和罪孽"。对于驹子来说，火在这里既象征着惩罚，又象征着净化。对于岛村来说更是如此："仿佛在这一瞬间，火光也照亮了他同驹子共同度过的岁月。这当中也充满一种说不出的苦痛和悲哀。"正是由于岛村，驹子萌生了认真生活的希望，然而很快又陷入了更深的绝望和痛苦，在叶子的映照之下，此时的岛村不仅体悟到了这一点，也感觉到了自己的卑俗，所以才有了"一种说不出的苦痛和悲哀"。那彻照岛村灵魂的火光正是叶子对岛村的拯救。所以，火在这里象征毁灭，更象征拯救。小说就在这一纯净的瞬间结束了，叶子就如火中凤凰，质本洁来还洁去，回归到了空灵、超越的世界。

如果说驹子是用她无私的性爱和坚强的生存意志触动感

---

① ［英］戴维·洛奇：《小说的艺术》，王峻岩译，作家出版社1998年版，第10页。

化了冷漠空虚的岛村，那么，叶子则是用她更加纯粹空灵的精神升华净化了轻浮世俗的岛村；如果说驹子对岛村的拯救更多显示出肉体生命层面的意义，那么，叶子对岛村的拯救则更多指向纯粹的审美、恒远的超越精神。或者说驹子对岛村的拯救是肉体的、生命的，叶子对岛村的拯救是精神的、审美的。岛村就是这样由最初对驹子的色欲到对驹子的动情、再由驹子到叶子、由漂泊到回归，给人们演示了一条由虚无到感动、由世俗到纯粹、由"肉"到"灵"、从有限到永恒的精神被拯救过程。

无疑，叶子对岛村进行的是又一次净化和拯救，这是一个基于驹子又高于驹子的净化和拯救。

二　自然拯救

自然，是生命的摇篮，又是生命之宿归；自然，是美的化身，自由的元素，永恒的象征，她以其无限丰富性和深邃性使人类倾倒；自然，是纯洁澄明的天地，是最少异己色彩的母性存在。回归自然、与自然重新融合，不仅是人性自身的复归，而且是生命力的再注、自由精神的重温。惟其如此，大自然对于人类永远具有拯救与净化作用。

比起女性拯救的主题，《雪国》的自然拯救主题则更为突出，而且显示出最后拯救、最高拯救的意味。

首先，作品在整体情节结构安排上就蕴涵着自然拯救的题旨。

主人公岛村舍妻别子，离开人皆向往的繁华都市，前后

三次奔赴千里之外的雪国——应该说，故事情节本身就昭示
着一个鲜明的向指：对雪国的赞美和神往，对闹市的厌弃和
远离。岛村先后三度来到雪国，绝不仅是为了游玩和结交女
性，更是为了找回对自己和对自然的真实感。他的雪国之行，
既是"爱情之旅"，更是"自然之旅"①。长谷川泉就认为：
"岛村是逃避现代社会和为自我分裂而烦恼的男子，来雪国
是为了寻求同失去了的宇宙的融合。"②

那么，雪国到底是一个什么样的地方呢？作品开首写道：

> 穿过县界长长的隧道，便是雪国。夜空下一片莹白。
> 火车在信号所前停了下来。

这简短的一句话就给我们呈现出了一个完全不同于都市的环
境氛围：大雪覆盖，一片洁白。整个故事就发生在这个洁白
的环境，离开了这个环境，岛村也就无从会见驹子，更不可
能同叶子相遇。接下来，尽管文本对雪国的具体环境没有作
集中细致的交代，但我们从作者零零碎碎的叙述和描写中便
可以感知雪国具备美丽大自然的所有要件——茫茫白雪的背
景上，群山、河流、溪水、树林、花草、飞鸟、昆虫、云霞
等。"关于雪国自然风景的抒情描写，在作品中随处可见，

---

① 李德纯：《美是生命之花——川端康成论》，载《当代外国文学》2005
年第4期。
② ［日］长谷川泉等编：《〈雪国〉的分析研究（日文版）》，东京教育出
版中心1985年版，第171页。

包括日月雪山、花草昆虫、田野建筑、银河大地等，多达 50
处，赞美大自然的景致。"①

细读文本，我们发现雪国具有如下的自然环境特征，或
者说作者描写了如下的自然风物：皑皑的白雪、起伏的山峦、
层层的梯田、环绕的河水、点缀各处的杉林、翩翩的蝴蝶、
成群的蜻蜓、各色的花草（西番莲、蔷薇、荞麦花、菊花）、
茂密的灌木、成片的山白竹林、毗连的松林、五色的菜地、
养着红鲤的荷池、长着稻穗的田地、成排的柿子树、潺潺的
溪水、漫山的芭茅花穗、山巅上的红叶，另外还有村落、温
泉、滑雪场、神社，白天阳光明媚，晚上盈盈皓月……

经过对文本的仔细梳理，我们还发现如下世外桃源般的
自然抒描：

> 那个时候——已经过了雪崩危险期，到处一片嫩绿，
> 是登山的季节了。
>
> 蝶儿翩翩飞舞，一忽儿飞得比县界的山还高，随着
> 黄色渐渐变白，就越飞越远了。
>
> 岛村来到客栈门口，抬眼一望散发出浓烈嫩叶气息
> 的后山，就被吸引住了。
>
> 从窗口俯视下去，只见杉林前面飘流着一群蜻蜓。
>
> 走到窗边，只见茂密的灌木丛尽头，展现一片繁衍
> 生息的山白竹林。那地方是毗连松林的小丘半腰，窗根

① 张艳萍、王山太：《从川端的女性意识——〈雪国〉之我见》，载《唐
都学刊》2004 年第 1 期。

前的地里种满了萝卜、甘薯、葱、芋头等，虽是一般蔬菜，但洒上了朝阳，叶子呈现出五光十色，给人一种初见的新鲜之感。掌柜在通向浴池的廊子上，向池子里的红鲤鱼投掷饵食。

在这块大田里，青芋在伸展着繁茂的叶子。养着红鲤的荷池在那头。

一排排低矮的房子静静地伏卧在大地上，给人这样的感觉：家家户户好像那些石子一样。真是一派北国的风光。一群孩子将小沟里的冰块抱起来扔在路上，嬉戏打闹。大概是冰块碎裂飞溅起来的时候发出闪光非常有趣吧。

杉树亭亭如盖，而且树干挺拔，暗绿的叶子遮蔽了苍穹，四周显得深沉而静谧。

溪中多石，流水的潺潺声，给人以甜美圆润的感觉。

荞麦花，挂满在红色的茎上，显得格外幽静。

对过杉林那边，漂浮着不计其数的蜻蜓。活像蒲公英的绒毛在飞舞。山脚下的河流，仿佛是从杉树顶梢流出来的。丘陵上盛开着像是白胡枝子似的花朵，闪烁着一片银光。如同泻在山上的秋阳一般。

对岸陡峭的半山腰上开满了芭茅的花穗，摇曳起来，泛起耀眼的银白色。

镜里映现出披上红叶的重山叠峦。镜中的秋阳，明亮耀眼。

在夕晖晚照下，这座山清晰地现出了山巅上枫叶争红的景色。

每当白绉纱快要晒干的时候，旭日初升，燃烧着璀璨的红霞，这种景色真是美不胜收。绉纱曝晒完毕，正是预报雪国的春天即将到来。

可以下结论了，《雪国》中岛村的旅程是与女性相会的旅程，因为"这里的女性是与自然融为一体并且体现着自然的女性"；《雪国》中岛村的旅程更是走向"自然乌托邦"的旅程，这个"自然乌托邦"存在于那个令人产生世外桃源想象的"隧道"的另一端①。有学者就明确指出："作家描写了岛村在世外桃源般的雪国享受自然的精神活动。"②《雪国》的意义在于同现实生活尖锐对立的美的世界的创造"③。可以认为：在作品中，雪国就代表着纯洁的人自然，奔赴雪国就是投入自然；来到雪国就是回到自然的怀抱；而回归自然就可以得到拯救、得到净化。因为大自然像世外桃源般纯洁无瑕——华兹华斯说：大自然具有纯化和征服灵魂的浩大力量④；因为大自然像母体般温存实在——日本学者田岛阳子指出，"长长的隧道"是暗示女性的产道，"一片莹白"是暗

① 周阅：《人与自然的交融——〈雪国〉》，云南人民出版社 2002 年版，第 156 页。
② 张艳萍、王山太：《从川端的女性意识—〈雪国〉之我见》，载《唐都学刊》2004 年第 1 期。
③ ［日］林武志：《川端康成作品研究史（日文版）》，东京教育出版中心 1984 年版，第 206 页。
④ ［日］德富卢花：《自然与人生》，陈德文译，百花文艺出版社 1984 年版，第 2 页。

示女性子宫里的情景，岛村要去的雪国是暗指母体，雪国使岛村体验到了回归母体的愿望①；因为大自然象征着宇宙的恒远辽阔，它能给人以永恒无限的体验和启悟——川端康成曾言：大自然"是人的生命的永恒象征"②，"天地无限而永恒"③。

作品几乎没有写及藏污纳垢的大都市，因为作者对雪国的热切描绘和主人公对雪国的殷殷向往，已使这些描写成为多余。可以说，文本中的闹市东京始终处于一种"悬置"和"虚写"状态。但是，在"潜文本"中无疑存在着这样一个鲜明的对照：污浊喧嚣的世俗之境——东京与纯洁恬然的自然之境——雪国。日本有学者把这一对照表述为"近代都市与传统农村的对立"④，尽管不十分准确，但是对于这两种境况、两个世界，作为作者的川端康成的态度和情感倾向向来是非常显明的。早在青年时代，川端康成就多次奔赴风景无限的伊豆半岛，说自己在伊豆"身心洁净得像洗涤过一样"，而一回到东京"就又觉得厌烦了"⑤。后来在《独影自命》中他又写道："每次从东京到汤岛来，我都是在旅馆下马车或汽车。一走上通往下边温泉池去的坡道，便能听到谷涧的

---

① ［日］川崎寿彦：《川端康成（日文版）》，有精堂1971年版，第86页。
② ［日］川端康成：《川端康成文集·美的存在与发现》，中国社会科学出版社1996年版，第271页。
③ 同上书，第129页。
④ ［日］长谷川泉等编：《〈雪国〉的分析研究（日文版）》，东京教育出版中心1985年版，第138页。
⑤ 给川端松太郎的信（1918年11月2日），转引自［日］进藤纯孝《川端康成传记（日文版）》，六兴出版社1976年版，第92页。

水声。立时心胸被那水声洗涤，我一边几乎落泪，一边在坡道上急行，迫不及待。"①

惟其如此，《雪国》中的岛村对这两种境况、两个世界的感受也像他的创造者川端康成一样截然两分：通向雪国的长长的隧道成为污秽与纯净两个世界的分界线，隧道的那一边是近代化的喧嚣的都会，这一边是古朴的寂静的山村。穿过隧道出现在眼前的是"夜空下一片莹白"，这句话一下子把人们带入了一个与都市迥异的纯净而辽阔的空间。

雪国最突出的景象是雪。雪给人的感觉首先是洁白，洁白的雪可以遮蔽一切污秽。女主人公驹子身为艺妓，本应出现在充满喧嚣的、商品化的都市，生活在出卖色相的世界里，但作者却把她安排在一望无际的雪乡，让她在作品中每次出现都是以雪野或雪山为背景。洁白的积雪映衬着驹子的红颜黑发，这是一个十分清纯的画面，使人不由得忘却这里是寻花问柳的地方。

雪国清新的冷空气从岛村原本不通气的鼻孔直冲脑门，清鼻涕"好像把脏东西都给冲了出来"，这一象征性的描写意味着岛村来到雪国就是想要洗去、也能洗去在都市积聚下来的污秽，而雪国中的两个洁净的女子正好可以帮助他洗涤心灵的尘垢，这正是作者再三强调她们洁净的目的之一。

在雪中生产的绉纱也是洁净之物，这是由于"有雪始有绉纱，雪乃是绉纱之母也"。这句话其实是说：大自然是纯

---

① ［日］川端康成：《川端康成文集·独影自命》，中国社会科学出版社1996年版，第151页。

洁的母亲。岛村每年都把自己的绉纱送到雪国去"雪晒"，虽然麻烦，但还是希望能拿到产地用地道的曝晒法曝晒一番，因为"雪晒"之后，在都市里沾染了污秽的织物会被洗刷一新。请看这一段写景：

> 晨曦泼洒在曝晒于厚雪上的白麻绉纱上面，不只是雪还是绉纱，染上了绮丽的红色。一想起这幅图景，就觉得好像夏日的污秽都被一扫而光，自己也经过了曝晒似的，身心变得舒畅了。

雪国的绉纱在小说中无疑具有一种象征的意味，它诞生于严酷的环境之中，但却比其他织物拥有更长久的生命，而且由于浸透着工人们的感情而格外凉爽。绉纱的意象凝聚着作者一贯的对生命与爱的憧憬和感动①。岛村的雪国之行就如同绉纱之送到雪国，是为了重新获得洁净，而岛村之所以走访绉纱产地，难道不正是感到了自己内心深处为驹子肉体所吸引的贪欲，希求像曝晒于雪地上的绉纱一样获得净化、获得拯救吗？"绉纱曝晒完毕，正是预报雪国的春天即将到来"，岛村经过洗礼也获得了新生。

其次，作品中的自然景物抒描常常被处理为恒远的超美境界，使主人公岛村感悟到一种终极的精神寄托，得到一种

---

① 周阅：《人与自然的交融——〈雪国〉》，云南人民出版社 2002 年版，第 316 页。

无限的精神拯救。

如"暮色之境"的绘制：

> 黄昏的景色在镜后移动着。……人物是一种透明的幻象，景物则是在夜霭中的朦胧暗流，两者消融在一起，描绘出一个超脱人世的象征的世界。
>
> 在遥远的山巅上空，还淡淡地残留着晚霞的余辉。……只有身影映在窗玻璃的部分，遮住了窗外的暮景，然而景色却在姑娘的轮廓周围不断地移动，使人觉得姑娘的脸也像是透明的。……这使岛村看入了神，他渐渐忘却了镜中的存在，只觉得姑娘好像漂浮在流逝的暮景之中。
>
> 这当儿，姑娘的脸上闪着灯光。……她的眼睛同灯火重叠的那一瞬间，就像在夕阳的余辉里飞舞的妖艳而美丽的夜光虫。

不难看出，作者在这里想要着力勾画的"暮色之境"，正是一个超现实的、永恒的幻美境界，也就是脱然无累、自由无羁的"神与物游"。它是有限的世俗生命对无限永恒的宇宙精神的冥想与暗合。在这一美妙的幻境里，自然美既是审美本身，更是美学触媒，任凭人的自由精神无限飞翔。在此，一切融合为一，一切被美与自由升华同时也升华为美与自由。美丽无瑕的自然和美丽纯情的女子共同绘制了这纯美的瞬间。日本学者鹤田欣也认为：岛村"通过可以称为雪国精灵的驹子和叶子而完成了同大自然的融合"①。正是在这女性美与自然美溶融交汇的纯美瞬间，心灵感到了最深刻的颤动，体验到了人生最具魅力之处；生命超脱了所有的负累，享受到最充分的自由。这是岛村的超越，更是川端本人的超越——以艺术创造的恒美来超越生命的短暂和虚无。

"银河之境"的描写更是如此：

　　啊，银河！岛村也仰头叹了一声，仿佛自己的身体悠然飘到了银河当中。银河的亮光显得很近，像是要把岛村托起来似的。……茫茫的银河悬在眼前，仿佛要以它那赤裸裸的身体拥抱夜色苍茫的大地。岛村觉得自己那小小的身影，反而从地面上映入了银河。缀满银河的星辰，耀光点点，清晰可见，连一朵朵光亮的云彩，看起来也像粒粒银砂子，明澈极了。而且，银河那无底的深邃，把岛村的视线吸引过去了。

　　犹如一条大光带的银河，使人觉得好像浸泡着岛村的身体，漂漂浮浮，然后伫立在天涯海角上。

　　银河向那山脉尽头伸张，再返过来从那儿迅速地向太空远处扩展开去。

满天星斗，无边银河，那是无限永恒宇宙的象征，更是至高无上的"灵界"的象征，也是人类心智无限性的写照。

---

　　① ［日］鹤田欣也：《川端康成的艺术（日文版）》，明治书院1981年版，第73页。

只有与那永恒无限的宇宙精神合而为一，才能超越有限达到无限、超越短暂达到永恒、超越世俗达到神圣，才能进入物我两忘、心境浑然、天人合一的境界。因为景与人此刻高度融合所体现的境界，已然超出其自身在经验中所能提供给人们感官和理解力的范畴，而成为一种超感性境界趋向永恒精神境界的暗示和象征。面对无垠的星空、无边的银河，岛村漂泊空虚的心灵终于得到了升华——"银河那无底的深邃，把岛村的视线吸引过去了"，"待岛村站稳了脚跟，抬头望去，银河好像哗啦一声，向他的心坎上倾泻下来"——银河泻过他的心灵，标志着岛村与银河融合为一，他的心灵得到了最后的洗涤与拯救。因为生命借此把有限升华为无限，把瞬间融入了永恒。正如有人所言："这里的银河，无疑象征着巨大的宇宙生命。银河流向他的心中，是巨大的生命之流对他渺小的悲哀的冲涤。他的悲哀融进了银河，造成这个悲哀的叶子的死也从他的心中流向了宇宙生命，正像小指上的一个细胞向全宇宙流动一样。"①

可以认为，雪国就是岛村生命的救赎地、心灵的净化场。因为在雪国不仅生活着两个多情美丽得使他得到拯救与净化的女性，而且雪国还让他体味到了宇宙的辽远与宏阔、生命的永恒与无限。来到雪国，岛村才从漂游的幽灵回到实在的肉体，有了些许生命的气息；岛村一次也不曾想将驹子和叶子从雪国带走，因为他知道，一旦离开雪国，驹子的洁净和

---

① 张石：《死之美的东方性——谈川端康成创作的一个美学特征》，载《外国问题研究》1991 年第 3 期。

叶子的纯真就会在世俗的生活中受到侵蚀。人的生命需要充实与活力，人的生命更需要净化与超越。在谈到小说《雪国》时，川端康成曾言："也许有人会感到意外，其实贯穿全书的是对于人类生命的憧憬！"① 生命拯救与净化的主题由此可见一斑。

其实，作品还从反面暗示过这一题旨。

正因为雪国是岛村精神上的救赎地，身在雪国，岛村才有了些许生命的气息；而他最终离开雪国、回归都市也就意味着他失去救赎，又将重新成为一个空壳般的幽灵。

在作品中，雪国与外界的唯一通路就是"县界长长的隧道"。其实，隧道就是雪国所象征的恒美世界的出入口。小说的开头，岛村正是穿过这条隧道来到了他的"世外桃源"。当岛村结束了他的第二次雪国之旅、踏上返回东京的归程时，小说中又出现了"长长的隧道"，并且有一段非常细致的景物描写：

> 火车开动之后，候车室里的玻璃窗豁然明亮了，驹子的脸在亮光中闪闪浮现，眼看着又消失了。这张脸同早晨雪天映在镜中的那张脸一样，红扑扑的。在岛村看来，这又是介于梦幻同现实之间的另一种颜色。
>
> 火车从北面爬上县界的山，穿过长长的隧道，只见冬日下午淡淡的阳光像被地底下的黑暗所吞噬，又像那

① ［日］长谷川泉：《川端康成论》，孟庆枢译，时代文艺出版社1993年版，第239页。

陈旧的火车把明亮的外壳脱落在隧道里，在重重叠叠的
山峦之间，向暮色苍茫的峡谷驶去。山的这一侧还没有
下雪。

　　沿着河流行使不多久，来到了辽阔的原野，山巅好
像精工的雕刻，从那里浮现出一道柔和的斜线，一直延
伸到山脚下。山头上罩满了月色。这是原野尽头唯一的
景色。淡淡的晚霞把整个山容映成深宝蓝色，轮廓分明
地浮现出来。月色虽已渐渐淡去，但余韵无穷，并不使
人产生冬夜寒峭的感觉。天空没有一只飞鸟。山麓的原
野，一望无垠，远远地向左右伸展，快到河边的地方，
耸立着一座好像是水电站的白色建筑物。那是透过车窗
望见的、在一片冬日萧瑟的暮色中仅留下来的景物。

这一段是小说中岛村穿过隧道离开雪国的唯一场面。对岛村
来说，与世俗都市隔绝的象征纯洁大自然的雪国才是他真正
向往的理想境界。因此，火车开动的时候，在岛村眼中连驹
子的脸也呈现出"介于梦幻同现实之间"的颜色，这正是岛
村内心感受的反映，离开雪国的时候就是他处在理想与现实
边缘的时候。行使的火车把雪国越推越远，于是在他看来，
所有的景物都在消失，阳光也"像被地底下的黑暗所吞噬"，
甚至连火车的明亮的外壳都脱落在了隧道里。山头上的月色
本已不是实体，是虚幻的东西，但它却成为"原野尽头唯一
的景色"，可是，就连这唯一的景色也在"渐渐淡去"。一切
都在随着冬日的暮色昏暗下去、萧条下去，渐渐地化为乌有，

并最终融入苍茫和黑暗。这就是岛村离开雪国之后的前景，他将再次失去充实、失去自我、失去方向。这样象征和暗示似乎还不够，川端康成终于按捺不住，接下来又进一步直接点明了岛村的感受：

> 岛村仿佛坐上了某种非现实的东西，失去了时间和距离的概念，陷入了迷离恍惚之中，徒然地让它载着自己的身躯奔驰。……

由此足以看出雪国对于岛村有着怎样重大的意义，离开雪国就意味着远离了大自然，远离了大自然就等于失去了精神寄托，只剩下肉体的躯壳面对黑暗而沉重的未来。小说的拯救与净化的题旨借此得到了进一步的渲染和强化。

第七章

"川端文学"自然审美的价值及意义

毋庸置疑，"自然审美"在"川端文学"中占有非常重要的地位，是建构"川端文学"独特的东方美的核心要素和最后手段，也是"川端文学"得以具现日本文学特质、尽现"日本心魂"的重要凭仗。如果从"川端文学"中抽去自然审美，"川端文学"不言而喻地将会失去其独特性，不言而喻地将会损伤其对"日本心魂"的表现力。"川端文学"也就不可能成为"日本文学世界的象征"。

感悟自然、追求物哀，这不仅是日本文化精神的传统，也是日本文艺审美的传统。"川端文学"自然审美的价值意义，不仅在于继承、弘扬了这一传统，而且还体现在，其自然思索和自然美的追求已和诸多普遍困扰现代人精神的问题相通，并在某种程度上有所启示。我国著名学者林林敏锐地感觉到了这一点并明确指出：在川端康成的作品中存在有"对人类性情的思辨、对生存空间的认真探索，以及超越国界和民族对人文理想主义的巨大关注"[①]。这恐怕也正是"川端文学"虽然展现的是"日本心魂"，但却引起世界各国的读者、学者普遍关注的原因所在吧！

由于自然风物的大量介入——深层：思维系统；表层：显现系统——"川端文学"仿佛成了一个充满了自然象征的世界。通过对这个世界的解读，我们至少可以感到深潜于"川端文学"中的四个方面的价值意义（有些内容前数章已有所涉及，这里再从意义和影响的角度，做进一步的集中和归纳）：

① 林林：《川端康成集·雪国　千只鹤（序）》，东北师范大学出版社1996年版，第2页。

第一节　民族文学传统的传承

川端康成在日本当代文学史上具有重要的意义，其艺术世界使"战后"的日本读者接触到了正统的日本文学的清香。惟其如此，长谷川泉才发出了如下惊叹："在川端文学作品中可以看到日本文学传统的不可冒犯的光辉。"[①]

"一般认为，真诚、物哀和幽玄是贯穿日本文学传统的三大美学理念"[②]，而这三大传统美学理念都与自然审美密不可分。"真诚"，是日本上古时代的美学理念，也就是"修辞立诚"，以《万叶集》的美学风格为代表，在创作上强调以艺术的手法，自然而然地表现人性之真，"日本人倾向于一如原状地认可外部的客观的自然界，与此相应，他们也倾向于一如原状地承认人类的自然的欲望与感情"[③]，所以，可以称之为"自然之性"；"物哀"也翻译成"感伤自然"和"自然咏叹"，是日本中古时代的美学理念，以《源氏物语》为圭臬，主张在人与自然的同形感应中抒发优美纤细的哀怜之情，可称之为"自然之情"；"幽玄"，反映了日本中世文学艺术的美学特点，以《古今集》为典范，往往指文艺作品

①　孟庆枢：《爱的渴望、祈祷、形变与升华——川端康成作品世界探微》，载《东方丛刊》1994年第3—4期。

②　王琢：《川端康成在日本当代文学史上的意义》，载《海南大学学报》2000年第3期。

③　[日]中村元：《东方民族的思维方法》，林太、马小鹤译，浙江人民出版社1989年版，第238页。

中所表现出的象征和暗喻等美学旨趣，这时，自然风物当然就成了艺术文本中进行象征和暗示的重要介质，从而形成丰富的情景意象，可以称之为"自然之像"。

1968 年 12 月 12 日，川端康成在瑞典斯德歌尔摩诺贝尔文学奖颁奖仪式上，发表了题为《我在美丽的日本》的演说，比较具体地阐述了他的美学观。正如他自己所说，这篇演说"谈的虽然是日本的事，其实也是我自己的事"。演说开篇便引用了道元禅师"春花秋月杜鹃夏，冬雪皑皑寒意加"和明惠上人"冬月拨云相伴随，更怜风雪浸月身"的和歌，认为这是对大自然，也是对人间的一种温暖、深情和慰藉的赞颂，是对日本人慈善友爱的内心世界的赞美。他还转引了美术史家矢代幸雄对日本美术特色的概括："雪月花时最怀友。"

> 当自己看到雪的美，看到月的美，也就是对四季时节的美而有所省悟时，当自己由于那种美而获得幸福时，就会热切思念自己的知心朋友，但愿他们共同分享这份快乐。这就是说，由于美者感人至深，强烈地诱发出对人的怀念之情。这里的"友"，也可以看作广泛的"人"。另外，以"雪、月、花"三个字来表现四季时令变化之美，这在日本是包含着山川草木，宇宙万物，大自然的一切，以至人的情感之美，是有其传统的。①

---

① ［日］川端康成：《川端康成文集·美的存在与发现》，中国社会科学出版社 1996 年版，第 203 页。

一句话，自然美是日本文学情有独钟的主题，追求自然美是日本文学的一大传统。作为一个岛国，日本一年四季分明，山清水秀，千百年来哺育了日本民族热爱大自然的审美趣向。在日本人眼里，春天的樱花能引发出人世无常、生命壮烈之感；秋日的黄昏可生发出人生有时、寂寞无奈之情；一片枯叶，一声蝉鸣，或让人感时，或使人伤事……日本文学中，诗歌类体裁的和歌和俳句，以及散文小说等，大多体现了日本民族这种独特的审美情趣——"物哀"。而"川端康成的审美取向是以日本文化所倚重的古典美为基本内核的。其中'物哀'是根基，'幽玄'是枝干，'风雅'是果实。它们是整个日本文学发展脉络的主流，也贯穿于川端整个创作的过程"①。叶渭渠先生认为"川端文学"对日本传统的执著追求主要表现在三个方面：第一，传统的"物哀"与"风雅"色彩；第二，传统的"幽玄"理念；第三，自然美的形式②。

不过我们还应更加明确指出的是：川端康成笔下幻想的乌托邦、颓废的官能世界、对自然美的追求，以及作为其思想根源的虚无，归根结底都是与日本文学传统中"脱政治性"的特点相契合的。川端康成的小说没有反映社会现实的真，也没有针砭时弊匡正人生的善，而只是热衷于自然美乃

① 陈召荣：《流浪母题与西方文学经典阐释》，中国社会科学出版社2006年版，第366页。

② ［日］川端康成：《川端康成集·临终的眼》，东北师范大学出版社1996年版，第427—433页。

至女性美的创造。他认为如果仅描写男性，势必要写他的工作、政治、经济，以及意识形态之类的主题，其生命保持不了三五十年，这类主题几乎无法保留下来。我们可以把这一认识看成是川端追求"脱政治性"的最好理由。这仿佛《源氏物语》的作者紫式部所借以"脱政治"的遁词——"作者乃一介女流，不宜奢谈国事"。也正是出于"脱政治性"的美学追求，岛村在《雪国》中只能是一个配角，《山音》里的信吾和《睡美人》中的江口也都得退休赋闲，《古都》的自然美则让人忘却了今夕是何年……

众所周知，"在世界上，日本文学具有极其罕见的极其明显的脱政治的倾向，这一点一直给外国人带来难解和不协调的感觉。'脱政治'决不是文学本身所应具有的本质特征，从外国人的感觉说来，其实恰恰相反"①。文艺与政治的关系，历来是文艺理论界争论的焦点。笔者以为，文艺与政治不是从属关系，而是相互影响的关系。"文以载道"即"文艺为政治服务"的根本错误就在于只强调了"从属关系"，而忽略了"相互影响的关系"。艺术史上的许多事实表明，这种功利主义的艺术观忽视艺术的特征，甚至取消艺术。与漫长的人类文明发展史相比，任何体制下的现实政治都是短暂的、即时的。所以，机械地"为政治服务的艺术"其作为艺术的生命力是保持不了三五十年的。相对"文以载道"而言，"脱政治性"的倾向显然走到了另一极端。文学艺术是

---

① ［日］铃木修次：《中国文学与日本文学》，吉林大学日本研究所文学研究室译，海峡文艺出版社1989年版，第53页。

现实生活的审美反映，是由心理层面、感性认识层面、语言形式层面和实践功能层面组成的统一体。文学史上的无数事例表明，真正能够传世的作品往往是对某一时代的世态人情的审美表现，也就是对抒情性的执著。

如同日本文学的边缘地位（"无权"的文学）与日本女性不介入政治社会的边缘地位（"无权"的女性）相对应一样，"川端文学"的自然主题和自然审美则与日本文学传统的非政治性相契合。也就是说，自然主题和自然审美使得"川端文学"远离政治、情感浓郁。如果说脱政治性、主情性是日本文学的底蕴和传统，那么，自然主题和自然审美就是其保证这一底蕴得以承传的重要艺术手段，因而也就成了这一传统的重要组成。日本学者梅原猛在谈及此点时指出："这种美意识不直接地把握事物，而是在自己和事物之间放置一个中介物，通过这个中介物，星星点点地去看那个事物。归根结底，这种美学不是自己和事物的直接接触，而是首先设置一个'无'的桥梁，通过这个'无'的桥梁去看事物。当然这个中介物绝对不是什么坚实的事物，它柔和地包围着事物，同时又像多少能显露出形状的面纱一样，它必须如此。"① 这是日本审美的传统，是川端文学的本质，某种程度上也是文学回归自身的必由之路。

由是观之，完全彻底的"脱政治性"与为政治服务的"文以载道"一样，都有悖于文艺自身的规律。川端康成文

---

① ［日］梅原猛：《美与宗教发现（日文版）》，集英社1982年版，第147—148页。

学"脱政治性"的特点，不仅使日本读者"从中接触到了正统文学飘来的清香"①，而且一定程度上具有了昭示文艺创作规律的意义。因此，"脱政治性"的倾向是理解日本"正统"文学乃至川端在当代文学史上的意义的一把钥匙；也是反观中国"载道"文学传统的一个极好参照。正如有人所言：川端康成的创作并不像某些人所说的那样，是狭窄的、纯个人化的。也许他确实在某种程度上脱离了时代，但他也以此为代价更深地把握了一个民族较稳固的、可以长久地超越时代的文化底蕴。因此，从某种意义上讲，他比追随时代潮流的作家更伟大、更深邃②。

第二节　文化人类学的意蕴

这一层面的价值和意义在于川端康成通过其文学中亲和自然的倾向，深触了人类心灵深处的回归意识，揭示出：返本归源是人类的一个文化理想。

"川端文学"虽然不以大自然为主要表现对象，但他在小说创作中回避"对现实生活的直接描绘"③ 也是事实。相

---

　　①　王琢：《川端康成在日本当代文学史上的意义》，载《海南大学学报》2000 年第 3 期。
　　②　张石：《深挚、精微的日本美——谈川端康成文学的文化人类学意义》，载《日本问题》1989 年第 6 期。
　　③　叶渭渠：《东方美的现代探索者——川端康成评传》，中国社会科学出版社 1989 年版，第 220 页。

比之下，大自然由于蕴涵着作者丰富深邃的哲思，因而在心物合致、情景交融的艺术化过程中，总是显得举足轻重。可以说，由于自然风物的深层介入，"川端文学"中的自然抒描已得到了深刻化：成了人与自然关系的艺术思维。

自从大自然进入了文学作品，就有了人与自然关系的艺术思维。"人与大自然的交融、或人与大自然的对立，成为文学创作共同关注的哲学主题。他们或从人与自然的对立中表现出对自然生态的忧虑，或从人与自然的搏斗中单向地验证人的本质力量的自然显现；再则，就是从'天人合一'、'人与天调'的古老哲学命题出发，勾画人类当代社会企图摆脱'异化'、'回归自然'的情绪世界……一些优秀之作，既面对现实生活，又超越时空的疆界，以大自然为中介，通过象征、隐喻、移情的手法，将自然人化，从而传达出作家对世界与人生的哲学思考。"① 无疑，"川端文学"的自然思考是倾向于人与自然和谐相处的。这种思想倾向既符合人类发展的未来趋势，也适应了现代人的心理需要。

人与自然应是一个什么样的关系呢？许多思想家都指出，从社会历史的角度看，人和自然的关系大体要经历三个阶段：蒙昧时期（前工业社会）素朴层次上人和自然的和谐统一，但这是一种以适应自然为主的原始的统一状态。进入文明时代（工业社会）后，人和自然的关系进入第二个阶段，即人与自然的分裂对抗阶段。人对自然的征服不仅带来了自然对

① 白海珍、汪帆：《文化精神与小说观念》，河北人民出版社1992年版，第37页。

人的报复，而且连人自己也成了工具和机器，不得不面对一个物化的自我和异化的世界。

在人类生存的自然环境的质量日益恶化的情况下，在人之为人的自由自觉的精神性逐渐削弱的情况下，人类开始寻求和大自然的重新融合。这重新的融合就是第三阶段（后工业社会）人和自然的统一。这个统一是以人性的完全实现为前提的，是以人为主体的高层次上的人与自然的统一。因而，这是一个只能趋近而不能到达的理想境界。

人曾与自然同根同体，是自然界有机生命的一部分，是大自然中发展的较为完美精致的一种高级生命形式。在原始洪荒的太初世界中，人的命运是自然法则运演的真实表现：人生于自然，长于自然，适于自然，同时也受制于自然，衰毁于自然，回归于自然。当人类步履艰难地走出茹毛饮血的洪荒远古，渐渐学会在自然中开辟一片净土，构筑屋宇、城堡，乃至现代化的摩天高楼时，人类演进着一条疏离大自然、走向城市化的发展轨迹。更为不幸的是，随着人类文明程度的提高（日益社会化，依靠自身而发展起来的独立性），人对大自然的疏离逐渐变成了和大自然的矛盾对立。而这其中包含有人类在理性上对自己与自然关系认识的严重偏颇，并由于这种偏颇已经造成了大自然对人类的无情报复。前者表现为不满于自然状态，企图彻底摆脱自然律；对自身能力估计过高，产生人类中心主义思想；对大自然盲目轻视而过多的索取、破坏。后者体现为酸雨出现，环境污染，臭氧层被破坏，全球气候变暖，海平面不断上升，等等。惟其如此，人类在自己新造的生命家园中，虽然享受到文明、繁荣和安适，然而，它依然难以冻结人类重返大自然的内在渴望。因为在人类意识的深层，人类不仅与自然同根同源，而且同体同归。大自然不仅是人类生命的摇篮和乳汁，也是栖息人类心灵、舒展人类精神的自由广阔天地。人是自然之子、受惠于大自然——投射在人类心底上的这一永恒信念，经过人类情感绵亘不绝的熏染，最后积淀成人对大自然——自己生命故乡、精神家园的强烈归属感。于是，重返生命的故乡——大自然，几乎成了人类成长过程中绵亘不绝的精神呐喊和行为实践。

回归自然，当然不是回归到茹毛饮血的远古，而是回归到亲和自然的状态。母性的大自然，对于人类来说永远是最温柔、最少异己色彩的存在。因而，回归自然、和自然重新融合，不仅是人性自身的复归，而且是生命力的再注、自由精神的重温。在当今物化、异化四布的社会，回归自然，作为人类的一个文化理想，已成为现代意识的一个重要内容。

至此，我们也终于明白，英国19世纪浪漫主义诗人柯勒律治为什么会把人类对大自然的疏远看成是人类的异化①。的确，如果说人类文明的实现就一定得以远离大自然为前提，那么，人类文明的合理性就值得怀疑。18世纪法国著名启蒙思想家、文学家卢梭就一直怀疑人类所谓文明的合理性。应该说，人类文明的不合理不仅在于文明造成社会的不平等和

---

① 蒋显璟：《生命哲学与诗歌——浅谈柯勒律治的诗歌理论》，载《外国文学评论》1993年第2期。

剥削，还在于文明阻止人拓展自身的整体性和自身圆融充足的生命；现代文明对人的异化以及对社会的扭曲就在于它引导人把经验领域中的有限客体神圣化，然后加以信仰。俄国作家陀思妥耶夫斯基曾说"精神是双刃剑"，既然世界的堕落和人的被奴役是精神所致，那么救赎的重任也只能委以精神。也就是说，救赎不是人的本性的、道德的和理性的要求，也不是历史的现实的要求，而是精神的要求。由此出发，文明不应是人生存的最高价值和最后目的，文明应存在于自然王国和自由王国之间。自然意识、自然情结作为精神生活对现代人的拯救并不是要从文明返回自然，而是要从文明进入到自由。正如马尔库塞在分析席勒的《审美教育书简》时所指出的："自由应当在感性的解放中而不是在理性中去寻找。自由在于认识到'高级'能力的局限性而注重'低级'能力。换言之，拯救文明将包括废除文明强加于感性的那些压抑控制。"[①] 一言以蔽之，也就是回归到自然而然、自由自在的生命状态。

对照川端康成的自然思索和"川端文学"中的自然抒描，其轨迹并非逆转，而是向这一境界的趋进。

如前所述，川端康成具有万物一体的思想，主张人与自然的和谐相处。惟其如此，在《抒情歌》中他就表达了对人类中心主义思想的否定："无论是过去的圣贤们还是最近的心灵学家们，凡是思考人类灵魂的人们，大抵都只是尊重人

---

① ［法］马尔库塞：《审美之维》，李小兵译，广东师范大学出版社2001年版，第55页。

类的灵魂，而轻视其他的动物和植物。人类花费了几千年的时间，企图在各种意义上使人类和自然界的万物区分开来。不正是这种唯我独尊的虚空的步伐到了今天才使人类的灵魂这样寂寞的吗？总有一天人类会按照走过来的路再走回去的。"①

　　在《东山魁夷》一文中他对人工化给自然美和诗意生存所造成的破坏表示了极大的悲伤："今秋我在京都听说，山崎、身日町一带的竹林，被乱砍乱伐，辟作住宅用地，京都味的竹笋的产地也渐渐消失了。去年我从大河内山庄的传次郎夫人那里听说，岚山大约有几千棵松树无人管理，听之任之，都快枯死了。每次到此地，我总不免'泪眼模糊望京都'。"当他漫步在京都街头的时候，"不由地喃喃自语说：看不见山了！看不见山了！我感到伤心。不雅观的小洋房不断兴建起来，从大街上已望不见山了。我悲叹大街上望不见山了"②。

　　《初秋山间的幻想》一文中，他甚至对人类的现代物质文明给予了反思和批判，颇有当代生态整体主义的味道。作者对人区别于其他动物的本领加以称赞，但同时又对此表示了质疑，他说：

---

　　① ［日］川端康成：《川端康成文集·伊豆的舞女》，中国社会科学出版社1996年版，第173页。
　　② ［日］川端康成：《川端康成文集·美的存在与发现》，中国社会科学出版社1996年版，第73—274页。

随着机械文明物质文明更加巨大的进步，人类在这方面拥有的东西将更加丰富……我每次做这种幻想，就不由得被一种不安的思绪所袭击，仿佛将把人类引向自我毁灭深渊。……谁又能断言将来物质文明和机械文明不会比资本主义制度在人类的额上制造出更多的恶性肿瘤呢？

可见川端对人类的所谓文明（物质文明和机械文明）是表示质疑的，其原因就是他在同一篇文章中所说的，人类"往往只尊重人，公开蔑视其他动物和植物，或者暗地抹杀它们"①。川端康成对人类的这种行为深感不满，"我认为走向这样独善其身的缥缈的世界是行不通的"；并且预言回归自然是人类的必由之路："我觉得，人说不定什么时候会从迄今努力的道路上倒退，犹如投向空中的石子，力尽之后就会掉落在地面上一样。"② 在这里，川端康成俨然以一个生态学家的形象出现在世人面前，这种思想与当今众多的生态学家反对违反自然规律和干扰自然进程的科技创造、批判竭泽而渔地榨取自然资源的经济发展、严重污染生态环境的工业化和农业现代化等社会现象的思想是相当吻合的。正因如此，有学者甚至认为川端康成的某些创作，已经具有超越性的"天人合一"生态审美意识。

---

① ［日］川端康成：《川端康成文集·美的存在与发现》，中国社会科学出版社1996年版，第18页。
② 同上书，第19页。

虽说这种观点已有拔高川端康成氏之嫌，但人与自然的融溶和通，既是"川端文学"的实现手段，更是"川端文学"鲜明的精神追求。川端康成曾明确表示他对"景色与季节"的挚爱，因而多把作品中的人物置身于大自然，以其自然旅行为构思框架。在他的小说中，几乎没有人和自然的冲突对抗，而全是人和自然的和谐统一。在这种和谐统一的氛围中，他更是把自然和女性相联系，使自然抒描富有母性内涵：温柔、纤细，让人倍感大自然对心灵的抚慰；而且，还不时地让作品中的人物直接流露出对大自然的向往，如中篇小说《湖》的主人公银平对故园湖光山水不绝如缕的思念；小说《山音》的主人公信吾常用"绿色"清洗自己的头脑；在川端康成的代表作《雪国》中，男主人公岛村只有从大自然中才能唤回自己容易失去的真挚情感、获取心灵的解救；而《古都》中则明确指出："比起节日的喧闹来，还是重山叠峦那悠扬的音乐和森林的歌声更能渗进千重子的心坎。"……"川端文学"中所有这一切，凝聚成一个强烈的艺术氛围和情感基调，催生着人们对大自然的渴念和向往。回归自然、返本归源，这不只是川端康成个人的精神需求，也是深藏在人们心灵深处的一个文化理想。"川端文学"在此方面的意义，就是通过其自然美的艺术世界，对现代人类的这一精神渴念给予了强有力的暗示和渲染。

第三节　生命哲学的内涵

这一层面的价值和意义在于"川端文学"的自然思索抚触到了人类生命本体意义上的悲剧感，并以东方"天人合一"的方式，试图探索生命自身对这种悲剧感的解救。

法国理论家丹纳指出："一个科学家如果没有了哲学思想，便只是个做粗活的工匠；一个艺术家如果没有了哲学思想，便只是个供人玩乐的艺人。"[①] 川端康成显然不属此类。中国学者刘再复认为：文学应该有四个维度，即"国家·社会·历史"的维度、叩问存在意义的维度、超验的维度和自然的维度[②]。"川端文学"虽淡化第一维度，但也不是消闲解闷的戏作文学。它提供给我们的审美感受是凝重的、悲凉的，甚至是令人惊醒的——它何以具有那么多的伤感和悲哀？其实，正是这种伤感和悲哀深埋着作者严肃的哲思，正是这种伤感和悲哀构成了"川端文学"独到的哲学意义：作者以大自然为中介，对人的生命现象进行了深度思考，具体说，也就是抚触到了忧患意识——这种以哀叹生命有限为发端的、蕴藏在人类精神深层的悲剧感。

---

① ［法］丹纳：《艺术哲学》，傅雷译，人民文学出版社 1963 年版，第121 页。

② 刘再复：《答〈文学世纪〉颜纯钩、舒非问》，载《文学世纪》2000 年第 8 期，第 8—10 页。

关于这方面内容，前述章节已做过详尽论述，这里就不再赘言了。需要补充的是：川端康成以大自然为中介所觉悟到的生命悲剧感，是在文学之外完成，而后向文学创作渗透的，而且这种渗透在创作过程中又相当隐蔽和曲折。可以说，悲剧感的生命体验，在川端康成的思维系统，是一个严肃的理性思辨过程，而在表现系统（文学作品）则是一个经艺术手法极端渲染了的情绪世界。

人类由"青山不老人易老"的生命悲叹，引发出对"超越世界"的生命自觉。如果说，"悲剧生命"是人类与生俱来的一种心理体验，那么，超越意识则是伴之而生的生命的本质特征。如何超越？川端康成选择了东方式的"天人合一"的途径。如果说"青山不老人易老"的生命悲叹，被渲染成了川端康成作品中人物的悲哀、空虚情怀，那么，"天人合一"的生命超越，自然而然就衍生为川端康成作品的幻美、空灵风格。这里，"天人合一"既是东方人文精神的终极预设，又是东方美学的最高形态。

人类对自身生命中的悲剧感和超越意识，从未像今天这样有着如此强烈的感受和如此明确的认识。这一方面是由于本世纪的一些哲人们，像柏格森、萨特、尼采等，对此从理论上进行了概括和总结；另一方面，则是由于人们普遍对这样一个问题思考的结果，这就是：人类的每一个价值创造总要以另外一些价值的丧失为代价——物质的满足造成精神的失落，肉欲的实现导致灵魂的深坠，知识的获得伴随着无知的增大……这灵与肉、有限与无限的二元对立的痛苦折磨，

超越世界与现实世界截然二分的无限纠缠，使得西方不少思想家不约而同地把眼光瞄向了东方。叔本华在其《作为意志和表象的世界》一书中，就主张把"天人合一"的艺术审美作为生命的解脱之途；汤因比对此评价说："这是极短暂的和宇宙有同一性的经验。"① 总而言之一句话，"在天人合一的境界中永远酿造不出精神与肉体相分离的悲剧"②。"天人合一"体现着灵与肉的统一，体现着有限与无限的弥合，是人类对永恒的追求、对超越的渴望，是一种理想的生命状态和超现实的生命体验。

川端康成曾批评日本文化一度丧失了这一传统。"川端文学"自然思索的意义不仅在于坚持了这一传统，而且在于凭借其文学成就弘扬了这一传统。

第四节　东方美学的启迪

这一层面的价值和意义在于川端康成通过其文学创作给我们充分展示了"意境"、"意象"、"境界"、"镜像"等东方美的魅力，进一步丰盈了"空灵美"、"哀怜美"、"虚幻美"、"朦胧美"等审美形态的内涵，可以说是东方审美形态

---

① ［英］丽月塔：《绅士道与武士道——日英比较文化论》，浙江人民出版社1990年版，第200页。

② 张甲坤：《中国哲学——人类精神的起源与归宿》，中国社会科学出版社1991年版，第153页。

的集大成；把"天人合一"的本体论审美推向了极致，显示了与西方纯形式主义审美趣味和实用主义审美态度相左的东方传统审美意识的深度。

"天人合一"的人文精神追求和生命哲学思索推及到艺术审美，就表现为文学创作中"意境"、"意象"、"镜像"等东方审美境界的创制。东方传统美学的一个重要特征就是追求意境、境界。意境、境界之所以成为东方艺术审美不可磨灭的神秘魅力，就是因为它深蕴着东方文化关于宇宙人生的奥远追求和丰富哲思。"川端文学"自然审美的意义，不仅在于他在文学创作中贯彻了这一审美理想，而且，还在于他以此为基础建构了丰富的审美形态：空灵美、朦胧美、哀伤美、虚幻美等。尤其是对哀伤美和虚幻美的明确绘制和主动追求，可以说使"川端文学"的自然美探索真正获得了现代意义，也使川端康成在真正意义上成了"东方美的现代探索者"（叶渭渠语）。因为"川端文学"的这一审美形态在深层次上已和现代哲学、现代美学所揭示的人生虚幻感、世界荒谬感、精神异化感相通合。然而，"虚幻感"的确又是以"天人合一"为基础的东方境界美的重要特征。

《中国古代的人学与美学》一书认为：境界美的哲学基础是"形而下的现象界与形而上的本体界的统一，是有限与无限的统一"，也就是"天人统一"；其具体的实现形态是"缘心感物时恍然呈现的心理幻影"，也就是说，以天人合一为基础的"境界"其本身就是一种虚幻的美。它"不是指实实在在的景，而是指弥漫在景物周围的恍恍惚惚的似有若无

的景，主要是无限的有意义的虚空"。"这是虚幻的人生境
界，也是自由的人生境界。正因为它是虚幻的，所以才是自
由的。在实际的人生境界中，人所感受到的是不自由。他无
法克服与环境的矛盾，也就是无法摆脱环境对他的制约。只
有在这种一情独往、妙悟天开的虚幻境界中，环境化为心灵
的环境，心灵化为环境的心灵，它们之间的矛盾消失了，人
才感到一种妙不可言的自由"。最后，作者指出："境界论的
美学大约比形象论的美学更切近人生、更适应人的感性心灵、
更符合审美的实际。"① 也就是说，更接近生命的本体和审美
的本体——自由与超越。无独有偶，日本现代美学家今道友
信在其名著《东方的美学》中也有类似的论述。他认为审美
的最高沉醉是精神实现了通过物而完成的向物的突破，精神
由此与"无"合为一体。但这个"无"是充满了意义的
"无"，"精神规定了'无'的形态，'无'对于精神因此成
为可见的了"② 。这又和川端康成所言"虚无是无边无际无尽
藏的心灵的宇宙"之含义相近。由此看来，"虚无"也罢、
"虚空"也罢、"虚幻"也罢，也就的的确确成了东方美学独
有的一种审美形式了。中国学者颜翔林也正是在这一意义上
得出"虚无即美"的惊人之论的。

　　总而言之，"川端文学"中的诸多审美形态，都是东方

---

　　① 成复旺：《中国古代的人学与美学》，中国人民大学出版社 1992 年版，
第 302 页。

　　② ［日］今道友信：《东方的美学》，蒋寅等译，生活·读书·新知三联书
店 1991 年版，第 132 页。

"天人合一"审美境界的体现，而"天人合一"作为东方最理想的审美境界，它浓缩着东方文化关于宇宙人生的远大追求和丰富哲思，可以说是东方人文精神、哲学思想、美学追求千年绵延而来的一种审美积淀，因而具有非常丰富和复杂的内涵。也正是在这个意义上，我们才说"川端文学"的自然审美显示了不同于西方纯形式主义审美趣味和实用主义审美态度的东方自然美意识的深度。

历史上，日本处于以中国为核心的东亚文化圈的辐射范围之内，日本的文学艺术、美学思想深受中国影响。如日本传统的美学思想"物哀"，某种程度上就和中国古代的"神与物游"相似。川端康成基本上是日本传统文化的继承者，因而，"川端文学"自然审美中所蕴涵的文化意蕴、美学旨趣许多都是受东方这一大的文化背景制约的。所以，川端康成作为东亚第一个诺贝尔文学奖的获得者，其价值和意义某种程度上是属于整个东方的。日本著名美学家今道友信就是把东方美学作为一个整体来阐述其现代意义的，让我们抄录其中一段作为拙著的结束语：

> 自动化技术实现了非人化，非人化带来了非人性。要想把人性再度恢复起来，要想使变为计算思考的人作为人获得重生，必须知道因此产生的人的无力化程度，必须有不属于计算思考的思考。这种思考是什么？是超越悟性的合理化思考，是基于意象的思考。
>
> 所谓形态，不论是在认识事物的本质或是在决定我

们的态度上，都不起重要作用，重要的倒是以形态为线索寻求形态所暗示和所超越的东西，这是东方美学和艺术的主张，也是东方美学和艺术所要论证的。否认形态的绝对性，对形态是认识和艺术的终点持怀疑态度，认为形态只是透视无形实在物的线索，这便是东方美学的思索，它是着墨不多但寓意深远的写意画，是很少跌宕起伏却韵味无穷的颂歌。到了现代，随着科学的发展，如果说对形态和样态已经产生了不信任，——这和科学技术本身自然没有关系，那对历来都是以本质而不是以形态为根据的东方美学进行研究，在今天就更为重要，就会更能使现今的世界焕发出新的生气。①

---

① ［日］今道友信：《东方的美学》，蒋寅等译，生活·读书·新知三联书店 1991 年版，第 278 页。

参考文献

叶渭渠主编：《川端康成文集》（全 10 卷），中国社会科学出版社 1996 年版。

叶渭渠、唐月梅主编：《川端康成集》（三卷本），东北师范大学出版社 1996 年版。

叶渭渠主编：《川端康成作品》（全 10 卷），漓江出版社 1998 年版。

《川端康成少男少女小说集》（两卷本），中国文联出版社 1999 年版。

高慧勤主编：《川端康成十卷集》，河北教育出版社 2000 年版。

《川端康成全集》（日文版十六卷本），新潮社 1948—1954 年版。

《川端康成全集》（日文版三十七卷本），第 32 卷，新潮社 1981—1984 年版。

《天授之子》，李正伦等译，漓江出版社 1998 年版。

《雪国·千鹤·古都》，漓江出版社 1985 年版。

《川端康成集》（三卷本），东北师范大学出版社 1996 年版。

《川端康成散文选》（上下册），叶渭渠译，中国广播电视出版社 1999 年版。

《川端康成谈创作》（日本文化丛书），叶渭渠译，生活·读书·新知三联书店1988年版。

［日］川端康成：《伊豆归来》（日文版），中央公论社1981年版。

［日］川端康成：《伊豆之旅》（日文版），中央公论社1981年版。

叶渭渠：《东方现代美的探索者——川端康成评传》，中国社会科学出版社1989年版。

叶渭渠：《冷艳文士川端康成》，中国社会科学出版社1996年版。

何乃英：《川端康成》，河南人民出版社1989年版。

潭晶华：《川端康成评传》，上海外语教育出版社1996年版。

叶渭渠主编：《不灭之美——川端康成研究》，中国文联出版社1999年版。

王向远：《王向远著作集·东方文学译介与研究史》（第二卷），宁夏人民出版社2007年版。

［日］东山魁夷等：《日本人与日本文化》，周世荣译，中国社会科学出版社1991年版。

周阅：《川端康成文学的文化学研究——以东方文化为中心》，北京大学出版社2008年版。

周阅：《人与自然的交融——〈雪国〉》，云南人民出版社2002年版。

［日］诹访春雄：《日本的幽灵》，黄强译，中国大百科

全书出版社 1990 年版。

　　［日］柳田圣山：《禅与日本文化》，何平等译，译林出版社 1991 年版。

　　［英］马林诺夫斯基：《巫术、科学、宗教与神话》，李安宅译，中国民间文学出版社 1984 年版。

　　李炳海：《道家与道家文学》，东北师范大学出版社 1992年版。

　　任厚奎、罗中枢：《东方哲学概论》，四川大学出版社 1991 年版。

　　卓新平：《宗教与文化》，人民出版社 1988 年版。

　　［英］L. 比尼恩：《亚洲艺术中人的精神》，孙乃修译，辽宁人民出版社 1988 年版。

　　高亚彪、吴丹毛：《在民族灵魂的深处》，中国文联出版公司 1988 年版。

　　［日］南博：《日本人的心理》，刘延州译，文汇出版社 1991 年版。

　　王守华：《安藤昌益·现代·中国》，山东人民出版社 1993 年版。

　　［日］今道友信：《东方的美学》，蒋寅等译，生活·读书·新知三联书店 1991 年版。

　　［日］今道友信：《东西方哲学美学比较》，李心峰等译，中国人民大学出版社 1991 年版。

　　［荷］伊恩·布鲁玛：《日本文化中的性角色》，张晓凌等译，光明日报出版社 1989 年版。

［日］梅棹忠夫、多田道太郎编：《日本文化和世界》（日文版），讲谈社 1978 年版。

张石：《川端康成与东方古典》，上海古籍出版社 2003 年版。

张甲坤：《中国哲学——人类精神的起源与归宿》，中国社会科学出版社 1991 年版。

韦小坚、胡开祥、孙启君：《悲剧心理学》，三环出版社 1989 年版。

邱紫华：《悲剧精神与民族意识》，华中师范大学出版社 1990 年版。

张首映：《审美形态的立体观照》，人民文学出版社 1989 年版。

逸夫编：《心灵的回声——我与自然》，四川民族出版社 1992 年版。

［日］铃木修次：《中国文学与日本文学》，吉林大学日本研究所文学研究室译，海峡文艺出版社 1989 年版。

［日］田泽坦等：《日本文化史——一个剖析》，日本外务省 1987 年版。

谢六逸：《日本文学史》，上海书店 1991 年版。

吕元明：《日本文学史》，吉林人民出版社 1987 年版。

［日］丸山清子：《源氏物语与白氏文集》，申非译，国际文化出版公司 1985 年版。

严绍璗：《中日古代文学关系史稿》，湖南文艺出版社 1987 年版。

［日］久松潜一：《日本文学评论史（理念·表现篇）》（日文版），至文堂 1968 年版。

叶渭渠、唐月梅：《日本人的美意识》，开明出版社 1993 年版。

叶渭渠、唐月梅：《物哀与幽玄——日本人的美意识》，广西师范大学出版社 2002 年版。

［日］本居宣长：《日本物哀》，王向远译，吉林出版集团 2010 年版。

姜文清：《东方古典美——中日传统审美意识比较》，中国社会科学出版社 2002 年版。

［日］西乡信纲等：《日本文学史——日本文学的传统和创造》，佩珊译，人民文学出版社 1978 年版。

［法］列维·布留尔：《原始思维》，丁由译，商务印书馆 1997 年版。

宋耀良：《艺术家的生命向力》，上海社会科学出版社 1988 年版。

［日］安田武、多田道太郎编：《日本古典美学》，曹允迪译，中国人民大学出版社 1993 年版。

［日］山本正男：《东西方艺术精神的传统和交流》，牛枝惠译，中国人民大学出版社 1992 年版。

［瑞士］皮亚杰：《发生认识论》，范祖珠译，商务印书馆 1990 年版。

［日］厨川白村：《苦闷的象征》，鲁迅译，人民文学出版社 2007 年版。

〔日〕德富芦花：《自然与人生》，陈德文译，百花文艺出版社 1984 年版。

张国安：《执拗的爱美之心——川端康成传》，世界图书出版公司 1994 年版。

〔日〕鹤田欣也：《川端康成的艺术》（日文版），明治书院 1981 年版。

叶舒宪、李继凯：《太阳女神的沉浮——日本文学中的女性原型》，陕西人民出版社 2010 年版。

〔美〕埃德温·赖肖尔：《日本人》，孟胜德、刘文涛译，上海译文出版社 1980 年版。

〔日〕长谷川泉：《川端康成论》，孟庆枢译，时代文艺出版社 1993 年版。

〔日〕长谷川泉：《川端康成论》，李丹明译，生活·读书·新知三联书店 1989 年版。

〔日〕水田宗子：《女性的自我与表现——近代女性文学的历程》，叶渭渠主编，中国文联出版社 2000 年版。

〔日〕橘正典：《来自异域的旅人——川端康成论（日文版）》，河出书房新社 1981 年版。

〔日〕梅原猛：《诸神流窜：论日本〈古事记〉》，卞立强、赵琼译，经济日报出版社 1999 年版。

严绍璗、中西进主编：《中日文化交流史大系·文学卷》，浙江人民出版社 1996 年版。

〔日〕安万侣：《古事记》，邹有恒、吕元明译，人民文学出版社 1979 年版。

叶渭渠：《日本文学思潮史》，经济日报出版社 1997 年版。

王向远：《东方文学史通论》，上海文艺出版社 2005 年版。

［日］谷崎润一郎：《阴翳礼赞》，丘仕俊译，生活·读书·新知三联书店 2010 年版。

［日］中村元：《东方民族的思维方法》，林太、马小鹤译，浙江人民出版社 1989 年版。

邱紫华：《东方美学史》，商务印书馆 2003 年版。

［日］长谷川泉：《日本文学论著选·川端康成论》，孟庆枢译，时代文艺出版社 1993 年版。

童庆炳、程正民：《文艺心理学教程》，高等教育出版社 2001 年版。

［法］丹纳：《艺术哲学》，傅雷译，人民文学出版社 1963 年版。

［德］斯宾格勒：《西方的没落》，韩炯编译，北京出版社 2008 年版。

颜翔林：《死亡美学》，上海人民出版社 2008 年版。

《世界中的川端文学》（日文版），川端文学研究会编，おうふう株式会社 1999 年版。

［日］福岛庆道：《禅是无的宗教》，高立译，河北教育出版社 1996 年版。

普济：《五灯会元》，蒋宗福、李海霞译，陕西师范大学出版社 1996 年版。

柳鸣九主编：《意识流》，中国社会科学出版社 1989年版。

戴季陶：《日本论》，海南出版社 1994 年版。

余华：《温暖和百感交集的旅程》，新世界出版社 1999年版。

［日］紫式部：《源氏物语》，丰子恺译，人民文学出版社 1980 年版。

［日］正彻：《正彻物语》（日文版），和泉书院 1982年版。

［德］尼采：《悲剧大诞生》，陈伟功、王常柱编译，北京出版社 2008 年版。

何显明：《飘向天国的驼铃》，上海文化出版社 1990年版。

［英］戴维·洛奇：《小说的艺术》，王峻岩译，作家出版社 1998 年版。

［日］长谷川泉、鹤田欣也编：《〈雪国〉的分析研究》（日文版），东京教育出版中心 1985 年版。

［日］林武志：《川端康成作品研究史》（日文版），东京教育出版中心 1984 年版。

［日］川崎寿彦：《川端康成》（日文版），有精堂 1971年版。

［日］进藤纯孝：《川端康成传记》（日文版），六兴出版社 1976 年版。

［日］梅原猛：《美与宗教发现》（日文版），集英社1982 年版。

白海珍、汪帆：《文化精神与小说观念》，河北人民出版社 1992 年版。

［法］马尔库塞：《审美之维》，李小兵译，广东师范大学出版社 2001 年版。

［德］叔本华：《作为意志和表象的世界》，董建编译，北京出版社 2008 年版。

［英］丽月塔：《绅士道与武士道——日英比较文化论》，浙江人民出版社 1990 年版。

成复旺：《中国古代的人学与美学》，中国人民大学出版社 1992 年版。

Elizabeth Claire Flood. *Snow Country*：*Mountain Homes and Rustic Retreats*. Chronicle Books. October 2000.

Iga M：*Further reflections on the suicide of Kawabata Yasunari*，*Suicide Life Threat Behav*，Vol. 8，No. 1，1978.

Katsuhiko Takeda：*Biblical Influence upon Yasunari Kawabata*，Neohelicon，Vol. 10，No. 1，1983.

Kazutoshi Watanabe：*The swan song of a master "Master of Go" by Yasunari Kawabata*，UNESCO Courier Sept，1992.

Cassegard，Carl："*Shock and Modernity in Walter Benjamin and Kawabata Yasunari*". Japanese Studies，Vol. 19，No. 3，1999.

Amitrano，G：*Soundings in Time*：*The Fictive Art of Yasunari Kawabata*，Monumenta Nipponica，Vol. 55，No. 2，2000.

中国期刊网有关日本文化、日本美学和日本文学的研究论文以及川端康成的研究论文（略）。